DE NEUS VAN STALIN

*Bij Uitgeverij Mingus verschenen reisgidsen:*

*De leukste hotelletjes – Duitsland*
*De leukste hotelletjes – Engeland en Ierland*
*De leukste hotelletjes – Frankrijk*
*De leukste hotelletjes – Italië*
*De leukste hotelletjes – Oostenrijk*
*De leukste hotelletjes – Spanje*
*Frankrijks mooiste rondritten*
*Amsterdam: een nieuwe dimensie*
*3 D Amsterdam (Eng. editie)*
*Londen: een nieuwe dimensie*
*Parijs: een nieuwe dimensie*
Avontuur – *België is (te) gek*
Avontuur – *Nederland is (te) gek*
Collins – *Wandeltochten in Noord-Frankrijk*
Desmons – *Wandelen in Parijs*
Leitch – *Slenteren in Parijs*
Leitch – *Slenteren in Barcelona*
Altenbach/Legrais – *Magisch reizen – Frankrijk*
Charpentier – *Magisch reizen – Spanje*
Luczyn – *Magisch reizen – Duitsland*
Tappe – *Magisch reizen – Turkije*
Beer – *Ontdek landelijk Oostenrijk*
Leech – *Ontdek landelijk Italië*
McGirk – *Ontdek landelijk Spanje*
Pick – *Ontdek landelijk Engeland & Wales*
Sanger – *Ontdek landelijk Frankrijk*
Sanger – *Ontdek landelijk Ierland*
Staines/Duarte – *Ontdek landelijk Portugal*
Westland – *Ontdek landelijk Griekenland*
Sanger – *De vegetariër op reis*
Wanninger – *De Interrail reisgids*

*In de reeks Avontuurlijk reizen:*

Chaplin – *Logboek Muskietenkust*
Corn – *Het rijk der eilanden*
Finkelstein & London – *Eindeloze verten*
Frey – *De blanke nomade*
Horwitz – *Bagdad zonder kaart*
Leslie – *Gedoemde reizen, dolende zielen*
Lutkie – *De koning van Kwasiland*
Platt & Wright – *Schateilanden*
Preston – *De maan aanraken*
Stevens – *Malariadromen*
Stevens – *Nachttrein naar Turkestan*
Whittell – *Lambada Land*

RORY MACLEAN

# De neus van Stalin

UITGEVERIJ MINGUS
BAARN

Omslagontwerp: Chaim Mesika BNO
Omslagdia: ABC-Press

Verspreiding voor België: Standaard Uitgeverij, Antwerpen

CIP-GEGEVENS KONINKLIJKE BIBLIOTHEEK, DEN HAAG

MacLean, Rory

De neus van Stalin / Rory MacLean ;
[vert. uit het Engels: Anne C.C. Toornvliet-Los]. – Baarn : Mingus
Vert. van: Stalin's nose : across the face of Europe. –
London : HarperCollins, 1992
ISBN 90-6564-224-2
NUGI 301
Trefw.: Oost-Europa ; reisbeschrijvingen.

Voor J & R

# *Inhoud*

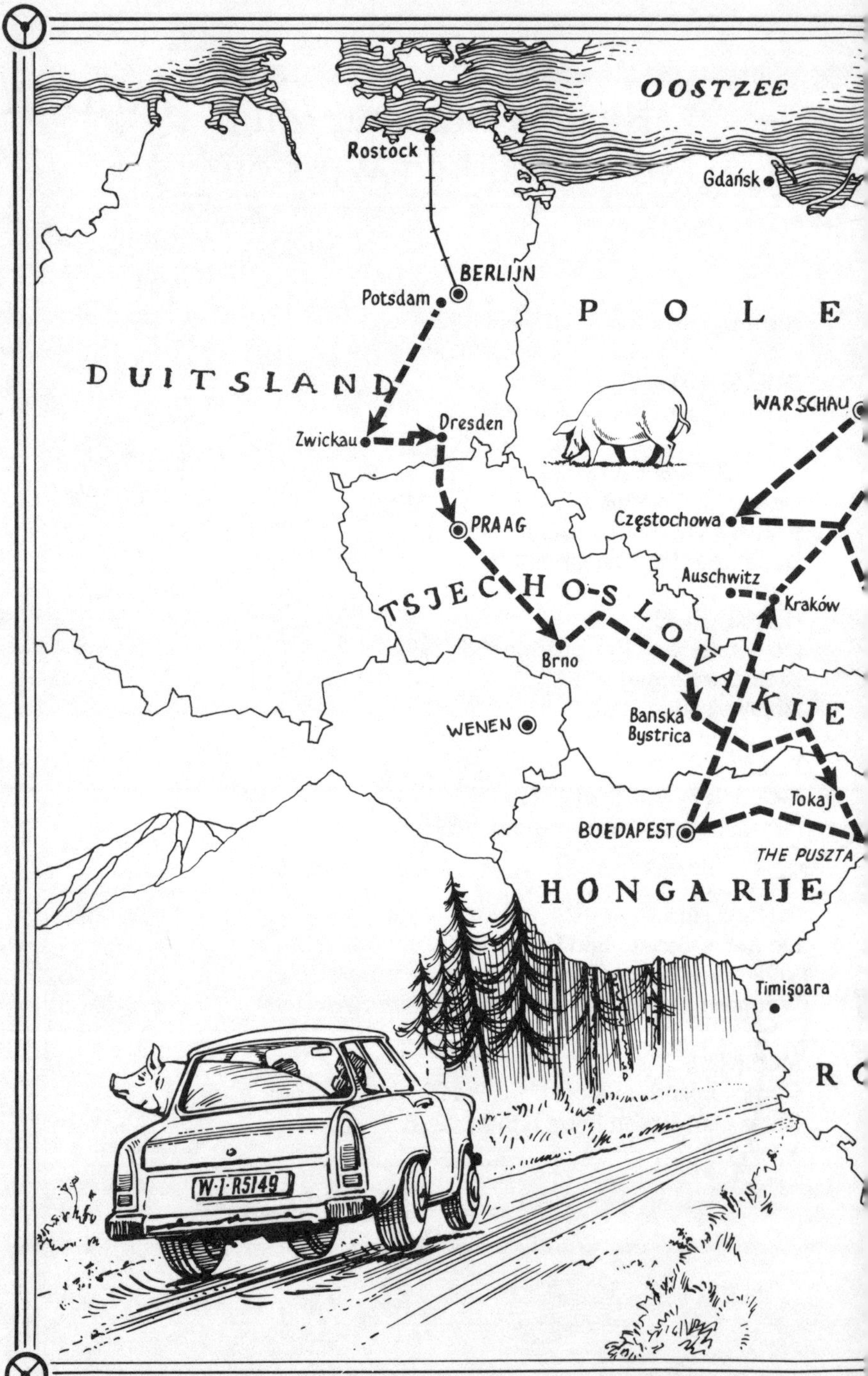

OOSTZEE
Rostock
Gdańsk
BERLIJN
Potsdam
P O L E
DUITSLAND
WARSCHAU
Zwickau
Dresden
PRAAG
Częstochowa
Auschwitz
Kraków
TSJECHOSLOVAKIJE
Brno
WENEN
Banská Bystrica
Tokaj
BOEDAPEST
THE PUSZTA
HONGARIJE
Timişoara
R
W·1·R5149

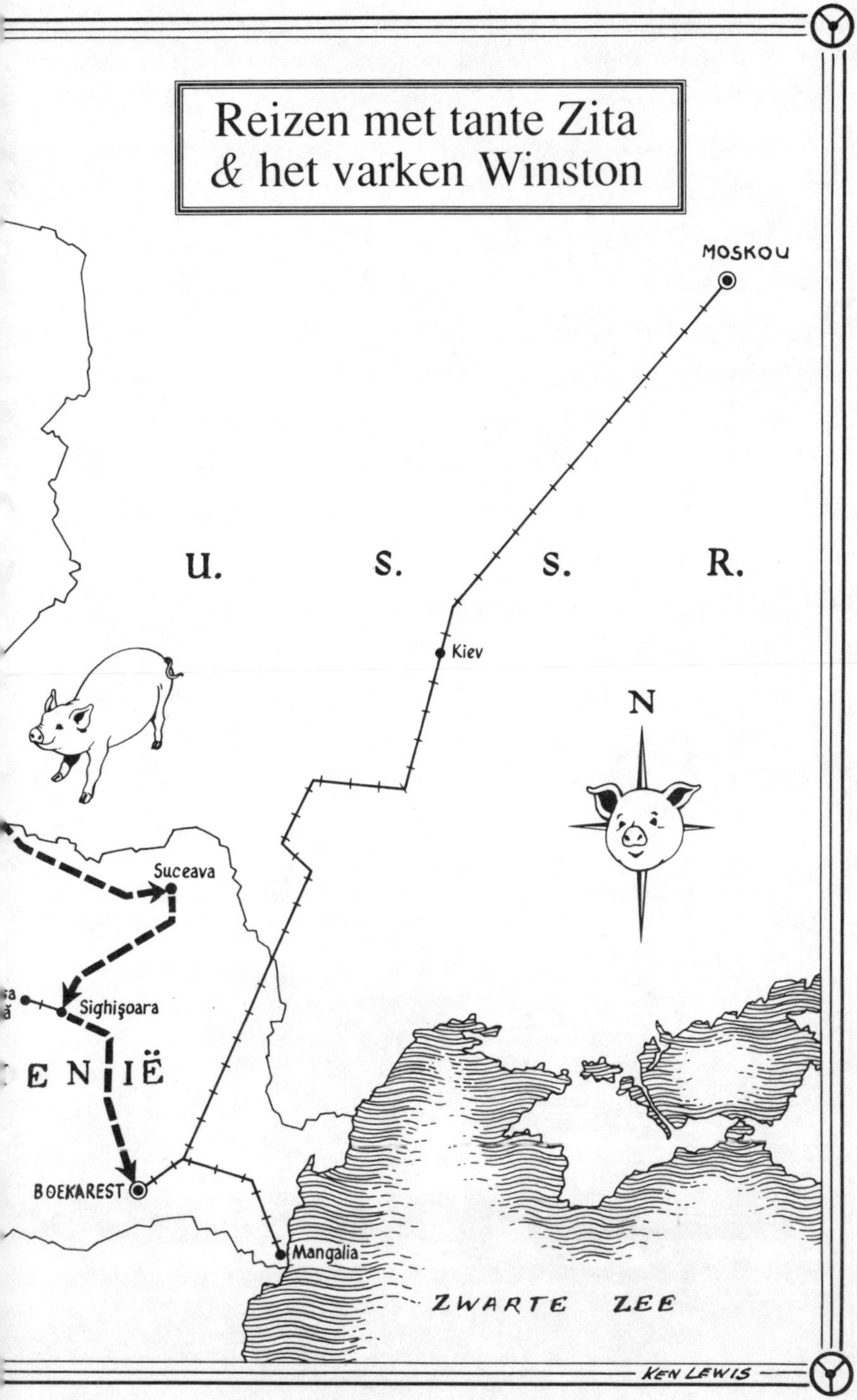
Reizen met tante Zita
& het varken Winston
MOSKOU
U. S. S. R.
Kiev
N
Suceava
Sighişoara
E N IË
BOEKAREST
Mangalia
ZWARTE ZEE
KEN LEWIS

Mijn dank aan David Chater die gemaakt heeft dat ik aan dit boek begon en aan Katrin Latta zonder wie het nooit af zou zijn gekomen.

'Wie zich de geschiedenis niet kan herinneren, zal haar opnieuw moeten beleven.'

George Santayana

# *Als varkens konden vliegen*

Winston, het varken, veranderde Zita's hele bestaan toen hij op het hoofd van mijn oom viel en hem daardoor om het leven bracht. De tijding bereikte me op een saaie, vochtige, wintergrijze dag in Rostock, waar ik mijn tocht zou beginnen. Ik was van plan om van de Oostzee naar de Zwarte Zee te reizen, over de taille van Europa, langs de lijn van het vroegere IJzeren Gordijn, maar dat ene telefoontje bracht overal verandering in.

'Het is je oom,' riep ze. De verbinding was slecht; ik kon het niet goed verstaan. Zou er iets met zijn benen zijn? 'Zijn pijp is uit.' Mijn tante had haar Engels na de oorlog, toen de geallieerden nog geallieerd waren, van de Britse militaire attaché in Boedapest geleerd. In de loop der jaren was haar kennis van deze taal er niet op vooruitgegaan.

Ik nam de trein naar Berlijn en stapte daar over naar Potsdam. Die verloren hoek van het Westen had zijn centrale positie weer teruggekregen en Europa had wederom een oostelijk deel. In de Muur, nog maar sinds enkele weken open, waren bressen ontstaan – zoals bij een zandbank waar het water onophoudelijk op inwerkt – en de mensen stroomden als rivieren over deze kunstmatige waterkeringen. Zij vloeiden als meren tezamen in het niemandsland, klotsend tegen de afscheiding die zij met hamers afbraken, waarna zij de brokstukken als herinnering bewaarden. De voormalige grote scheidsmuur tussen het kapitalistische Westen en het communistische Oosten, thans beschouwd als een historische afwijking, was gevallen. Waar hield Europa in feite op, nu het einde niet meer langs deze lijn lag?

Het bekende witgepleisterde huis met de gele luiken lag achter zware heggen weggescholen van de straat. 'Eerst trouwt ze met een communist,' placht mijn oom Peter te zeggen, 'en dan schildert ze zijn huis in de pauselijke kleuren.' Evenals het Vaticaan vormde het een bolwerk tegen de wereld daarbuiten. Buiten het tuinhek drongen de legerscharen der vernieuwing op, maar achter die muur van eeuwig groen tartte mijn familie de tijd. Zita deed de deur open en Winston rende naar buiten. De moordenaar had een grijns om zijn bek.

'Verdomme, houd dat beest tegen,' commandeerde ze met lege kaken. 'Hij heeft mijn gebit te pakken.'

Ik zette mijn koffer neer en de achtervolging in. Zita trok de rok van haar rouwjurk op. Maar het varkentje was snel. Terwijl hij de bloemperken wist te omzeilen, trapten wij op de sneeuwklokjes waar mijn oom zo trots op was. Ik dook op hem af, miste en vernielde een heel stel vroege krokussen. Winston piepte snerpend en grijnsde.

'Niet mijn kamperfoelie. O, alsjeblieft, niet Peters kamperfoelie!'

Het was echter niet Winston die de kamperfoelie uit de grond trok. In antwoord op Zita's kreten kwam Lucifer, de Dobermann, blaffend het huis uitgestormd. Zij wees naar Winston, maar de hond, die iedereen herkende behalve mij, trok zich niets van haar aan en scheurde mijn broek. Ik viel in de kamperfoelie. Dit was nu echt de wijze van verwelkoming die ik in Potsdam mocht verwachten.

Winston was met Zita's gebit tussen de varens ergens achterin de tuin verdwenen. Het uitzicht was veranderd. Stukken wit beton lagen netjes opgestapeld. Prikkeldraad was opgerold tot stekelige ballen. De Havel kabbelde aan het eind van de tuin, net als vroeger, vóór de Koude Oorlog. De Berlijnse Muur was weggehaald, waardoor het uitzicht aanzienlijk verbeterd was.

Zita schopte tegen het kreupelhout. 'Ze hebben de hele troep verleden week weggehaald.' Ze zag hoe verbaasd ik was. 'Je oom was woedend. Ik zei nog tegen hem: "Zo erg is het nu ook weer niet. Nu kunnen de dieren bij het water komen." En toen zijn de eenden waar hij zo gek op was weggezwommen. Het was me het weekje wel. Winston!' riep ze. 'Ik ga dat rotvarken bakken als ik hem te pakken krijg.' Haar wat omfloerste stem trilde. 'Natuurlijk is zijn dood eigenlijk niet aan Winston toe te schrijven. Het kwam omdat de clematis nergens meer tegenop kon groeien.' Sinds 1979 had Peter zijn bekroonde clematis tegen de Muur opgeleid. En nu had een revolutie alles naar beneden gehaald. 'Wat een klotetoestand,' mompelde mijn tante en zonk huilend ineen op de vochtige grond.

Op de begrafenis, waarop een half jaar geleden de *fine fleur* van het Oostblok zou zijn verschenen, waren alleen Zita, ikzelf, Harald de tuinman en dokter Krötenschild aanwezig.

'Het was de hoek van inval,' verklaarde Krötenschild met verschuldigde ernst. 'Het brak je oom zijn nek. Een tragische dood, natuurlijk, en toch fascinerend. Veroorzaakt door zo'n klein dier...' Niemand wist hoe Winston in de boom was geklommen boven het bloemperk waar Peter aan het tuinieren was en ook niet waar het beestje vandaan was gekomen, ondanks het uitgebreide onderzoek dat Harald bij de boeren in de buurt had ingesteld. Het was een weesje, een ondermaats biggetje, de kleinste van de worp. Maar, zoals altijd het geval bij zwerfdieren, had mijn tante zich over hem ontfermd. Ze had hem gevoed met *Knö-*

*dels*-met-melk tot hij zich van de schok hersteld had. Peter was er daarentegen niet meer overheen gekomen. Stil en wasbleek lag hij in zijn doodkist, de man van wie ik het meest gehouden had.

Mijn oom was een sovjetspion geweest. Hij had geheimen voor Stalin gestolen en de loop der geschiedenis gewijzigd. Mijn tante behoorde tot een verkwijnde Oostenrijkse aristocratische familie en had eens bekendgestaan als de mooiste gastvrouw in diplomatieke kringen. Haar uitdagende wipneusje, haar grote amandelvormige ogen en haar zachte, ongelijkstaande olifantsoren – het ene wel tweeëneenhalve centimeter hoger geplaatst dan het andere – lieten een even onuitwisbare indruk achter als haar soirees. Prinsen en partijsecretarissen deden de grootste moeite om door haar geïnviteerd te worden. Maar op een avond kwam er een ongenode gast die aan al hun dromen een eind maakte.

Hij was op het hoogtepunt van zijn carrière. Zijn tenen begonnen te tintelen. Krampen, net of ze sliepen. Twee jaar later, terwijl hij het hoofd van de Poolse veiligheidspolitie de hand schudde, konden zijn benen hem opeens niet meer dragen. Een rijzende ster zonk neer. De dokters gaven hem nog twee jaar; tegen die tijd zou de multiple sclerose zich door zijn lichaam verspreid en zijn hart tot stilstand gebracht hebben.

Peter en Zita trokken zich terug met hun herinneringen in een onsamenhangend gebouwd huis met een wirwar van kamers aan de rand van Oost-Berlijn. Schaamte sloot het tuinhek achter hen. Maar in plaats van twee jaar vochten zij langer dan tien jaar tegen het voortschrijden van de ziekte, kampend om elke zenuw en spier. Peter liep met twee stokken tot zij versplinterden onder zijn gewicht. Hij sleepte zich de trap op naar de slaapkamer tot hij viel en beide benen brak. Hij was vastbesloten om in leven te blijven. Ieder weekend, zowel in de modder 's winters als in de hete, droge zomers, ging hij in zijn rolstoel zijn geliefde tuin in, met de schoffel in zijn hand, de snoeischaar geklemd tegen een gevoelloze heup, zijn vingers grijs verkleurd door het goedkope metaal van zijn gereedschap, en hij uitte nooit ook maar één enkele klacht. Voor mij was hij het ideale voorbeeld van kracht en waardigheid.

Zita was in Praag en Moskou een gevierde schoonheid geweest en had Londen en Washington geteisterd tot haar schoonheid verging, haar haar dunner werd en haar tanden begonnen te rotten. Maar verborgen achter hun zware heggen verkozen zij niets van dit alles op te merken. Zij gingen nooit uit. Harald deed de wekelijkse boodschappen en zij verzorgden de rododendrons. De ambassade zorgde voor de luxe-artikelen waar Zita naar hunkerde en zij bleef geweldige feestmaaltijden koken voor ambassadeurs die nooit verschenen en voor haar echtgenoot die niet meer at. De dieren propten zich vol met de overgebleven truffels en mousse van gerookte zalm.

Zita had niet gehuild tijdens de begrafenis. Zij zou haar verlies dragen, niet dankzij een diepe innerlijke kracht, maar op basis van een leugen. Voor Zita bestond de waarheid niet uit feiten, maar uit wat haar fantasie haar ingaf. Feiten hadden weinig te maken met haar opvatting van de realiteit.

Zij had aangedrongen op een uitgebreide maaltijd na de begrafenis. Er waren maar zo weinig gelegenheden eens iets bijzonders te doen. 'Ik zal echt niets ingewikkelds voorschotelen,' had ze gezegd. 'Waarschijnlijk krijg je gewoon een omelet. Of, nog beter, een koud buffet. Je eet en drinkt maar wat je voorgezet wordt. Méér kan ik niet doen.' Maar wat de dokter en mij geserveerd werd, was dezelfde maaltijd waarover de Roemeense consul zo verrukt was geweest in 1953. Of was het 1954? Roomsoep met waterkers werd gevolgd door zalm in pasteideeg en fazant, gestoofd in cider; verder waren er drie soorten groentes, vier salades, *pommes dauphinois* en Arborio-rijst. Mijn tante kookte maar eens, of op zijn hoogst tweemaal per maand. Zij produceerde altijd enorme feestmalen, of er nu gasten verwacht werden of niet, en daarna werd alles ingevroren. Zodra er eten op tafel moest komen werd het ontdooid, weken of zelfs maanden later. Hoe meer tijd er verliep tussen de eventuele gasten, des te groter werd het risico bij het eten van de gerechten.

Ieder gerecht dat op tafel kwam werd voorafgegaan door het blaffen van de honden. De katten wachtten geduldig of streken langs de benen van mijn tante. Winston lag op het kleed in de zon. Hij was teruggekeerd, maar zonder Zita's gebit.

'Maar Zita,' kreunde ik, 'je had beloofd dat het enkel een koud buffet zou zijn.'

'Het is helemaal geen moeite.' Zij wees op een tweede tafel, beladen met pikante eieren, krab in mayonaise en asperges met mierikswortel, gewikkeld in gerookte zalm. Het was een feestmaal waar Zita niets van zou eten. Voor haar was niet gedekt. Zij at alleen in de afzondering van haar slaapkamer. Harald en de Dobermann waren buiten en zochten tussen Peters azalia's naar Zita's gebit.

'En nu... hoe-zeg-je-het-ook-alweer... *la pièce de résistance.*' Met een ceremonieel gebaar zette zij een zilveren schaal neer, waarop één enkele knappendhete *Bratwurst* lag. 'Voor jou, Winston,' zei ze met een tandeloze glimlach.

'Worst is de meest abstracte vorm van het varken,' merkte Krötenschild op en hij liet er vertrouwelijk op volgen: 'Je tante houdt niet van alle schepselen die God gemaakt heeft.' Winston kwam overeind, liep naar een plek waar meer zonlicht viel en zeeg weer terug op het kleed.

'Ik weet nooit of ik hem nu beter karbonade kan geven of worst.' Winston schonk geen enkele aandacht aan Zita. Zij zette de kale dashond die op haar stoel lag te snurken weg, ging zelf zitten en stak een sigaret op.

'Je moet zelf ook iets eten,' drong de dokter aan. Dit was een bekend spelletje. Hij was jaren lang Peters huisarts geweest en hij was ook de enige die geregeld bij hen op bezoek kwam. Hij had blijkbaar een spijsvertering die tegen alles bestand was.

'En waarmee moet ik dan eten?' Zita liet haar tandeloze kaken zien. 'Maar ik kan om de verdommenis wèl drinken. Ha! Ha!' Ik schonk de '64 Puligny-Montrachet in. 'Je oom zou de stuipen krijgen als hij wist dat ik zijn wijnkelder leegdronk. Maar, welverdorie, daar heeft hij nu geen last meer van.' De wijn was een hele verbetering op de wijnen die Zita vroeger zelf gebotteld had. Ze was ermee opgehouden toen op een warme zomeravond alle kurken van de flessen vlogen. Zita dacht dat er een kanon werd afgeschoten en had zich onder het bed verscholen.

'We hebben nu in alle hoeken en gaten gezocht,' lispelde ze tegen de dokter. 'Maar mijn gebit is en blijft weg. Ik zal een nieuw moeten hebben.' De Dobermann kwam binnen en legde medelevend zijn kop op haar schoot. Harald schonk zich een glas whisky in.

'Je neef gaat morgen naar Boedapest. Waarom ga je niet met hem mee?' Het was algemeen bekend dat de Hongaren de beste tandartsen van Oost-Europa waren.

Maar ik was van plan geweest om alleen te reizen. Het was mijn bedoeling om een boek over Europa in het overgangstijdperk te schrijven en ik legde uit dat ik maar heel kort in Boedapest zou blijven. Mijn tante was niet erg geïnteresseerd. Van achter het tuinhek waren haar maar weinig veranderingen opgevallen. De jaren waren weggevlogen als de zaadpluizen van paardebloemen op de wind. Aan de muren achter haar hingen de portretten van haar voorouders: de generaties van heldhaftige militairen en elegante vrouwen – allen met de ongelijkstaande oren, die een kenmerk van de familie waren – hadden hun rechtmatige plaats weer ingenomen na jaren in de kelder te hebben doorgebracht. Vanuit hun vergulde lijsten keken zij op ons neer: aartshertog Decimus de Schone – met de robijn ter grootte van een walnoot – die bij Austerlitz tegen Napoleon had gevochten; gravin Osyth Pomona, van wie men lang verondersteld had dat zij onvruchtbaar was, maar die zwanger was geworden op de avond vóór haar man bij Passendale vergast werd; en Oto, Zita's geliefde broer, gedood tijdens de laatste ogenblikken van de Opstand van Warschau. Verder waren er nog haar vader, bij de opening van de zilversmelterij van Banská Bystrica, en Franz Freiherr in zijn schitterende rode Pandoerenuniform. Het waren allemaal Habsburgers. Althans Zita's grootmoeder was een Habsburgse. Dat wil zeggen: er was aan Zita's grootmoeder verteld dat ze een Habsburgse was – een achterachternicht. Keizer Franz Jozef was nooit bij haar op de thee gekomen, maar Zita's grootmoeder had gehuild bij zijn begrafenis. Zij was het die zich nog zo levendig de paarden herinnerde met de zwarte pluimen en hun hoofden vol ontzag gebogen. Zij had nooit willen geloven dat dit het gevolg van te strakke teugels was. Het was allemaal wel een beetje fantastisch, maar de familiegeschiedenis was, evenals de historische feiten, even boeiend als een roman.

En toch, ondanks dit glorieuze verleden, was onze familie verdeeld. Dogma's hadden de band des bloeds verzwakt. De familieleden waren van elkaar vervreemd. Zita had haar zuster Vera niet meer ontmoet sedert de tijd dat Stalin danste te Jalta.

'Maar ik blijf geen weken in Boedapest. Ik reis al gauw door naar Roemenië. En in ieder geval,' voegde ik er ontmoedigend aan toe, 'ben ik van plan met de trein te gaan.' Al jaren lang weigerde Zita per trein te reizen. Maar ze luisterde niet.

'Ze zouden me per post een gebit kunnen opsturen.'

'En dan moeten ze de maat zeker maar raden?'

'Ik heb een standaardmaat. Mijn grootvader' – Zita wees naar zijn portret – 'had houten tanden. Die kwamen per post.' Ze aarzelde. 'Of was dat zijn houten been?'

Krötenschild dacht dat de reis haar goed zou doen. Zij schudde het hoofd. 'Ik kan de dieren hier niet zó achterlaten.'

'Zijn die er dan nog?' De ganzen, evenals tevoren de eenden, waren tijdens de begrafenis ontsnapt.

'Ik zal een nieuwe heg moeten planten,' jammerde zij en wees naar het eind van de tuin. Mensen van de Oostduitse Grenspolitie waren bezig om rollen prikkeldraad op een vrachtwagen te laden. Zij leken meer op vriendelijke bouwvakkers dan op de grenswachten die nog maar enige weken geleden een Berlijner die naar het Westen probeerde te ontsnappen hadden doodgeschoten. 'Zij zullen nog geen prikkeldraad voor me achterlaten om de dieren binnen te houden.'

Zij dronk haar glas leeg. 'Die rotzak – neem me niet kwalijk, hij was je oom – heeft nog niet de beleefdheid gehad om in leven te blijven tot onze vijfenveertigste trouwdag. We zijn er nog maar een paar weken vanaf en ik heb het hele diner al gekookt.' Het zou dan de tweede herdenking van hun vijfenveertigjarig huwelijk zijn geweest. Zita had zich het vorige jaar vergist. Maar ze had zich zó druk gemaakt met de voorbereidselen dat Peter niet het hart had gehad om haar op die foute berekening te wijzen. 'Hij heeft heel erg geboft dat hij mij ontmoette, laat ik je dat vertellen. Als hij niet was komen opdagen, was ik er vandoor gegaan met... je weet wel.' Zij zweeg even. 'Hoe heette hij toch alweer?' Zij knipte met haar vingers in een vergeefse poging zich de naam te herinneren.

'Die bietenboer?' opperde Krötenschild.

'Nee, niet die bietenboer. Die lange vent. Och, wat doet het er ook toe? Ik had sowieso de benen met hem moeten nemen.'

'Peter zei altijd dat, als hij er niet geweest was, je nu nog varkens tegen de bergen op zou dragen in Slovakije.'

'Hij had iets tegen varkens. Ze maakten hem groen van jaloersheid, net als die lange vent, hoe hij ook mocht heten.' Zita zuchtte; haar tandvlees deed haar pijn. Zij grabbelde naar een sigaret. 'Weet je, er is nooit iemand anders geweest vóór wij elkaar ontmoetten. Niets en niemand. Er was geen vóórgeschiedenis. Het begon allemaal in mei 19...' Ze aarzelde even. 'In mei 1947.'

'In 1945,' verbeterde ik, 'en het was 9 mei.' Zita kon heel slecht datums onthouden. Maar ik kende alle verhalen ook.

'Maar je kunt hier toch niet blijven zitten en wachten tot je doodgaat.'

'Ik ga, verdomme, niet dood. Ik heb de dieren.' Zij stak opnieuw een *Beuschelreisser* op – een slechte, goedkope sigaret – en haar gedachten dwaalden af. 'Vijfenveertig jaar? Mijn God, hoeveel ouder kunnen we nog worden?'

Die nacht had ik plotseling het gevoel of ik viel, of ik over de rand van een afgrond was gestapt. Mijn voetzolen zochten tintelend naar vaste grond, maar er was alleen een leegte onder me; de afgrond was bodemloos en niets kon ooit mijn val breken. Zita sliep evenmin. Ik hoorde haar rondschuifelen in haar kamer en tegen Winston fluisteren. Op een bepaald moment moet ik ingedoezeld zijn, want een klaaglijk gehuil maakte me wakker, maar misschien was het Mefisto, de zwarte brulaap; het arme beest leed aan slapeloosheid.

Toen ik 's morgens beneden kwam, dacht ik dat ik Peter in zijn eentje onder de familieportretten zag zitten. Hij keek de tuin in en zijn benen deden hem pijn. Ik zag hoe hij er met zijn vuist op sloeg, woedend en gefrustreerd. 'Mijn grootste verdriet,' had hij eens gezegd, 'is dat dit been mij dwingt om nooit iets onverwachts te kunnen doen.' Maar het spookbeeld verdween en Harald reed de rolstoel van mijn oom naar binnen. Naast hem verscheen Zita. Haar woorden, hees van het voortdurend roken, klonken als voetstappen op natte bladeren.

'Ik ben daarginds geweest. Ik heb afscheid genomen.' 'Daarginds' was het dierenkerkhof waar haar 'kinderen', de voorgangers van Lucifer en Winston, begraven lagen.

Ik rook een vleugje geparfumeerde poeder. Zita was gehuld in een oudmodisch zwartgeruit mantelpak en had een hoge kolbak van stinkdierbont op. Het was precies hetzelfde kostuum dat zij gedragen had toen zij voor het laatst op reis ging: in 1979. In haar gehandschoende hand hield zij een honderiem en aan het eind van die riem zat Winston.

'Ik dacht dat wij Harald maar even thuis moesten brengen,' zei ze op besliste toon. 'We hoeven er niet ver voor om te rijden.'

'Wàt zeg je nou?'

Zita had de gewoonte om uren en zelfs weken later op een inmiddels al lang afgesloten gesprek terug te komen. 'Het is *en route* naar Boedapest. We gaan met de auto.' Zita reed in een Trabant, de Oostduitse bijdrage aan de beschaving: een haardroger op wielen. Ik betwijfelde of we er zelfs maar tot aan het hek mee konden komen.

'Maar het is negenhonderd kilometer naar Boedapest.'

'Reden temeer om dat stuk niet alleen te rijden.' Zita's wijze van chaufferen had opvallend veel overeenkomst met haar kookkunst: spectaculair, maar gevaarlijk. 'En met Harald aan het stuur wordt het niks, die maakt brokken.'

'En hoe moet het dan met de dieren?'

'Die zijn bij buren ondergebracht. Je hoeft je nergens ongerust over te maken; de hele boel is min of meer onder controle.' Ik begon iets te mompelen over de maatregelen die ik getroffen had, maar Zita viel me in de rede. 'Maak je niet druk, kereltje. Ik ben je tante. Ik ben mijn man en mijn gebit kwijt. Er moet voor me gezorgd worden. Je brengt me eerst naar een tandarts en daarna kun je opmieteren en in je rottige trein stappen en je sullerige boek schrijven.' Haar taalgebruik was van een ontwapenend archaïsch karakter: hooghartige Arische commando's, doorkruid met al lang verouderde grofheden. Je moest er wel even aan wennen.

Harald hielp de zaak ook al niet verder. 'Je moet nooit redetwisten met iemand uit Oostenrijk. De Oostenrijkers hebben overal een antwoord op.'

'Wat weet jij nou van Oostenrijk?'

'Veel te veel.' Hij vervolgde: 'Zij zijn nota bene degenen die rondgebazuind hebben dat Beethoven een Oostenrijker was en Hitler een Duitser. In feite is het precies omgekeerd.'

'Och, hou je bek toch.' Zita gaf de voorkeur aan de officiële lezing van de historie, namelijk dat de Oostenrijkers slachtoffers van het Derde Rijk waren. In tegenstelling tot de Dobermann blafte zij wel, maar beet ze niet. Zij had maar twee uitsteeksels als tanden, maar haar vooruitstekende onderlip verleende haar een geducht uiterlijk. 'Mijn grootvader was een Duitser en mijn grootmoeder een Oostenrijkse. Ik weet precies waar ik aan toe ben. Ik ben met mijn kont in de boter terechtgekomen.'

Het leek me wel een goede plaats om mijn reis te beginnen: onder de portretten, in de schaduw van de toegewijde echtgenoten en liefhebbende echtgenotes die – uit naam van een keizer, een volk of een ideaal – moorden hadden gepleegd. Als personen op zich waren mijn voorouders geen moordenaars; ieder voor zich waren het eerbare mensen, maar in de groepen waaraan zij hun persoonlijkheid hadden uitgeleverd – de Tsjeka, de IJzeren Garde, de Gestapo, de KGB – waren zij moordenaars geworden. Hele generaties ooms en tantes hadden deel uitgemaakt van de een of andere groepering, gaarne bereid om denken en oordelen in de plaats te stellen van irrationele gevoelens. En ik, een braaf, blind produkt van de geboortegolf, een kind opgegroeid in het lange, naoorlogse vredestijdperk, voelde de behoefte om te begrijpen wat hen tot moordenaars had gemaakt, om te ontdekken wie verantwoordelijk was voor die gerede overgave van hun eigen ik. Ik wilde proberen om de discrepantie te begrijpen tussen de moraal van 'een mens' en 'de mens'. Ik wilde erachter komen hoe het mogelijk is van iemand te houden die men vreest.

Ik wees op het varken. 'Waarom zit Winston aan een lijn?'

'Zodat hij niet wegloopt, dat is nogal wiedes. Ik geef hem cadeau aan Haralds familie. Ik kan hem hier niet achterlaten. Hij zal rustig met Harald achterin zitten. We zullen niet de minste last van hem hebben.'

'Maar ze zullen hem in hotels niet toelaten.'

'Wij logeren bij familieleden. Het is allemaal geregeld. Gaan we nou nog weg, of hoe zit het?'

Wij gingen weg.

# *Duitsland*

# *Laten wij een banaan nemen*

Het gravel knarste onder onze voeten als de beenderen van kleine dieren. Winston liep sierlijk en vol zelfvertrouwen, met luchtige sprongetjes en een opgewonden blik in de ogen. Hij hield van avonturen. Het was een koude, heldere dag en Zita's Trabant, met de koplampen als uitpuilende ogen en het beige keverchassis, deed denken aan een onbeholpen insekt waaraan de evolutie was voorbijgegaan. Die kar zou elk moment kunnen omslaan en de geest geven. Vooral de zogenaamde 'snelle strepen' maakten het geheel zo ongerijmd. Aan de achteruitkijkspiegel bungelde een kikvors van groen rubber. Winston werd naast Harald tussen de bagage op de achterbank ingescheept.

*'Wenn der Engel reist, gibt es gutes Wetter,'* zei Harald tegen mijn tante. Als een engel op reis gaat, is het altijd goed weer. De kartonnen kar voor kameraden kwam sputterend tot leven. Een wolk blauwe tweetakt uitlaatdampen verduisterde ons uitzicht. Mijn aanbod om te rijden was zonder meer afgewezen.

'Jij kent die auto niet. Jij weet van niks.' Wonder boven wonder kroop de Trabant voorwaarts toen Zita inschakelde. Het enige instrument dat de auto bezat was een snelheidsmeter; er was geen benzinemeter en ook geen claxon. 'Maar als je je kaarten een beetje link uitspeelt, laat ik je misschien wel even rijden op een rustig stuk weg.'

Wij reden het tuinhek uit. De overblijfselen van de Muur volgden de loop van de Havel. Twee bejaarde vissers hadden een gat in het beton gehakt. Zij zaten aan de oever, met hun hengelsnoeren in het koude water, zoals vroeger toen ze nog jongens waren, voordat Stalin hun toegang tot de rivier versperd had.

Slanke, jonge berken in een bosje langs de weg bogen zich naar elkaar over en dan weer opzij, zich bewegend als elegante dansers op de muziek van de wind. In hun zwart-met-witte avondkleding grepen de takken hun partners vast of duwden ze van zich af. Zodra we Berlijn vijftien kilometer achter ons hadden, waren wij vijftig jaar teruggereden in de tijd. Traditie en vuil kenmerkten de dorpen. Met keistenen geplaveide *Autobahnen* drongen door dichte bossen en liepen langs akkers die nog met de hand bewerkt werden. Maar het rook er beslist niet landelijk. Enorme stukken bebost land waren kaalgelegd en een woud van schoorstenen rees op. De weg voerde langs hele massa's kolenwagons, liep onder een spinneweb van elektriciteitsdraden en stak een rivier over, verpest van het industriële afval. Boven een waas van stinkende witte rook rees een fabrieksschoorsteen op, honend gesierd met een paar gekruiste hamers. Maar mijn tante scheen niets anders op te merken dan de sierlijke kerktorens en de kleine oker- en wijnrood gekleurde stadjes.

'Wegwezen, oud kreng van een kar!' riep Zita en vermeed een verkeersopstopping door over het trottoir te rijden. Zita had nog nooit een ongeluk gehad. Deze merkwaardige omstandigheid was eerder een bewijs van Gods goedheid dan van haar rijvaardigheid. Ze had moeilijkheden met de pedalen. Misschien kwam het door haar hernia. Ze liet de motor op volle toeren draaien en spurtte weg om plotseling op de rem te gaan staan zodra er iemand in de volgende rijstrook langzamer begon te rijden. Ze ging sneller in plaats van langzamer zodra ze in de buurt van een stoplicht kwam. 'Eens gaan we tenslotte allemaal dood,' was haar argument. Het was angstaanjagend, want ze besefte nog niet dat de dagen voorbij waren waarop ingeval van een ongeluk de eerste vraag van de politie altijd was: 'Bent u lid van de Partij?' Vroeger was het zó dat communisten nooit voor het gerecht verschenen. In het uiterste geval – bij een dodelijk ongeluk bijvoorbeeld – werd de schuldige eerst uit de Partij gezet alvorens te worden aangeklaagd. Geen enkel partijlid kon van een misdaad beschuldigd worden. De tijden waren echter veranderd en Zita moest nog leren wat voorzichtiger te zijn.

'Er is iets dat ik toch zó eigenaardig vind...' vervolgde zij, terwijl ze zwenkte om een gat in de weg te vermijden en er prompt in terechtkwam. Winston viel van de achterbank. Een hoededoos tuimelde op hem. 'Mijn vader reed met mij over deze weg toen die nog praktisch helemaal nieuw was. Dat moet nu twintig, o verdomme, nee, wel dertig jaar geleden zijn.'

'Het zal wel een tikje langer geleden zijn,' opperde ik.

In feite was er een halve eeuw verstreken sinds haar eerste bezoek aan Berlijn. Het was ter ere van haar dertiende verjaardag. Het gezin betrok hun gebruikelijke suite in het Aldon-hotel. Dit bevatte mysterieuze mannen, verborgen deuren, reusachtige kasten en duistere geheimen. Zita dronk haar eerste glas champagne en flirtte met een officier die haar de wals leerde. Het was een dubbele feestdag. Haar broer Oto was pas officier geworden en nam deel aan de parade ter gelegenheid van de Dag der Verenigde Duitse Legers. Vanaf hun balkon zag zij hem de Unter den Linden opmarcheren naar de Brandenburger Tor. De voetstappen van de zwarte colonnes dreunden over de keistenen. Zilveren epauletten flitsten in het zonlicht. Hij leek onoverwinnelijk in zijn uniform. Het bezoek maakte een onuitwisbare indruk.

'Neem me niet kwalijk dat ik het zeg, maar die dag werd ik verliefd op mijn broer. In mijn ogen kon hij geen kwaad doen.'

Na de oorlog en Oto's dood kwam zij – met Peter – terug naar het hotel. Het was een puinhoop, zoals het grootste deel van Berlijn. Alleen het geraamte van het elegante gebouw was nog overgebleven. Voor een kapot raam hing een bordje: 'Thee wordt om 5 uur geserveerd'. In de kelder waren tafels neergezet. De oude kelners in hun officiële rokkostuums met gesteven boorden konden zich het meisje met de vlechten nog herinneren en serveerden haar thee. 'Nee, tot mijn spijt kan Madame geen gebak krijgen. Er is geen bloem.' Of eieren. Of boter. Of suiker.

Het rauwe noordelijke landschap werd milder. De monotone Pruisische vlakte ging over in de beboste heuvels van Thüringen. De Trabant hees zich puffend en hijgend tegen de hellingen op. Harald zat kaarsrecht, met zijn hoofd tegen het lage dak, blij dat hij naar huis ging. Winston stond op Zita's schoot, met zijn snuit stijf tegen de voorruit gedrukt en genoot van alle nieuwe geuren. Toen we stoppen moesten voor benzine maakte ik van de gelegenheid gebruik om de contactpunten bij te stellen en de bougies te controleren. Harald kocht zekeringen en een reserveventilatorriem. Wij moesten nog een heel eind rijden.

Op het erf van de benzinepomp lag het wrak van een Ford Capri. Sinds de val van de Muur had het aantal verkeersongelukken in het vroegere Oost-Duitsland zich verviervoudigd. Aanvankelijk werden de 'Wessies', raakscheurend over de gebrekkige wegen, voor de schuldigen gehouden. Het waren echter de Oostduitsers zelf. Zij hadden hun nukkige Trabants in de steek gelaten en waren overgestapt op opgepepte rammelkasten. Maar ze waren niet gewend aan zoveel motorvermogen. De 'Ossies' konden er niet mee overweg en hadden de neiging brokken te maken.

In het volgende dorp vroeg Harald of Zita even halt wilde houden. 'Wacht maar even,' zei hij en verdween achter een gesloten winkel, simpelweg voorzien van het opschrift *Lebensmittel:* levensmiddelen. Even later kwam hij terug met een kist bier. 'We gaan een feestje bouwen.'

'Maar hoe...?'

HIJ maakte een veelbetekenend gebaar met zijn vinger langs zijn neus. 'Vitamine B – *Bestechung...*' Omkoperij.

'*Ik* heb het niet gedaan,' zei Thomas, Haralds broer, nijdig. 'Mijn schuld is het niet.'

Er waren twee kippen ontsnapt. Iemand had het hek opengelaten.

Toen wij aankwamen rende Lotte, de vrouw van Thomas, op haar pantoffels door de modder om ze te vangen. Haar kousen die zij ter ere van ons had aangetrokken waren smerig. '*Mensch!*' fulmineerde ze en begon te huilen. Ze waren blijkbaar meer geschrokken van de dood van Peter dan wij verwacht hadden.

'Ik heb nooit van kippen gehouden,' liet Thomas erop volgen. Hij drukte ons koeltjes de hand. 'Het zijn stomme, wrede dieren, maar ze hebben ons verboden nog langer varkens te houden.'

Hun familie had zich, zo lang ze zich konden herinneren, met varkenshoeden beziggehouden. De ene herfst na de andere hadden zij de varkens naar de bossen gedreven om zich daar vet te eten aan eikels en beukenootjes. Aan het eind van het jaar kregen zij bij wijze van betaling één heel varken, de ingewanden van een tweede varken en de staarten van de andere varkens. Varkenssoep werd als een delicatesse beschouwd.

'Maar de burgemeester kan ons nou niet meer tegenhouden, niet na vandaag,' zei Harald verblijd. Die dag vond de eerste en laatste vrije verkiezing in Oost-Duitsland plaats, de dag waarop de bevolking tegen de instandhouding van hun staat zou stemmen. 'Het is fantastisch: de ene dag zitten we nog midden in het Oostblok en zonder ons huis te verlaten zitten we de volgende dag in het hart van Europa.' Maar Thomas was niet overtuigd.

'Jij bent van daar.' Hij keek me achterdochtig aan. 'Daar' betekende het Westen, 'hier' was het Oosten en 'toen' duidde op de tijd vóór de communisten. Hij vroeg eigenlijk niets, maar stelde vast. Hij hoorde mijn antwoorden zonder ernaar te luisteren en keek in plaats daarvan naar mijn schoenen, waarvan hij de prijs trachtte te berekenen.

Zita bood Winston aan Thomas aan. 'Hij is voor jou.'

'Dat kan ik toch niet aannemen,' protesteerde Thomas.

'Met hem kunnen wij weer een begin maken,' hield Harald zijn broer voor.

Tijdens de oorlog hadden de broers de varkens van hun vader gehoed. In het dal onder Buchenwald was een kamp gebouwd. De rook van het crematorium kringelde door de bossen waar Goethe gedichten had geschreven. Als de jongens genoeg kregen van de varkens keken zij toe hoe de gevangenen naar de ondergrondse wapenfabriek marcheerden. Soms, in een overmoedige bui, verscholen zij zich achter de bomen, buiten het gezicht van de bewakers, en als de gevangenen langskwamen, maakten zij een veelzeggend gebaar tegen hen, met hun vinger langs hun keel. Eens was er een gevangene ontsnapt; hij had een van hun biggen gestolen en zich in de heuvels verscholen. De kinderen, die alle beste plaatsen om je te verstoppen kenden, hadden de soldaten geholpen om de man op te sporen.

'Peter zou gewild hebben dat jullie Winston kregen.'

Thomas uitte een geforceerd lachje. Zijn gezicht leek op een in tweeën gedeelde exotische vrucht. Alleen zijn brede, platte neus hield de twee helften tezamen en de diepe rimpels op zijn voorhoofd vormden hoeken aan weerskanten van zijn neus. Een V-vormige haarpiek in het midden van zijn voorhoofd accentueerde de verdeling. 'Peter zou ons nog heel wat meer toegewenst hebben.' Lotte raakte de hand van haar man aan. Zijn wijd uiteenstaande ogen loensten en hij gaf toe: 'Hij was een goed mens. Hoe kwam het eigenlijk?' Zita maakte een vage opmerking over de tuin. Thomas sprak op effen toon. 'Peter had nu eenmaal planten om zich heen nodig.'

Door de tuin waren zij met elkaar in contact gekomen. In elke stad waar zij werden heengestuurd vroeg mijn oom om een eigen stuk grond. Voor een tuinman werd altijd gezorgd. Nadat Peter zich had teruggetrokken, werd er echter geen nieuwe tuinman meer gestuurd. Maar op een dag had een voddenophaler uit Potsdam het hek opengedaan en gevraagd of er soms klusjes voor hem waren. Dat was Harald. Thomas, die Peter kende en bewonderde, had zijn jongere broer gezonden. Zita vroeg Harald wat hij van tuinen afwist. Hij wierp een blik op het weliggroene gazon en de uitbundig bloeiende bloemperken en antwoordde: 'Als het mijn tuin was, liet ik de hele boel bestraten.' Zita had hem ogenblikkelijk in dienst genomen.

'Winston is volkomen zindelijk en hij zal dus niets op het kleed doen,' verzekerde Zita Thomas. 'Maar let in vredesnaam wel op jullie gebitten.' Zij streelde haar vondelingetje. 'Hij zal het heel wat fijner hebben als hij buiten achter de zeugen aan kan jagen.'

'Het allerfijnst is om hem op tafel op te dienen,' zei Lotte. 'Wij hebben de varkensfokkerij voorgoed achter de rug.' Haar tranen hadden zwarte strepen van de mascara onder haar ogen achtergelaten.

Harald wuifde dit denkbeeld lachend weg. Zita keek verbaasd. 'Jullie gaan hem toch niet opeten, is het wel?' Die gedachte was niet bij haar opgekomen.

'Met bananen...' Lotte hield van koken. 'Al die jaren heb ik gedroomd van bananen.' Ze waren niet te krijgen geweest. 'Bananentaart en geflambeerde bananen en vruchtensla met bananen... Een vriendin uit Hamburg had me een kookboek gestuurd. Het was een marteling. In die recepten moesten bananen en kiwi's gebruikt worden, maar er was niets anders te krijgen als koolraap en appels.' Het arbeidersparadijs dat hun de hele wereld beloofd had kon niet voorzien in bananen.

'Hè, toe nou, Lotte.' Thomas drukte zijn hand op haar schouder en het gebaar verzachtte zijn onuitgesproken ergernis. 'Tegenwoordig eet ze alleen nog maar bananen.' Hij wierp een blik op Winston. 'Ik heb geen hok voor hem.'

'Voor het ogenblik zullen we hem maar in de auto laten zitten,' stelde ik voor.

De tafel stond gedekt voor het *Abendbrot* – de koude avondmaaltijd. Lotte kwam met een brood, worst en bananen. Harald kwam met het bier op de proppen en Thomas boog het hoofd voor het gebed. 'Wij danken u voor dat wat u ons geeft, vooral op deze dag...' Het tafelgebed werd onderbroken door een hevig geklop op de bovenverdieping. 'Is er nieuws?' Zij negeerden deze half gesmoorde kreet.

'Laat ik jullie eens vertellen wat ik van plan ben.' Harald liep over van ondernemingslust. 'Wij beginnen in het klein en bouwen de varkenskudde weer op en van de winst kopen wij Trabants.'

'Trabants?' Zijn broer kon zijn oren niet geloven.

'Zeker. Trabants die we hier kopen en in het Westen verkopen. Je kunt ze hier goedkoop van de fabriek krijgen en dan verkoop ik ze voor Duitse marken. Ik heb relaties in West-Berlijn.' Harald wees naar het erf waar de Trabant stond. 'Kijk er eens naar: wat eens schoonheid... een ontwerp dat tegen de jaren bestand is.' Zita's Trabant zag eruit of hij ieder moment in elkaar kon storten. Haralds vingers maakten gebaren of hij langs imaginaire contouren streek. 'Klassieke lijnen. Wij plachten wel veertien jaar te moeten wachten op de levering van een Trabant en daardoor leerden wij de waarde ervan op prijs stellen. Maar nu wil niemand ze meer hebben en dat past ons heel goed.' Hij keek zo verheugd als een schooljongen die zijn huiswerk goed heeft opgezegd.

Thomas stond op, begon bier in te schenken, maar hield plotseling op en ging weer zitten. 'Ik ben mijn baan kwijt.' Hij spuwde de woorden uit. 'Na vijfentwintig jaar.' Hij ging met zijn vinger langs zijn keel. 'Zómaar... zonder meer!'

'Bij de VEB?' Het was nu Haralds beurt om ongelovig te kijken. 'Maar daar heb je altijd gewerkt.'

Na de oorlog was de varkenskudde naar een collectieve boerderij gezonden en Harald was vertrokken om werk in de hoofdstad te vinden. Thomas was gaan werken bij de *Sachsenring Automobilwerk*.

'Er zijn zóveel mensen naar het Westen vertrokken dat de industrie niet meer kan functioneren. Een hoop bedrijven gaan sluiten. De kerken zijn ook leeg.' Hij wendde zich tot Zita. 'Ik was voorman op de carrosserieafdeling van de Trabantfabriek.'

'Achteneenhalve minuut bij 170° Celsius,' dreunde zijn jongere broer op, die het verhaal nog van buiten kende. 'Dat is wat je me verteld hebt. En daarna wordt ze op het kale chassis aangebracht.' Zijn handen maakten een gebaar of zij zich om een denkbeeldige taille legden. 'Jij zei altijd dat het net was of je een mooie vrouw aankleedde – gemengd-katoenen jurken in zomers blauw en herfstgroen.'

'Dat weet ik niet meer.'
'De carrosserie is roestbestendig. Zij wordt gemaakt van een combinatie van plastic en katoen en daarna gebakken in een reusachtig wafelijzer.' Hij demonstreerde de afmetingen met zijn armen en sloeg een lamp van tafel.
Lotte greep hem nog net. 'Dat is wat je mij verteld hebt.'
'Ik heb mijn hele leven hard gewerkt, maar waarvoor?' Thomas lichtte zijn kin op en toonde zijn keel als een verslagen hond. 'Ik was voor het socialisme, maar dan wel van het soort waarover ze ons vertelden in schoolboeken. De betere wereld die Peter ons beloofde; vrede en maatschappelijke vooruitgang. Ik heb in 1961 onder je oom gediend,' bracht Thomas mij in herinnering. 'Dat was een trots moment. Hij was een geweldige officier. Niemand van ons dacht dat het zou lukken, maar Peter was vastberaden. Het maakte ons bang.' De Muur die mijn oom gebouwd had. 'Ik leg mijn hoofd in mijn handen en begin te janken als ik denk aan alles wat verknoeid is.'
Hij zette de fles neer. Zita kon er net niet bij komen. Hij zei: 'Nu, na vandaag, leven wij weer met hoop,' maar hij geloofde het zelf niet. Hij leek op een stervende die aan het eind van zijn leven te horen krijgt dat hij van zijn ziekte is genezen.
'Hier komen we op een dood punt,' zei Lotte. 'Socialisme is een goed idee, maar wij zien net zo lief dat ze het uittesten op ratten.'
'Ik heb vandaag niet gestemd voor de politiek of voor partijen, maar voor de Duitse mark,' bracht Harald in het midden.
'Ik heb ook gestemd.' Lotte kwam in een beter humeur. 'Terwijl ik stond te wachten, nam een man die vóór me in de rij stond zijn pennemes en kraste een PDS affiche uit. Je weet wel, dat waar opstaat: "Heb de Moed om te Dromen".' PDS was de afkorting van de nieuwe naam van de Communistische Partij. *Partei der Stalinismus* hadden de grappenmakers bedacht. 'Maar ik kreeg nog steeds een rilling van angst.'
'Het hindert niet dat je je baan kwijt bent,' zei Harald. 'We kunnen nog altijd samen iets nieuws beginnen.'
'Misschien met iemand anders, maar niet met mij.'

Harald liet me onze kamer zien, hoog onder de hanebalken; op de smalle eenpersoonsbedden lagen dikke dekbedden, gevuld met ganzeveren. Toen we de trap weer afgingen, kierde een deur op het portaal open.
'Is er nog nieuws,' soebatte een dun stemmetje vanuit het duister.
Harald schudde het hoofd. 'Nee, er is geen nieuws.'
'Sta me niet voor te liegen. Je moet het me vertellen.'
'Er is geen nieuws,' herhaalde hij zacht en sloot de deur. 'Ze is haar

geheugen kwijt,' zei hij, 'en die onbekende stemmen brengen haar in de war.'

Lotte zat een banaan te eten. 'Het spijt me, maar ik kan er gewoon niet van afblijven.' Ze had het gehad over haar vriendin uit Hamburg, die van het kookboek. 'We hebben elkaar sedert de oorlog niet meer gezien. Zij is opgegroeid in het huis tegenover ons, in de buurt van Dresden. Ik heb haar niet meer gezien... ach, *Mensch!* ... dat moet nou wel zesenveertig jaar zijn. Haar familie is de dag vóór het bombardement vertrokken en wij zouden ook weggaan.'

Lotte was opgegroeid in de uitlopers van het Ertsgebergte, uitkijkend over de Elbe. Het bombardement vormde haar eerste herinnering. Het dal dat door Dresden werd ingenomen was uitgebrand, met haar vader erin. Hij was naar de stad gegaan om vervoer te arrangeren en zijn gezin naar het westen te brengen, weg van de oprukkende Russen. Zelfs na al die tijd voelde zij de hitte nog op haar gezicht.

'Na het bombardement is mijn moeder hem gaan zoeken. De mensen hadden mededelingen gekrabbeld op het puin van hun huizen: "Waar is Frau Brauert?; Clara Singer ligt hier onder het puin; Heinrich Singer is nu in Coswig, in de Gardenstrasse; Papa, we zoeken naar je..." Maar mijn moeder heeft nooit een aanwijzing gevonden.'

'Ik heb daar ook een familielid verloren,' zei Zita, tot mijn verbazing.

'Mijn vader had die morgen porselein verkocht,' zei Lotte. 'Een beeldje van twee kaartspelende gelieven. Het was het enige dat wij hadden.' Haar tranen vormden miniatuurmeertjes op de plaats waar haar brilleglazen op haar wangen rustten. 'Hij had het al verkocht. Die koper – wie het ook geweest mag zijn – had niet genoeg contant geld. Hij vroeg of mijn vader de volgende dag wilde terugkomen. Dat was 14 februari, de dag van het bombardement.' Zij haalde een zakdoek uit de zak van haar schort.

Thomas vond zijn stem terug. 'Waarom zijn jullie hier gekomen?'

'Thomas, toe, alsjeblieft!'

Hij schudde de hand van zijn vrouw af. 'Nee. Ik wil weten waarom Zita – en haar neef – naar ons zijn gekomen.'

'Waar jullie welkom zijn, natuurlijk,' zei Lotte verzoenend.

'Om jullie Winston te brengen,' antwoordde Zita, 'om jullie en Harald een nieuw begin te kunnen aanbieden.'

'Wij hebben geen behoefte aan liefdadigheid. Jij en Peter hebben al genoeg voor ons gedaan.' Er reed een vrachtwagen langs het raam en Thomas dempte zijn stem. 'Al die jaren hebben wij in angst geleefd. Wij konden niet vrijuit spreken, zelfs niet in ons eigen huis. Het is allemaal voor niets geweest.' Thomas en Lotte waren geen helden, zoals mijn oom. Het waren doodeenvoudige, ijverige, hardwerkende mensen en het enige dat zij verlangden was een vreedzaam leven. Zij hadden alles overleefd om plotseling te ontdekken dat hun leven voorbij was.

Lotte verbrak de stilte. 'En nou Peter weer. Heeft hij lang geleden?'

'Nee, het is heel snel gegaan.'

'Dat is tenminste nog een zegen. Waren het zijn benen?' Zij aarzelde even. 'Is hij gevallen?'

Zita nam een haal van haar sigaret. 'Het was Winston. Winston is op Peter gevallen.'

'Wàt?'

'Niet wat, maar wie.' Zij keek in de richting van haar auto.

'Dat varken?' vroeg Thomas en grinnikte met verwrongen lippen. 'Heeft dat varken Peter gedood?'

'Hij kon het niet helpen. Hij viel uit een boom.'

'Ben je hier gekomen om ons te kwellen?' Thomas kwam woedend overeind. 'Kom je ons dat varken geven dat Peter zijn nek gebroken heeft?'

'Het is een geschenk. Zodat we opnieuw kunnen beginnen,' hield Harald vol.

Lotte schudde woest het hoofd. De tranen spatten over de tafel. En daarna verscheen Lottes moeder, die met haar ijle stemmetje van boven had geroepen, in de deuropening. In haar hand, knokig als een geraamte, hield zij een stok.

'Ik weet dat jullie gasten hebben, maar ik moet weten of zij soms enig nieuws hebben gehoord!'

Harald probeerde haar gerust te stellen. 'Het is niet papa.'

Lottes moeder begon te stampvoeten. 'Zeg toch wat, zeg toch wat!' Haar stem trilde.

'Maar dan moet dat varken ook dood,' fluisterde Thomas en daarna schreeuwde hij: 'Dat varken moet dood!' Hij stormde naar buiten.

'Nou, dat doet snotverdorie de deur dicht!' zei Zita.

Toen wij naar buiten renden, stond Thomas op het dak van de auto te beuken en aan de gesloten deuren te rukken. 'Moordenaar! Moordenaar!' riep hij, huilend en lachend tegelijk. In de afgesloten Trabant krijste Winston van angst. Lotte jammerde. Een buurman, die net terugkwam van het stemlokaal, hielp Harald om Thomas weg te trekken. Zij leidden hem het huis weer in. Grootmoeder had kans gezien om een raam open te krijgen. 'Papa komt niet thuis, is het wel?'

Zita wendde zich tot mij. 'Wat wij het beste kunnen doen is nu ogenblikkelijk weggaan.'

Zita en ik staken de kale vlakte van de Leninplatz over, het betonnen hart van Dresden. Winston, al zijn angst vergeten, huppelde voor onze voeten en draafde plotseling weg, de menigte in.

'Hé daar, Winston!' bulkte mijn tante. Hij keerde zich abrupt om, maar zijn achterpoten bleven nog doorgaan in de oorspronkelijke richting, zodat hij een salto maakte. 'Het was niet juist om hen Winston aan te bieden. Ik had moeten luisteren naar die tweede stem in mijn brein.'

'Je zesde zintuig?'

'Ja, precies. Het lag verkeerd. Thomas was in de war over zijn baan. En nou is alles hartstikke fout gelopen.' Ik nam aan dat ze sprak over het ongemak nog altijd belast te zijn met onze energieke big die juist was teruggekeerd en stond te smeken om aangehaald te worden.

'Wat moeten we nu met hem doen?'

'Met Winston? Hem meenemen, natuurlijk. Ik heb zijn papieren. Nee, ik bedoelde dat ik van plan was geweest een nacht bij hen door te brengen. Ik had hier helemaal niet heen gewild.'

Dresden leek een door God vergeten stad. Het sombere, zwarte stationsgebouw stond in de steigers. Mismoedige mensen schuifelden voort onder het vale avondlicht. Zij sloten zich aan bij gelaten in de rij staande mensen die stonden te wachten tot zij een loket bereikten waar hun verteld zou worden dat aan hun verzoek onmogelijk kon worden voldaan. Zij maakten een vermoeide indruk; hun huid was kleurloos en alleen alcohol bracht nog een blos op hun wangen. Niemand sprak harder dan fluisterend en boven het geluid van hun stemmen was het gezang van één enkele vogel te horen. Gelachen werd er niet, behalve door een stel opgeschoten jongens die dronken waren en honende kreten slaakten. Het was een nachtmerrie, rechtstreeks uit de boeken van George Orwell: een verslagen volk, zonder ruggegraat, zonder enige weerstand.

Eéns was Dresden het juweel van de Europese barok geweest. Canaletto was hierheen gekomen om het late namiddaglicht op zijn doeken vast te leggen: luchten van Pruisisch blauw en loodwit, gebouwen in Napels geel en vermiljoen. Maar door de gecombineerde verschrikkingen van onze eeuw – zinloze verwoesting en zielloze reconstructie – waren de kleuren weggebrand. Het Koninklijk Paleis was een holle ruïne, de muren overwoekerd met onkruid; de wijzers van de klok stonden nog altijd op de minuut waarop het bombardement was begonnen. De architecten hadden de Pragerstrasse herbouwd als een troosteloze vlakte. Dresden was asgrauw. Ik vroeg Zita of ik haar weer naar huis zou rijden.

'Ik heb honger en ik wil verdomme ook iets drinken,' was haar wederwoord. Zij had sandwiches gemaakt, maar die had Winston opgegeten terwijl wij bij Thomas waren.

Ik wees erop dat de kiosken dicht waren, dat het al laat was en dat wij geen hotel hadden. 'En ik geloof ook niet dat we er een zullen vinden,' zei ik.

'Maar natuurlijk kunnen wij een glas bier krijgen. Dit is de Leninplatz. Hij heeft het ons beloofd. En hij zou nooit zijn woord breken. Hij was een eerbaar man.' Ik bracht haar in herinnering dat Brutus ook een eerbaar man was geweest.

Maar wij konden geen bier krijgen. De stad was drooggelegd. Geen bier in Dresden. Een nabij gelegen *Gaststätte* had wel iets te eten, maar Zita had geen honger meer toen haar een groot stuk vette varkensschenkel met kool-uit-het-zuur werd voorgezet. Winston, volgegeten met sandwiches, wilde het zelfs niet proeven. Zita diende een klacht in. De kelner was er niet van onder de indruk. Zij verlangde een ander gerecht. 'U zult toch zeker wel iets hebben dat wij eten kunnen.'

'Hier hebben we niks,' zei hij en nam haar bord weg.

Zita werd razend. 'Waag het niet mij de rug toe te keren, jongeman. Ik heb geholpen om dit land op te bouwen.'

'Zo, was ú dat,' zei hij zonder een spoor van humor.

'Ik zou hem tegen de grond willen slaan met een kruik vol heet water,' zei ze vermoeid.

Het Interhotel was vreugdeloos. De kamer had gordijnen van kunststof en keek uit op een sjofele straat met saaie kazernewoningen die zich van hier tot Warschau leken uit te strekken. In de bouwvallige gevels zaten nog altijd kogelgaten. Het was een kille stad ontdaan van enige persoonlijkheid, behalve dan de vlaggen. Zij hingen uit alle ramen: de Westduitse, de wit-met-groene van Saksen en de geel-met-zwarte van de Voetbalclub Dynamo Dresden. 'Wij bestaan wel degelijk!' schenen ze uitdagend te roepen.

'Welk familielid heb je hier in Dresden verloren?' vroeg ik.

'Een neef; ik weet zijn naam niet meer,' antwoordde zij. Winston sliep als een heraldieke hond aan haar voeten, op het voeteneind van het bed. 'Dit is allemaal niet precies zoals ik verwacht had. Het spijt me.'

'Laten we morgen weer naar huis gaan.'

Zij schudde het hoofd. 'Ik kan niet teruggaan naar zijn tuin. Ik zou het niet kunnen verdragen de tuin te zien zonder hem, met overal onkruid en dat verdomde kreupelhout dat maar voortwoekert.' Zij drukte haar hand tegen haar mond, alsof daar een wond zat. 'Kunnen we de lamp nu uitdoen?' Het licht van de straat wierp een zwavelachtige gloed over het plafond. Zita zweeg een poosje en sprak toen in het duister. 'Morgen wil ik proberen om mijn neef te vinden.'

Wij liepen helemaal alleen over het *Heidefriedhof,* de rustplaats van de slachtoffers van het bombardement door de geallieerden. 'Ik hou van kerkhoven, ze zijn zo onveranderlijk,' zei ze. Winston huppelde blij naast mijn tante voort. 'Zijn naam is me weer te binnengeschoten.'

'Van wie?'

'Van mijn neef Caspar.'

'Caspar?' Ik had een foto van Caspar gezien. Zijn zware oogleden gaven hem het uiterlijk van een naargeestige hagedis. Die vooruitstekende mond zou zich vinnig openen en sluiten alsof hij aan het vliegen vangen was, hoewel hij het eerder op porselein voorzien had. Tijdens de oorlog had hij een indrukwekkende verzameling Meissener-porseleinen beeldjes weten te verkrijgen.

'Hij was verdomd arrogant, maar wel gedisciplineerd. Dat stel ik op prijs in een man en dat doen trouwens de meeste vrouwen; hou dat maar eens voor ogen. Ik denk dat wij vrouwen daar een beetje bang voor zijn. Hij was een verzamelaar. Op de dag van het bombardement was hij ook op porselein uit.'

'Op porseleinen beeldjes van vluchtelingen?' vroeg ik.

'Ik kon dat niet aan Lotte vertellen.'

Zij hield stil bij een rij grafstenen. 'Ze hebben zijn lichaam nooit gevonden.' Op de stenen stond: *Unbekannter, Unbekannte, Unbekannt...* Onbekende man, onbekende vrouw, onbekend... 'Dit zou hem kunnen zijn.' Zij wees naar het laatste graf. 'Maar ik vind het vreemd dat zij hem niet konden identificeren aan zijn oren.'

'Zita, ze konden zelfs niet eens meer zien of het mannen of vrouwen waren.'

Zij luisterde niet. 'Ik heb vanmorgen zijn huis gebeld,' bekende zij, 'terwijl jij je aan het douchen was.' Er was opeens geen water meer toen ik mijn haar stond te wassen en ik had haar horen opbellen. 'Maar er was niemand.' Ze ging op een grafsteen zitten en Winston kroop op haar schoot. 'Zeg nou maar niets, maar ik moest zekerheid hebben.'

Zij haalde een plastic zakje met haar paspoort en vaccinatiebewijs uit haar tas. Zij woelde nog dieper en er kwam nog een plastic zakje met kleverige chocolade tevoorschijn. In een derde plastic zakje zat een foto van haar en Peter vóór de clematis. Tenslotte vond zij de kaart. 'De weg naar Boedapest gaat via Brno, weet je. Ik zou je kunnen laten zien waar ik ben opgegroeid.'

'Dat zou ik prettig vinden,' zei ik.

'En dan heb ik nog een oude vriend in Praag die ik graag zou willen opzoeken, als je het niet erg vindt.'

Ik vond het niet erg. Peters dood en de herinnering aan Caspar die bij het bombardement was omgekomen hadden een vlam in haar ontstoken. Er lag een nieuwe blik in haar ogen, iets hongerigs misschien. De draden van haar herinneringen vormden een web over Europa. De losse eindjes van haar leven moesten weer aan elkaar geknoopt worden en op haar weg zou zij demonen zien opduiken.

Voor het ogenblik moest mijn reis maar op de tweede plaats komen.

Na Zita naar een tandarts gebracht te hebben was ik van plan naar Polen te gaan en vandaar naar Roemenië. Het was niet bepaald een logische route, maar mijn tante had zowel behoefte aan een nieuw gebit als aan haar bekend gezelschap. Mijn boek kon wachten. Er waren belangrijkere dingen te doen. Oostenrijkers hebben veel familieleden en Zita had besloten tot een herontdekking van haar familie.

De weg kronkelde als een slang langs de Elbe, in de richting van Tsjecho-Slovakije. Aan weerskanten rezen zandstenen klippen, gladgeslepen door weer en wind, als Moorse kantelen op. Aan de voet van met dennen en berken begroeide hellingen klampten dorpen van rode baksteen en Saksisch geel zich aan de rotsen vast. De smook van steenkool hing in de lucht en verduisterde het licht. Uit deze heuvels waren de Saksen op pad gegaan om te overwinnen en te koloniseren. Vanaf de middeleeuwen had 'de Drang naar het Oosten' de Germanen bezield. Telkens weer hadden zij getracht de vruchtbare gebieden van de Tsjechen, de Polen en de Russen in bezit te krijgen. Hun laatste poging had hun land uiteengescheurd. Maar Oost-Duitsland, die bedroevende misvatting, zou al gauw vergeten worden en het land zou weer één geheel zijn.

# *Tsjecho-Slovakije*

# De engel van Praag

Gedurende de laatste dagen van de winter was er een discrete, zwart omrande mededeling verschenen op het Wenceslasplein in Praag. Het was een aankondiging van de dood van Strach. 'Onze beminde zoon, vader, broer en kameraad,' zo luidde de plechtige tekst, 'stierf op eenentwintigjarige leeftijd, na een lange en zware ziekte. Er zal geen begrafenisplechtigheid plaatsvinden.' Als bedroefde familieleden werden vermeld: 'Knuppels en Vervolging' en 'Stilzwijgende Wanhoop'. Strach, de naam van de overledene, was het Tsjechische woord voor *angst*.

Het getjilp van de mussen overstemde het geluid van een piano dat uit een bovenste verdieping doordrong. De mussen vlogen in een zwerm op en verscholen zich in de zware, oude klimplant die als *art nouveau*-ijzerwerk de ramen omgaf. Op de trap vertelde Zita mij dat Karel een kleine gezagsdrager was geweest bij de StB – de Státní Bezpečnost – de geheime politie. Hij kende Peter uit de tijd dat zij in Moskou woonden.

'En dan is er natuurlijk ook nog zijn engel,' zei zij en belde aan. Er stond geen nummer op de deur.

'Zijn engel?'

'De engel van Praag.'

Een lachende beer deed de deur open en greep Zita vast. Zijn lange armen sloten zich om haar heen. Haar slanke lichaam verdween in zijn omhelzing. Hij had lange, vrouwelijke vingers, gemanicuurde nagels en waskleurige handen. De beer, een nauwe verwant van Strach, had de doodsklok niet horen luiden.

'Weet je dat nog...' loeide Karel, terwijl hij Zita nog een wodka aanbood, 'heeft Peter je nooit verteld...?' Zij weigerde de wodka, maar hij schonk toch maar in. '...hoe wij geprobeerd hebben die Fransman te recruteren?'

'In Brno? Nee, Bratislava.'

De beer brulde het uit. Het was veilig om met vrienden over mislukkingen te spreken. Vrienden...? 'Wat een vangst zou hij geweest zijn! Wij hielden ons beste Russische tekstboek voor hem gereed.' (Een call-girl.) 'Een schoonheid van een meid!'

'Schiet in hemelsnaam toch op met je verhaal!'

'Zij verleidde hem. Dat was niet moeilijk, hij had een goede smaak. De Technische Afdeling maakte er een stel klassieke foto's van.' Hij rommelde in een bureaulade. 'Ik moet ze nog ergens hebben.'

'Het interesseert me niet,' snauwde Zita.

'Je neemt me toch niet kwalijk dat ik het probeer?'

'Op onze leeftijd? De hele wereld is naar de verdommenis en jij laat me schunnige foto's zien.'

'Wij lieten ze een beetje hun gang gaan,' vervolgde hij. 'Niet te veel, want die meid was tenslotte staatseigendom. Maar op een goeie dag komt ons Fransmannetje aanzetten in de verwachting zijn liefje aan te treffen en in plaats daarvan vond hij ons. Wij vroegen hem met ons samen te werken. Hij weigerde en dus lieten we hem die foto's zien. En wil je nou wel geloven dat die rotzak ze mooi vond? Hij vroeg of hij ze hebben mocht als souvenir. Wij dreigden ze aan zijn vrouw te zullen sturen en hij bood ons haar adres aan.'

Hij dronk verrukt zijn glas leeg. Zita vergat helemaal om haar hand voor haar lege kaken te houden. Ze was zeer op haar gemak in zijn gezelschap.

Op school was Karel een herrieschopper geweest. Hij was niet opstandig; hij verveelde zich alleen maar. Zijn intelligentie spotte met het gevoelloze dogma van de Marxistische opvoeding. Hij raakte geïsoleerd en uitgestoten. Waar hij naar hunkerde was erkenning. De StB had zijn talent opgemerkt en exploiteerde zijn zwakheid. Zij boden hem de kans van zijn leven en stuurden hem naar Moskou. Zijn persoonlijkheid bloeide op door anderen tot conformisme te dwingen. Dankzij mannen als Karel werd de doelmatigheid van de Tsjechische Geheime Dienst alleen overtroffen door de KGB. Was dit de man die door mijn oom getraind was?

'En hoe gaat het met de oude heer?' vroeg hij. 'Zijn tuinmuur is naar beneden gekomen.'

'Hij is dood, Karel. Ik dacht dat je het gehoord had.'

Karel trok aan de revers van zijn jas of hij de coupe van zijn ziel wilde aanpassen. 'Ik had het niet gehoord. Het spijt me.' Hij sloeg zijn hand om Zita's pols. 'Mijn bronnen zijn niet meer wat zij eens waren.'

De fles was leeg. 'Pavla?' Hij sprak op zachte toon tegen het gordijn. 'Zou jij ons nog een fles Stolichnaya willen brengen?' De jonge vrouw die binnenkwam was meer dan de helft jonger dan hij. 'Je kent Zita nog niet. En haar neef.' Zij gaf ons een hand en liep langzaam en vol gratie terug naar de deur. God moet een goede dag hebben gehad toen hij haar maakte. Hij zal blij met zijn schepping naar bed zijn gegaan. 'Blijf bij ons, alsjeblieft.' De beer sprak met grote tederheid.

'Natuurlijk.' Zij gehoorzaamde aan zijn vriendelijk verzoek of het een bevel was; zonder vragen, zonder nadenken. Zij ging naast hem zitten en, terwijl ze zich vooroverboog om te luisteren, gleed haar schoen weg en onthulde één enkele als gebeeldhouwde hiel. Het was erotischer dan dat ze alle kleren van haar lijf had gerukt en zich naakt en verlokkend voor ons zou hebben opgesteld.

Karel hief zijn glas en sprak een toast op mijn oom uit.

'Zitochka, het spijt me zo.'

'Alleen Péter noemde me zo.' Zij streek een dunne haarpiek weg en ging op een ander onderwerp over. 'Hij zei dat je er door dit nieuwe stel was uitgetrapt.'

'Daar had hij gedeeltelijk gelijk in. Ik word weer tewerkgesteld, maar niet door hen. Er wordt mij een positie aangeboden in Slovakije. Bij een ander ministerie, natuurlijk. Het is ver genoeg weg.'

Er werd met banen heen en weer geschoven alsof men een partijtje kaart speelde en vroegere zonden werden onder de mat geveegd. Zo kon een politieke commissaris van de Praagse politie in het verre Košice opduiken als vertegenwoordiger van het ministerie van Milieu. Het oude netwerk was nog altijd intact.

'Peter wilde weten wat er precies gebeurde. Hij kauwde erop als een hond op een been.'

'In november?' Karel wierp een blik in mijn richting. Hij keek minder zelfvoldaan en dat verwonderde mij.

'Hij is een familielid,' stelde Zita hem gerust.

'Ik was op het hoofdbureau van politie – samen met de man van de KGB – op de avond van de Národní-demonstratie.' Het was deze rel die aanleiding tot de revolutie was geweest en Karels partij de greep op het land had doen verliezen. Op die bitterkoude vrijdagmiddag waren zo'n vijfhonderd studenten van de Keizer Karel Universiteit naar het Wenceslasplein getrokken, zwaaiend met nationale vlaggen, luidkeels roepend om het recht op vrije meningsuiting. Anti-terroristenpatrouilles met rode baretten en oproerpolitie met witte helmen gingen de demonstranten met traangas en honden te lijf. Hun witte houten knuppels waren verzwaard met metaal. De studenten staken hun armen omhoog en schreeuwden: 'Wij zijn ongewapend!' Er raakten honderden gewond.

'Het leek erop dat alles één grote puinhoop was,' merkte Zita op.

'Het ging goed. Heel goed. De politie deed uitstekend werk,' verklaarde Karel. 'Wij zagen dat de tijd rijp was, maar de Partij weigerde om zich realistisch op te stellen en dus handelden wij alleen, of bijna alleen. Aanvankelijk verliep alles volgens plan – ik ken mijn Tsjechen – maar het liep uit de hand. Ik had er niet op gerekend dat ze zó geestdriftig zouden zijn. Je kent het gezegde wel: "Katholieker dan de paus". Tegenwoordig zijn de Tsjechen nog democratischer dan de Zweden.'

Door de aanzet tot de opstand te geven had de StB gehoopt deze onder controle te houden.

'Wij wilden dat de bevolking de indruk zou krijgen dat Havel onze man was. Dan zouden ze hem afwijzen en dan konden wij er een plooibaarder iemand voor in de plaats stellen. Het is mislukt, maar je kunt nooit weten. Het zaad is gezaaid. Het kan op een goeie dag nog opkomen.

'De Tsjechen zijn een bijzonder veerkrachtig volk,' vervolgde hij, 'maar ze zijn naïef. Het zijn net kinderen.' Karel, een vurig communist, wist diep in zijn hart dat alle mensen niet gelijk zijn, dat hij intelligenter was dan de meeste anderen. Die wetenschap gaf hem een vaderlijk gevoel. Hij wist beter. Hij was de strenge vader die zijn kinderen uit liefde kastijdt. 'Zij doen net of we niet meer bestaan, of ze zien ons voor monsters aan. Zij geloven in de goedheid van de mens, maar zij laten het kwaad buiten beschouwing. Zij hebben behoefte aan bescherming. Willen jullie nog wodka?' vroeg hij, 'of hebben jullie liever wijn?'

Zelfs tijdens het eten – met een mooi porseleinen servies en kristallen glazen – sprak de vrouw nauwelijks. Zij was niet verlegen, maar alleen ontoeschietelijk. Zij staarde ons om beurten aan, maar sloeg haar ogen neer zodra onze blikken elkaar kruisten. Haar ogen waren omsluierd en ik kon er niets in lezen. Zij had iets geheimzinnigs, een soort engelachtig in zichzelf besloten zijn, alsof ze wist wat het was om te vliegen: om een paar zilveren vleugels uit te slaan, zich boven de daken te verheffen en hoog door een violette lucht te zweven. Na het eten ontkurkte Karel de derde fles en ik vroeg of iemand soms zin had een eindje met me om te lopen. Zijn goedkeurende knikje in de richting van Pavla was bijna onmerkbaar.

We hadden Winston in de auto achtergelaten. Karel hield niet van dieren. Wij namen hem mee naar het Letenské Sady: het park waar eens het beeld van Stalin stond. Het was het grootste ter wereld geweest. Nog Stalinistischer dan Stalin zelf. Pavla vond Winston grappig, maar was een beetje bang hem aan de lijn te nemen.

'Bijt hij?' vroeg ze. Ik stelde mij voor dat zij varkens alleen in de vorm van worstjes kende. Ik vertelde haar dat Winstons voorouders altijd gevreesd werden, dat krijgslieden en jagers ontzag hadden voor wilde zwijnen. Zij beschadigden echter de oogsten van de vroegste landbouwgemeenschappen. Omdat voorkómen beter dan genezen was, werden de onafhankelijke dieren gedomesticeerd en sindsdien bestond er een min of meer stroeve verstandhouding met de mens.

'Maar varkens zijn domme beesten.'

'Praat tegen hem,' stelde ik voor. 'Hij houdt van conversatie.' Pavla knielde bij Winston neer en fluisterde liefkozende woordjes in zijn oor. Het beestje begon te glimmen van genoegen.

'Ik was altijd bang van beren,' zei ze. 'Toen ik nog klein was, sprong ik van de deur naar mijn bed zonder de vloer te raken.' In Azië zijn het de tijgers en in Amerika monsters, maar in Oost-Europa zijn de kinderen bang voor beren onder hun bed. 'Dan lag ik in mijn bed en ik wist dat ze er waren. Ik wist dat ik niet zou kunnen slapen vóór ik gekeken had. En ik wist dat, zodra ik keek, de beer me zou grijpen.' ...Zoals haar ouders door de beren gegrepen waren, toen zij in 1968 in tanks arriveerden.

Zij lachtte en voerde me mee om het uitzicht te zien. Praag was een samenspel van keistenen en torens, een veld vol koperen koepels, verguld door de ondergaande zon. Karlův Most, de middeleeuwse Keizer Karelsbrug, spande zich over de Moldau. Daarover, gestoken in spijkerbroeken met wijde pijpen en zwaaiend met de Tsjechische vlag, konden ééns misschien haar ouders gerend hebben. Sovjettanks stonden in de straten en hun rupsbanden beschadigden het plaveisel. De mensen, ongewapend, bekladden ze met verf. Ze stopten geschutskoepels dicht met bezemstelen. De Praagse Lente, die naar seringen had gegeurd, werd neergeslagen. Zonen en dochters, vaders en moeders – de 'revisionisten' – verdwenen van het toneel. Pavla werd wees.

Het Gouden Praag kreeg een vuile, roestige tint; een stad vol roet, gebouwen in steigers en grijze sovjetuniformen.

Pavla groeide op in een weeshuis, onder een aangenomen naam. Tot Karel haar opeiste. Hij was geen familielid, maar niemand maakte bezwaren over het kind dat niet bestond. De beer kreeg gewoonlijk wat hij wilde.

'Hij heeft voor me gezorgd,' zei ze. 'Hij heeft geprobeerd mij te helpen om mijn vader en moeder te vinden.' Zonder succes. Toen we over de binnenplaats liepen, knerpte het vogelzaad, dat door omwonenden op de keien was gestrooid, onder onze voeten. 'Ik kan mij niet meer herinneren hoe ze eruit zagen.' Verder zei ze niets meer.

'Vera is hier,' zei Zita, plotseling ontnuchterd, tegen me. 'Nota bene hier, in Praag!' Ze keek of zij een klap om haar oren had gekregen. De zusters hadden elkaar meer dan veertig jaar niet gezien.

'Hoe weet je dat?'

Karel antwoordde. 'Het lijk van haar man is gevonden.'

'Maar het is niet te geloven. Hoe is het mogelijk dat zij hier heeft mogen terugkomen?' vroeg Zita.

'Ze is oud.' Zij doet niet terzake, bedoelde hij. 'Ze is oud en moe en de tijden zijn veranderd. Je moest haar eens gaan opzoeken.'

'Waarom zou ik dat verdomme doen?' verweerde zij zich.

'Omdat het nu allemaal verleden tijd is. Omdat ze je eigen vlees en bloed is.'

'Ze heeft ons verraden.'

'Zij was de eerste niet en ze zal zeker ook niet de laatste zijn.' Karel wendde zich tot mij. 'Misschien zien we elkaar nog eens, in Slovakije.'

'Wij gaan naar Boedapest,' bracht ik hem in herinnering. Dat was precies de andere kant op.

'Vera zal naar Slovakije willen en Zita zal alleen meegaan om haar dwars te zitten.'

'Dat is belachelijk,' zei mijn tante.

'Jullie tweeën maken van Hitler en Stalin nog maar kleine amateurs.' Pavla was op de arm van zijn stoel gaan zitten. 'Zita, luister nou eens. Je bent nu lang genoeg bang geweest.' Hij legde zijn arm – met de lange, bloedeloze vingers – om het middel van de engel van Praag. De vrouw zonder verleden, de mooiste vrouw van Tsjecho-Slovakije, leunde met haar hoofd tegen zijn schouder, alsof ze het op een wolk liet rusten.

Vóór de revolutie, bij mijn laatste bezoek aan Praag, was het een stad even duister als het die winteravond was. Maar de historie was hier gesmoord. Het Gottwald Museum rook naar koude betonmuren en zwaar in de was gezette vloeren. Buiten, in een achterafstraatje, hield een man een vrouw tegen de muur gedrukt. Behalve haar opgetrokken rok waren zij volledig gekleed. Terwijl ik naderbij kwam, drong hij in haar door. Zij jammerde. Dit was een verkrachting. Ik moest de politie roepen. Maar toen zag ik hoe ze haar been om hem heen geslagen had, en dat haar vingers gretig de achterkant van zijn overhemd opzij trokken. Het moest liefde voorstellen, of op zijn minst overgave.

Ik wilde zo graag geloven dat Pavla nog maagd was, dat ze nooit zou toestaan dat hij haar nam, dat ze misschien gemolesteerd maar niet gevioleerd werd, dat Karel weliswaar zijn handen niet kon thuishouden, maar niet met haar samenleefde. Maar later, toen zij naar bed waren gegaan, sloop ik zachtjes naar de w.c. Het gesmoorde geluid van mensen die liggen te vrijen drong door van achter hun slaapkamergordijn.

'Ze is geen kind meer. Hij kan haar niet tegen haar wil vasthouden.' Zita maakte haar sigaret uit.

'Ze leeft samen met de man die misschien haar ouders ter dood heeft veroordeeld,' zei ik.

'Ze is een vrij mens,' sliste Zita, 'net als iedereen.' Zij zat aan Vera te denken en vroeg of ik pepermuntvoetbalsem op haar voet wilde smeren.

Ik wist niet waarom Pavla bij hem bleef; uit gewoonte, uit medelijden, uit angst. Ik dacht aan de vriendin die zó gedesillusioneerd was door de liefde dat zij zich alleen aan vreemden gaf. Zodra zij hoorde hoe zij heetten, ging ze weg. Geen verantwoordelijkheden. Geen eisen. Geen verwachtingen. Niets anders dan de angst om alleen te zijn. Of was het iets in Karel? De sterken begrijpen de psychotische relatie tussen vrees en liefde.

In de w.c. klampte een kakkerlak zich tegen de muur, onbeweeglijk, als de geest van een oude vriend. Hij zat er de volgende morgen nog en ging er pas vandoor toen Winston trachtte hem op te eten.

Ik herkende haar meteen. Het kwam door haar oren, die malle ongelijkstaande oren. Haar gezicht was doorploegd met dunne rimpeltjes, zo fijn als een spinneweb. Ze had een gezicht als een wangzakeekhoorn en verschrikkelijk slechte tanden. Als ze lachte, beet ze op haar onderlip en keek besmuikt, alsof lachen iets heel ondeugends was. Maar in de kelder van het Nationaal Monument lachte zij bepaald niet. Doodkisten stonden in stapels op de verbrijzelde betonnen vloer, waar driehonderddrieëntwintig mannen en haar echtgenoot lagen.

Ik kende Vera uit Engeland, waar zij sedert de jaren vijftig in ballingschap gewoond had, maar ik had mijn twee tantes nog nooit samen gezien. Toen Zita brak met de familie, hadden zij gezworen elkaar nooit meer te zien. Zij waren even koppig als strijdlustig.

Vera streek haar witte haar, waar nog altijd iets van het vroegere rood in doorschemerde, van haar voorhoofd en zag Zita. 'Dat heb jullie op je geweten,' zei ze beschuldigend.

'Als je over dat waanidee blijft doordraven, ga ik nu ogenblikkelijk weer weg.'

Brandweerlieden met gazen maskers voor hun gezicht waren bezig met de doodkisten. Aanvankelijk konden de doden niet geïdentificeerd worden. Ze hadden geen namen, alleen nummers. Het waren Tsjechische militairen, in actie gedood tijdens de Tweede Wereldoorlog. Hun misdaad was dat zij voor hun land hadden gevochten aan de kant van de westerse geallieerden in plaats van de Russen. Toen de Britse regering de lijken liet repatriëren voor een begrafenis met militaire eer, werden ze door het nieuwe communistische bewind weggewerkt onder een plaat beton, opdat de historie zou kunnen verhalen dat de Sovjets de enige bondgenoten van de Tsjechen waren geweest; opdat aan de schoolkinderen niet geleerd zou worden dat de Amerikanen een deel van hun land bevrijd hadden; opdat Franse en Canadese paratroepen nooit geëerd zouden worden, omdat ze hun leven voor Tsjecho-Slovakije hadden gegeven. De waarheid werd totaal vergeten, zoals een dode aan wie niemand meer denkt... vergeten, maar bewaard in Vera's herinnering en in wat was overgebleven van haar man, die piloot bij de RAF was geweest.

Zij was teruggekomen om het lijk te identificeren. Visioenen als uit een nachtmerrie teisterden haar toen de kisten opengemaakt werden. Maar het vacuüm van de vergeten grafkelder had het bederf tegengehouden. Mirek zag eruit als een kind dat zó lang en vast had geslapen, dat alle sporen van leeftijd verdwenen en alle schaduwen uitgewist waren. Zijn huid was glad als marmer. Hij leek dood jonger dan op de laatste foto toen hij nog in leven was. De tijd deed goocheltoeren daar in die stoffige kelder en Vera huilde.

Maar ze wees Zita's troost af. 'Je kunt me terugbrengen naar mijn hotel; dat is het enige dat ik van je wil,' deelde Vera mede.

'Maar ik ben je zuster.'

'Ik heb geen zuster. Die is dood.'

Op de tocht terug van de Žižkov-heuvel negeerde Vera Winston. Toen wij reden door de 'Stilte van Husak' – de Těšnovský-tunnel, aangelegd langs de Moldau, zodat men in het enorme gebouw van het Centraal Comité geen last van het verkeerslawaai zou hebben – maakte Vera met haar vingers uitdagend het V-teken. Binnen die muren zaten de oude communisten die de geschiedenis om hals gebracht hadden nu naar adem te happen. Zij zaten te wachten in benauwde kantoren met hun dromen als enig tijdverdrijf. 'Houd je fit terwille van ons,' hielden zij de jongere leden voor. 'Veertig jaar is geen lange tijd voor een denkbeeld. Jullie ogenblik zal komen.'

Zita liet in een afschuwelijke grijns haar lege kaken zien.

'Dat komt door al die Russische snoep die je na de oorlog gegeten hebt,' kritiseerde haar oudere zuster. 'Ik heb je verteld dat je er rotte tanden en kiezen van zou krijgen.'

'We konden niets anders te eten krijgen.'

'Nonsens!' zei Vera.

'Wij gaan naar Boedapest voor een nieuw gebit.'

'Ik hoop dat ze je zullen arresteren. Stop eens even!' commandeerde Vera. Ik stopte. Winston gleed van de bank af. Ze wees naar een gebouw. 'Komt je dat bekend voor?'

'Ik heb dat rothuis nog nooit gezien. Rij door!'

'Heb het hart niet,' zei Vera. 'Ik wil dat mijn zuster het zich herinnert.'

'Wie zijn auto is dit verdomme eigenlijk?'

'Waarschijnlijk van de Partij, tenzij je geen zin had in al dat papierwerk en hem gewoon gestolen hebt.'

'Ik heb nog nooit van mijn leven een auto gestolen. Behalve dat ene keertje.'

...Zusters...

'Zita, kijk nu eens.' Zita sloeg haar armen over elkaar en staarde als gefascineerd naar een telefoonpaal. 'Kijk ernaar!' commandeerde Vera en draaide Zita's hoofd met kracht in de richting van het gebouw. 'Ik heb daar gewoond. Je bent me daar komen opzoeken. Het is de laatste plaats waar wij elkaar ontmoet hebben. Weet je het weer?'

Vera had die flat gekregen dankzij haar rol bij het Slovaakse verzet. Het was haar eerste eigen woninkje, met warm water, een keukentje en zelfs een douche: luxe omstandigheden in het Tsjecho-Slovakije van na de oorlog.

'Gisteren ben ik er voor het eerst na veertig jaar terug geweest. Ik kon me iedere bocht in de trappen nog herinneren, en die rare lift, en die donkere portalen. Ik ben op mijn stappen teruggekeerd en heb op die oude deurbel gedrukt, maar er was niemand thuis en daarom heb ik op de deur ernaast geklopt.' Zij beefde terwijl ze Zita's hoofd nog altijd vasthield.

'Vroeger woonde daar een jonge, een beetje onbeduidende onderwijzeres, maar het was een oude vrouw die de deur opendeed. Ik vertelde haar dat ik hier vroeger gewoond had en wij kregen het over oude kennissen: Bibi Sander die een gat in haar dronken kop kreeg toen ze op een winter van de trap viel en Milan Ondráček die in de vijver verdronken was. En toen wees die oude vrouw naar mijn deur. "En in die flat woonde een slank meisje," zei ze. "Ze hebben haar heel hard aangepakt. We hebben haar bij de politie moeten aangeven. Hoe heette ze ook alweer? Ik weet het al: ze heette Vera." Ik ben Vera, zei ik toen.'

Vera realiseerde zich dat die oude vrouw de jonge onderwijzeres was. Ze zag dat ook zij oud was geworden, dat die veertig jaar niet bestonden, dat ze haar jeugd verloren had. Ze begreep dat haar buurvrouw haar had verraden.

'Weet je nog, Zita, toen ik gearresteerd werd, gaf ik de sleutel aan mijn secretaresse. Zij beloofde voor het huis te zorgen. De hele tijd dat ik in de gevangenis zat, droomde ik van mijn flatje. En van mijn zijden ondergoed. Ik had zo'n schattig Frans broekje. Maar toen ze me vrijlieten, wilde zij me de flat niet teruggeven. Geef me dan tenminste mijn kleren,' heb ik haar gesmeekt. 'Jij bent hier niet gewenst,' zei zij. Vera liet zich op de bank achteroverzinken. 'Ze is later in het kraambed gestorven.' Winston was op de vloer blijven zitten. 'Een heel leuk verhaal, hè? Breng me nou maar naar mijn hotel.'

Ik had nog nooit meegemaakt dat Zita zó stil was.

Er moest nu voor gezorgd worden dat Mirek naar behoren begraven werd. Er was Vera voorgesteld dat er een officiële plechtigheid met militaire eer zou plaatsvinden. Maar zij had andere ideeën. Ik opperde om alles tijdens een maaltijd te bespreken, maar zij antwoordde: 'Waarom? We hebben geen honger. Ik heb er in ieder geval geen tijd voor; op mijn leeftijd moet je snel handelen.'

Zij wilde een privé-begrafenis, maar de instanties hadden bezwaren om het lijk vrij te geven. Zij beweerden dat Mireks overblijfselen een gevaar voor de volksgezondheid vormden.

‘Hij heeft daar veertig jaar onder de grond gelegen. Waarom moeten ze zich nu opeens zo opwinden?’ snauwde zij.

Zita bood aan te helpen. ‘Ik heb een vriend,’ zei ze.

‘In een enigermate fatsoenlijke maatschappij zouden ze jouw vrienden aan stukken gerukt en de overblijfselen aan de kraaien gegeven hebben,’ merkte Vera op.

‘Al jouw beledigingen en de hele verdere rest komen me nou toch mijn strot uit!’

‘Verdwijn dan maar. Ik heb jouw hulp niet nodig.’

‘Ik zal je helpen of je het wilt of niet, verdomme.’ Als kind had Zita geen speelkameraden gehad. Haar enige vrienden waren degenen voor wie zij iets doen kon. Om diezelfde reden, haar behoefte om bemind te worden, had zij later, toen zij ouder werd, geloof geschonken aan de overtuiging van anderen.

De zaak was binnen een uur geregeld. 's Avonds zou het lijk in alle stilte worden vrijgegeven. Ondanks de wijze waarop dit tot stand was gekomen, scheen Zita's hulp Vera wat verzoenlijker te hebben gestemd.

‘Een communist in de familie is net of je een Trabant hebt,’ zei ze. ‘Je vindt het niet prettig, maar het is nu eenmaal nodig om ergens te komen.’

Er was natuurlijk een auto nodig om de kist af te halen.

‘Dat zullen wij samen doen,’ stelde Zita voor.

‘Het allereerste dat je ooit voor me gedaan hebt,’ zei Vera en zette haar koffer met enige moeite in de kofferruimte.

‘En waarschijnlijk ook het laatste. Stap in en houd je mond.’

‘Jij wilt zeker iets van me hebben.’

In de straten waar de historie sluimerde, dicht bij het huis waar Faust zijn overeenkomst met de duivel sloot, vonden wij het Karlov-ziekenhuis, een onderdeel van de Keizer Karel Universiteit. Van de nabij gelegen medische faculteit waren de studenten destijds opgetrokken naar Národní om hun fluwelen revolutie te doen ontvlammen en Karels politie tegenover zich te vinden.

Beneden, in het lijkenhuis, stond een oude man met een slappe hoed en een lange, witte baard op ons te wachten: Sint Nicolaas die ons een zeer ongebruikelijk geschenk aanbood. Hij reed de kist op een karretje naar de auto en hielp me om de doodkist op het dak van de auto vast te maken. Onze vracht werd niet al te best verhuld onder een grijs dekzeil dat eruitzag of het van olifantshuid gemaakt was. ‘Ik heb de besten onder ons zien komen en gaan,’ zei de oude man peinzend. ...En de slechtsten... ‘In rijtuigen en in ziekenauto's, maar nog nooit op het dak van een Trabant.’ Op het hoogtepunt van Stalins ‘zuiveringsacties’ werden gearresteerde inwoners van Moskou naar de gevangenis overgebracht in verzegelde transportwagens voor brood en vlees. Zita drukte de man een envelop – vitamine B – in de hand en later zou hij tot zijn verwondering merken dat er een oud Partij-insigne in zat.

Terwijl we over het Plein van de Berijders van Sovjettanks reden, vroeg ik welke kant wij op moesten. 'Naar het oosten, natuurlijk,' zei Vera. 'Naar Slovakije.'

Zelfs Zita was verbaasd. 'Maar wat moet het dan met Mirek?'

'We gaan juist om Mirek,' antwoordde Vera. 'Hij is daar geboren en we hebben elkaar daar ontmoet. Ik ga hem begraven in Banská Bystrica.'

'Maar we kunnen dat hele roteind toch niet met een doodkist op het dak rijden,' sputterde Zita.

'Dat is nu echt iets voor jou. Als gewoonlijk gaat jouw gulheid niet al te ver. Laat me eruit, nu meteen! Ik wil mijn tijd niet verknoeien met redetwisten.'

'Stop hier!' commandeerde Zita. Ze was woedend. De auto kwam schuddend en krakend tot stilstand op de brug. Vera werkte zich eruit, dwars over Winston heen, en begon de doodkist los te maken.

'Ik zal je niet ophouden. Ik haal alleen mijn man van de auto.' Zij wees naar de rivier. 'De volgende keer dat je in de metro rijdt, moet je eens aan mij denken. Ik heb gewerkt aan de aanleg van de tunnel onder de Moldau.' Een groot gedeelte van de Praagse metro was aangelegd door politieke gevangenen. Boven het terrein van hun arbeid stroomde de rivier.

'Helemaal in je eentje?' vroeg Zita, die met gekruiste armen op de bank bleef zitten.

'Nee hoor, een bisschop heeft ook meegeholpen. Plus diverse dokters, en een vakbondsleider en dan allicht de monniken.' In het begin van de jaren vijftig waren de kloosterordes opgeheven. Achtduizend monniken verdwenen in de werkkampen. 'Sommigen waren veroordeeld tot tien jaar dwangarbeid.'

'Tien jaar?' Zita schudde het hoofd en zei, in vrije weergave van de woorden van de brave soldaat Švejk: 'Ik had me nooit kunnen voorstellen dat ze een onschuldige tot tien jaar zouden veroordelen. Vijf jaar, dat kan ik nog begrijpen, maar tien is wel een beetje lang.' Vera worstelde om een knoop in het touw los te krijgen. Zij brak een nagel en begon te jammeren. 'Ben je nou nog niet klaar?' informeerde Zita snibbig.

'Over een minuutje zul je geen last meer van ons hebben,' kermde Vera. In mijn fantasie zag ik plotseling hoe de doodkist in de rivier zou vallen en wegdrijven naar de Noordzee waar, veertig jaar geleden, Mireks Spitfire in terecht was gekomen.

'O, verdomme!' vloekte Zita voor zich uit. 'O, god-hier-en-daar!' Zij kwam de auto uit, sloeg haar arm om haar zuster en leidde haar naar de brugleuning. Ze had haar zonder enige moeite naar beneden kunnen gooien, even gemakkelijk als Jan Masaryk in 1948 uit het raam geworpen was. Het had de Tsjechen volkomen verpletterd. Niet omdat de communisten een liberaal gedood hadden – politieke moorden waren aan de orde van de dag – maar omdat zij de zoon van de stichter van Tsjecho-Slovakije vermoord hadden. Het hele volk werd hierdoor gewurgd. En de communisten lieten weten dat het hiermee nog niet afgelopen was. 'We gaan vaak naar de Sovjetunie,' had de eerste communistische premier het parlement medegedeeld, 'om te leren hoe wij jullie de nek moeten omdraaien.' Inmiddels zei Zita: 'Vroeger mochten wij elkaar graag.'

'Dat deden wij helemaal niet,' sprak Vera tegen.

'Laten wij proberen dat nu in ieder geval te doen en laten we verder gaan.'

'En Mirek dan?'

'We zullen hem naar Banská Bystrica brengen.'

'En je nieuwe gebit?'

Zita trok haar schouders op. 'Daar maak ik me niet druk over. Dat krijg ik later wel. En bovendien gaan wij naar Brno. Ik wil het graag weerzien.'

'Als er nog iets overeind staat.'

Winston had geen zin om de achterbank met iemand te delen. Hij knipperde met zijn lichte oogharen en begon te pruilen.

Zusters... Onze familiegeschiedenis zat vol zusters die ruzie met elkaar hadden. Zita en Vera waren van hetzelfde bloed, maar gescheiden door ideologie. Hun moeder, de zachtzinnige en liefhebbende Tamina, had een breuk met haar zuster, gravin Osyth Pomona, veroorzaakt door er met Osyths verloofde vandoor te gaan. Osyth had het Tamina nooit vergeven. Bij wijze van wraak verhuisde zij naar Zwitserland en trouwde daar met een miljonair. Naar zij verklaarde had zij dat gedaan om het fortuin van de familie te herstellen. Maar toen de communisten de mijnen van Osyths gewezen verloofde nationaliseerden en hij tot armoede verviel, schoof zij nog geen centime af.

De voormoeders hadden al evenmin met elkaar kunnen opschieten. De tweelingzusters Cantilena en Contralto, die altijd ongehuwd waren gebleven, spraken nooit tegen elkaar. Desondanks waren zij zo onafscheidelijk dat zij allebei konden beweren het leven te hebben geschonken aan de onwettig geboren Decimus de Schone die bij Austerlitz tegen Napoleon had gestreden. In nauw familieverband is het vaak moeilijk om vast te stellen waar het ene familielid begint en het andere ophoudt. Decimus zelf, de dekhengst met de enorme robijn, was de vader van acht dochters geweest. Hij stierf op zijn zeventigste jaar, in de armen en de schoot van zijn vrouw, terwijl hij het zaad uitstortte waaruit Zita's overgrootmoeder zou voortkomen. Zijn dochters verspreidden zich over het hele Keizerrijk en werden, als schepen verstrooid in de storm, door golven van dwaalbegrippen van elkaar gescheiden toen Oostenrijk-Hongarije door oorlog en nationalisme uiteengerukt werd.

Onze familie had eerder de neiging bij toeval op rijkdom te stoten dan deze op andere wijze te vergaren. Volgens de legende was een voorvader – Jan de Weduwnaar – op de vlucht voor een beer, toen hij uitgleed over een stuk losgeraakt mos. Onder zijn voet glinsterde een berg van puur zilver. Hij stond als aan de grond genageld, zó bewegingloos dat de beer dacht dat hij dood was en zich daarom maar op zijn vrouw geworpen had. De Kutná-mijnen maakten de koningen van Bohemen tot de rijkste Europese vorsten van de middeleeuwen.

De geschiedenis herhaalde zich toen grootvader Valtr, op huwelijksreis in Slovakije, met zijn bruid het Tatragebergte inging. In een moment van hartstocht woelden zij de bovenlaag weg van een helling die wederom rijk aan erts bleek te zijn. Het geluk lachte hen ten derden male toe toen Václav, Zita's vader, op wilde-zwijnenjacht was in het Brdygebergte. Hij ontdekte de uraniumader met behulp waarvan zijn land zou trachten het socialisme op te bouwen. Maar de ontdekking werd zijn dood.

Zilver voor Poolse sabels, goud voor de kroon der Habsburgers, uranium voor Russische bommen; zo snel als de rijkdom verworven werd, ging hij ook weer verloren. Mijn familie had er een handje van om in oorlogen de zijde van de verliezers te kiezen. Zij steunden keizer Jozef toen deze zich tegen Bismarck keerde; zij steunden keizer Wilhelm in 1917; zij waren tussen de twee oorlogen in voorstanders van Masaryks democratische regering. Zodra zij een fortuin hadden weten op te diepen, bracht hun idealisme hen ertoe het weer te verkwisten.

De ochtendnevel lag als een sluier over de lage, golvende velden, kaal op een enkele rij telefoonpalen na die zich uitstrekten in het wazig verschiet. Een haas stak hollend de weg over en verdween tussen de hopplanten. Populierenbosjes lagen verspreid over het glooiende landschap ten zuiden van Praag. De dorpen hadden rode daken en uivormige kerktorens; het winterhooi lag opgestapeld in de vorm van grote suikerbroden. In Příbram, een paar kilometer verder westwaarts over een droge, stoffige vlakte die aan het zuiden van Spanje deed denken, was zowel de rug als het hart van mijn oudoom gebroken. Zijn mijnen waren overgedragen aan de Sovjets. In de loop van een tiental jaren hadden zij honderdduizend Tsjechische politieke gevangenen het werk in de mijnen laten verrichten. De grootste uraniummijn van Europa werd geëxploiteerd door middel van slavenarbeid, zonder enig loon of compensatie.

'Vergeet dat niet,' zei Vera tegen haar zuster.

Zita schudde het hoofd. 'Maar zó is het niet gegaan.' Had zij het vergeten, of had ze het nooit geweten? Haar geheugen loste op als mist in de zon.

Winston had er genoeg van om over het hoofd gezien te worden. Hij legde zijn snuit op Vera's schoot. Zij keek tersluiks naar hem en duwde hem toen weg. 'Nog steeds geen kinderen?' hoonde zij. Zij hadden allebei graag kinderen willen hebben, maar hadden ze geen van beiden gekregen.

'Kijk eens, wilgekatjes,' riep Zita, het gesprek afleidend. In Peters tuin hadden die altijd het komende voorjaar aangekondigd. Wij hielden halt om de motor te laten afkoelen. De doodkist was een zware belasting voor de Trabant.

'Ze zijn papa middenin de nacht komen halen,' zei Vera tegen mij. 'Zo deden ze dat altijd. Ze hadden de mijnen en allebei de huizen in bezit genomen. Moeder was dood. Er was verder niets meer te halen. Hij heeft ze laten wachten terwijl hij zich schoor. Ik heb hem nooit weergezien.'

Onder de wilgen was nog een auto blijven staan. Een forse man met een volle baard zat nauw op de voorbank geklemd. In zijn grote handen hield hij zijn kleine, blonde zoontje. Zonder een woord te zeggen voerde hij hem bananen en gedroogde vijgen en streek liefkozend met zijn snor over het hoofd van het kind. Zita kwam uit het bos terug met een arm vol zijdezachte perzikbloesems. 'Dat is nu Moravië,' zei ze, 'dat heerlijke, ongelooflijke Moravië.'

# *Kamers vol herinneringen*

Tsjecho-Slovakije was één staat, bestaande uit twee volkeren en drie landen. Praag lag noordwaarts in Bohemen, het oude hart van het land. Volgens de legende was het hier dat een Slaaf, Overgrootvader Čech genaamd, zijn volk gevestigd had. Het tweede land, Moravië, was een landbouwgebied met een bevolking die ondanks alle uiterlijke zachte vriendelijkheid uitermate onafhankelijk was. Hier waren mijn voorvaderen in de zeventiende eeuw heengegaan, weggevlucht uit het belegerde Wenen. De mijnen en de ijzergieterij van onze familie leverden de wapens waarmee Jan Sobieski, de koning van Polen, de Osmanen wist te verdrijven. De wijnen, de vrouwen en de volksliederen van Moravië oefenden echter aantrekkingskracht op mijn voorvaderen uit en in plaats van naar de Donau terug te keren nadat het beleg opgeheven was, bleven zij vierhonderd jaar lang in Brno. Vanuit de villa van onze familie was mijn oudoom in de zoveelste graad, Decimus de Schone, na een stevig ontbijt uitgereden naar Austerlitz om zijn deel van de glorie te oogsten. In diezelfde tuin kreeg Oto, de ridderlijke broer van mijn tante, te horen dat hij uitverkozen was voor de *Schutzstaffel.* De geschiedenis van onze familie leek op een rol touw van eerbiedwaardige ouderdom; koorden van emotie hadden zich in de loop der jaren om hele geslachten gewikkeld.

De contouren van middeleeuwse vestingmuren die voor ons uit oprezen waren niet die van het beruchte Kasteel Špilberk, waar minstens wel een van onze voorvaderen gevangen had gezeten, maar die van Bohunice: de nieuwe stad Brno. Een bolwerk van anonieme flatgebouwen, verstoken van enige persoonlijkheid, barricadeerde het dal. De lijn werd alleen onderbroken door de als beschuldigende vingers omhoogwijzende fabrieksschoorstenen. Als stormladders stonden kranen in lange rijen. In de naoorlogse jaren waren niet, zoals in het Westen, hele wíjken vernietigd, maar hele stéden.

Zita merkte het echter niet. Haar opwinding was aanstekelijk. Winston hield zich op haar schoot in evenwicht en stak zijn vochtige, roze snuit uit het raam. Ook hij trok zich van de hedendaagse architectuur niets aan.

Wij reden de boven het klooster gelegen Oude Stad in. In de kronkelige, met kinderhoofdjes geplaveide straten, onder de gotische torenspitsen en renaissance loggia's, had de tijd stilgestaan. Wij parkeerden bij een vervallen villa met een verbleekte, vermoeid uitziende gevel. Zodra Zita het portier opendeed, werd de auto vervuld van de geur van gardenia's. Vera wrong zich, met haar ellebogen duwend, langs haar heen. Een oud wijfje met een wasbleek gezicht en blauwachtige wangen waar de rouge als een leugen op lag, keek op van het bloemperk waarover ze gebogen stond. Iets als vage herkenning daagde in haar blik. 'En wie mag jij wel wezen,' vroeg ze hijgerig.

'Ik ben Vera van Tamina.'

'Vera?' Zij omhelsde haar met door aarde besmeurde handen. 'Maar ik dacht dat je dood was.'

'Nog niet, maar we blijven optimistisch,' zei haar jongere zuster.

'En Zita ook? Lieve God, als Ivo dat hoort!'

Geen van mijn beide tantes kon die astmatische vrouw goed thuisbrengen. Zij namen aan dat ze van hun ouders' generatie moest zijn.

'Weet je nog wanneer wij elkaar voor het laatst gezien hebben?' vroeg zij. 'Wij zaten met zijn drieën in de appelboom en hadden het over de dingen waar wij van droomden. Jullie wilden de wereld zien. En ik wilde kinderen hebben.'

Zij hobbelde over de binnenplaats naar een bouwvallige trap. Er boven welfde zich een boog, versierd met de tweekoppige Habsburgse adelaar. Zijn pluimage was kaal geworden, maar zijn stamboom ging via Karel de Grote terug naar de Romeinse legioenen. De zusters waren weer thuis.

Al die nieuwe verdelingswanden verwarden Zita. 'Wat moeten al die rotdeuren hier?' informeerde zij.

'Wij delen het huis nu met anderen.'

'Met wie?'

De vrouw stond even stil voor de bovenwoning om op adem te komen. 'Wat zal je neefje verbaasd zijn!'

Zij klopte op zijn deur, maar Zita wrong zich vooruit, het kleine kamertje in. Neef Ivo kwam ietwat wankelend overeind. Hij was de allerbeste portretfotograaf van Moravië; een man met een diep inzicht in de futiliteit van het menselijk streven, en zijn bril was smerig. 'Het zijn Vera en Zita,' pufte de vrouw.

Zita omhelsde Ivo en lachte. Ze was weer veertien jaar oud. Zij boog zich naar hem toe – met wijdopen ogen, haar lippen vaneen en haar wangen glanzend van jeugdige vitaliteit – en kuste hem vol op de mond. Vera kuste hem op zijn niet al te best geschoren wang.

'Dag Ivo.'

'Jullie hier alletwee? Met zijn beiden? Dit is een nachtmerrie.'

Overal om ons heen doemden gezichten op. Elk beschikbaar vlak was overdekt met foto's van bewaard gebleven ogenblikken: doopfeesten, huwelijken, trotse militairen in uniform – Habsburgers, Duitsers, Tsjechen, Britten, Sovjets. De herinneringen van de stad lagen hier verstard op tinnen platen en daguerreotypie, in zijdezachte zwart-met-witte afdrukken en bonte kleuren. Ik liep de kamer door terwijl Zita mij voorstelde. Ivo stak zijn hand uit en sprak naar de plek waar ik even eerder had gestaan. Hij was blind.

'Stinkt je neef soms een beetje?' vroeg hij fluisterend aan Zita.

'Een beetje,' antwoordde zij, 'maar niet meer dan Winston, het varken.' Ivo's lach was zowel verlegen als ondeugend. Hij streek met een vochtige handpalm zijn kleren glad.

'Dit moet gevierd worden. Wijn!' riep hij en er kwam een fles tevoorschijn.

'Nog diamanten gevonden?' vroeg Zita.

'Dat hoop ik steeds weer, elke keer dat ik de kraan openzet,' zei Ivo. Hij wendde zich in mijn richting. 'Je weet dit vermoedelijk niet, maar iedere keer dat Zita ruzie met haar moeder had – en dat kwam nog al eens voor – spoelde zij een van haar moeders sieraden door het toilet.'

'De riolen van Brno zitten vol juwelen,' zei het oude wijfje.

'Een heel kapitaal aan juwelen.'

'Vera zal zich vermoedelijk nog wel herinneren hoeveel ze precies waard waren,' plaagde Ivo. 'Jij had altijd zo'n goed hoofd voor cijfers. En, als je me niet kwalijk neemt dat ik het zeg, zulke mooie benen.'

'Ze heeft nu spataderen,' lichtte haar zuster toe.

'En jij, Zita, voelde je altijd heel onrechtvaardig behandeld.'

'Dat is verdomme ook niet verwonderlijk. Nadat mama was gestorven en Oto naar kostschool gestuurd, was Vera altijd degene die alles kreeg.'

'Maar het leven is nu eenmaal niet rechtvaardig. De wereld is een sombere plaats met goed achtergrondlicht,' betuigde Ivo. 'Als ik het toch geweten had, de laatste keer dat wij elkaar ontmoetten, dat ik je nooit meer zou zien.'

'We zijn er niet mooier op geworden. Wees maar tevreden met de toestand zoals die is,' zei Zita. 'Waar zijn de foto's?'

'Kijk om je heen.'

'Die van de familie, bedoel ik.'

Hij wees naar een bureau. 'Je bent ook zo vergeetachtig. De linkerbovenla. De lade met de herinneringen.'

Zita haalde een aantal albums gebonden in leer met reliëfwerk tevoorschijn, ging in kleermakerszit op de vloer zitten en spreidde de albums om zich heen uit. Daar stond ze, op een zwart-witfoto, vóór de Brandenburger Tor. Vera, met lange vlechten, zwom ergens in Karinthië. Mirek leunde tegen zijn Spitfire. Oto poseerde in nazi-uniform.

'Wat was hij toch een verdomd knappe vent!' Zita en Peter, pas getrouwd, omhelsden elkaar aan de Donau; haar jeugdige schoonheid van toen dreef de spot met het heden.

Zij grabbelde in haar tas en viste, tussen de papieren zakdoekjes en de chocolaatjes, haar lidmaatschapskaart van de Partij op. Er zat een recente foto op. Zij overhandigde mij de beide foto's. 'Aan wie geef je de voorkeur?' Zita op vijfentwintigjarige leeftijd. En Zita, vijfenzestig jaar oud. 'Als je het verkeerde antwoord geeft, smijt ik je de deur uit.'

Vera keek mee over de schouder van haar zuster. 'Die foto van Mirek heb ik nog nooit gezien.'

'Helemaal niet verouderd. Die foto zou gisteren genomen kunnen zijn.'

'Niet met een van mijn camera's,' zei Ivo.

'Hij is buiten, op het dak van de auto.' Ivo vertrok geen spier. 'In een doodkist, vanzelfsprekend.'

'We brengen hem naar Banská Bystrica. Praag was niet goed genoeg voor hem,' treiterde Zita.

'Ik ben aan het dromen,' zei de blinde en schudde het hoofd.

'Maar ik wil niet dat hij de hele nacht buiten blijft,' verklaarde Vera. Na zó lang gewacht te hebben voor ze haar man vond, wilde zij hem niet opnieuw verliezen.

'Breng hem naar het klooster,' zei Ivo behulpzaam, alsof hij elke dag dergelijke problemen oploste. 'Dan kan hij de nacht bij de voorvaderen doorbrengen. Lijkt je dat niet gepast?'

Het gouden avondlicht legde een gloed over de terracotta daken. Na hun werk stroomden de mensen naar de trams en treinen, halthoudend bij armoedig uitziende winkels om in de rij te staan voor verse karper en flessen Riesling met het etiket 'Romance'. Met sombere klank begonnen de klokken van de St. Jacob te luiden, alsof zij rouwden om het verstrijken van alweer een dag. Het werd duister, maar de straatlantarens gingen niet op. De straatjes die naar het klooster voerden waren te nauw voor de auto. Wij moesten de doodkist dragen. Ivo en ik gingen voorop. Vera en Zita droegen het voeteneind van de kist. Boven ons hoofd vlogen vleermuizen op van onder de overhangende dakranden en cirkelden over het marktplein. Oude zigeuners die bosjes viooltjes verkochten sloegen een kruis toen wij passeerden. Een vrouw legde een bos bontgekleurde wilde bloemen op de kist. Een boer, die niets anders aan te bieden had, drukte Vera een bosje bieslook in de hand. Anderen volgden ons, met geïmproviseerde kransen van wilgekatjes en anjers. De stoet kronkelde opwaarts, in de richting van het kapucijnenklooster.

In de geventileerde crypte onder de kerk hadden de franciscanen hun doden neergelegd. De verschrompelde lichamen lagen op de aarden vloer als armen in een slaapstee voor daklozen. Leerachtige huid hing nog aan het grijze gebeente. Een oog dat open was gebleven leek tegen ons te knipogen. Een omgekrulde lip leek in een spottende grijns verstard. Nog volmaakt intact gebleven tenen waren gestrekt, als om weg te sprinten uit het leven na de dood. Onder een kandelaber van doodshoofden en dijbenen lag Franz Freiherr, de onbarmhartige Habsburgse kolonel die, volgens de familielegende, de vader van Decimus was. Hij rustte op een bed van zijde in een met glas afgedekte sarcofaag. Zijn gala-uniform was vervallen tot herfstbladeren, maar boven de ingezonken oogkassen leken zijn wenkbrauwen te zijn opgetrokken, in woede en onbegrip. Zijn identiteit bleek overduidelijk uit zijn ongelijkstaande oren.

Toen Maria Theresia de troon besteeg, was de naam van Freiherr een synoniem voor angst. Hij was een avonturier. In opdracht van zijn moeder werden er pistolen dicht bij zijn oren afgevuurd, opdat hij sterke zenuwen zou hebben. Belust op avontuur had hij zich bij het Russische leger aangesloten om tegen de Turken te vechten. Hij placht de Osmanen met zijn handen de nek om te draaien of, als hij geen haast had, liters water te gieten door de kelen van zijn ongelukkige gevangenen tot hun magen zó uitgerekt waren dat zij barstten. Niet alleen zijn vijanden, maar ook de gezaghebbenden vreesden hem. De Tsarina veroordeelde hem ter dood wegens insubordinatie. Het was alleen te danken aan de smeekbeden van twee hofdames, die beiden met hem verloofd waren, dat hij vlak voordat hij terechtgesteld zou worden nog gratie kreeg. Hij deed echter afstand van hun gunsten en vluchtte uit Rusland, terwijl beide dames, ieder voor zich op een afgesproken plaats, in het rijtuig van hun vader op hem zaten te wachten.

Freiherr was nooit getrouwd. Hij had zo'n behoefte aan vrouwen dat hij zich niet tot één enkele wilde beperken. De afwezigheid van huwelijksbanden belette hem echter niet kinderen op de wereld te zetten. Zijn voortplantingsdrift overtrof nog die van zijn tijdgenoot August de Sterke, de Keurvorst van Saksen, aan wie driehonderdvierenvijftig onechte kinderen werden toegeschreven.

Vrouwen waren Freiherrs hartstocht, maar zijn grote liefde was de oorlog. Oostenrijk en Pruisen vochten om de alleenheerschappij over de Germanen. Freiherr richtte het beruchte Pandoerenkorps op, een regiment van misdadigers die in hun bloedrode uniformen terreur uitoefenden. Toen zij de bevolking van Beieren aan het uitmoorden waren, hadden zijn superieuren hem de opdracht gegeven genade te betonen. Hij moet toen gezegd hebben: 'Ja, ja, dat is een heel goed idee, maar eerst zullen we er een stelletje wurgen.' De Oostenrijkers, die wel graag soldaatje speelden maar niet van oorlog voeren hielden, vonden zijn methodes onaanvaardbaar. Hij werd opnieuw ter dood veroordeeld, maar de straf werd veranderd in levenslange opsluiting in het Kasteel Špilberk waar hij, eenzaam en in verwarring, zijn tijd doorbracht met het gieten van tinnen soldaatjes en denken aan zijn doodkist.

Freiherr begreep niet wat hij verkeerd had gedaan. Hij had bemind en was bemind geworden. Het bloed dat hij vergoten had, was gevloeid ter verdediging van het Rijk en het geloof, althans in de meeste gevallen. En zelfs in de dood vond de kolonel nog geen rust. Zijn hoofd werd gestolen door een Engelse verzamelaar van curiositeiten en aan een circus verkocht. Honderd jaar lang trok het over heel Europa rond, in gezelschap van dwergen en vrouwen met baarden. Maar in 1872 werden zijn hoofd en lichaam uiteindelijk verenigd en ter aarde besteld in het klooster.

Wij legden Mirek, zijn behuwdkleinzoon in de zoveelste graad, op de vloer naast hem. '*Sic Transit Gloria Mundi*', luidde het opschrift... Zo vergaat 's werelds glorie...

De omgeving van Brno stond bekend om de wijngaarden en volksliederen en Ivo had een muziekavond gearrangeerd. Hij stak zich in zijn beste pak: van een groene stof die zijn tomaatkleurige oren scherp deed uitkomen. Hij trok nerveus aan de manchet van zijn overhemd. 'Rechtsaf bij de kathedraal.' De blinde gaf ons aanwijzingen. 'En dan links na het kerkhof.' Vera en Zita, met Winston tussen hen in geklemd, zaten in gedachten verzonken op de achterbank.

'Zijn we het hoofdbureau van de Partij al voorbij?' vroeg Ivo.

'Het ligt recht voor ons uit.'

'Dan rij je rechtdoor.'

Wij staken een kruispunt over. 'Glimlach, want de dood is nabij,' zei Zita.

'Dat was een stoplicht,' liet Vera erop volgen. Ik had het niet gemerkt.

'Ik heb het ook niet gezien,' zei Ivo.

'Je hebt nooit veel aandacht aan de wet geschonken,' zei Zita beschuldigend.

'Dat is niet waar. Ik heb nooit iets illegaals gedaan,' verbeterde hij, 'ik ben altijd oprecht geweest.'

Na de val van de nieuwe Republiek in 1948 werd het heel riskant als je toevallig niet voorzichtig van aard was. Ivo had altijd precies gezegd wat hij dacht en werd derhalve gearresteerd. 'Wij hopen dat je weet waarom wij je hier hebben,' hadden zij tegen hem gezegd, maar hij werd niet in staat van beschuldiging gesteld. Drie ondervragers hielden zich zeven uur lang met hem bezig. Hun chef, een grove bruut met slechte adem, stond over Ivo heengebogen en schreeuwde: 'Wij weten alles.' Maar ze wisten niets. Er viel niets te weten.

'Toen ik in de gevangenis zat,' zei Vera, 'en ze sloegen je, dan was de enige manier om hen te laten ophouden het volkslied te gaan zingen. De bewakers waren Tsjechen en gingen dan in de houding staan. Maar de directeur kwam erachter en verving de Tsjechische bewakers door Sovjets.' Zita zei dat ze zich de melodie nog herinnerde en begon zacht het volkslied te neuriën.

Het is soms heel moeilijk om te begrijpen dat miljoenen, tientallen miljoenen, een miljard mensen gevangengezet, gemarteld en terechtgesteld werden, alleen omdat zij zeiden wat zij dachten.

'Hoe is het gekomen?' vroeg Vera. Zij bedoelde Ivo's ogen.

Ivo schudde het hoofd. 'Nee. Ze hebben me niet geslagen. Het is een erfelijke oogziekte. Ik zou in ieder geval blind zijn geworden, onder welke regering dan ook.'

Wij reden een terrasvormige helling op en kwamen bij Bijna Niets. Skoronice had die naam na de Dertigjarige Oorlog gekregen. De Zweedse troepen hadden zich van het oorspronkelijke dorp meester gemaakt en 'bijna niets' achtergelaten. Ivo dacht even na om zijn geestesoog op de weg te richten en ons door de duistere laantjes te leiden naar een gebouw van één verdieping.

Zodra de koplampen uit waren, sloot de nacht zich om ons. Ivo stapte de straat op en begon luid te roepen. Zijn vrienden, hun gezichten niet te onderscheiden in het duister, omringden ons en leidden ons door het donkere steegje naar de kern van het huis. Een poort ging open en wij traden in een kale, witgepleisterde, helverlichte ruimte. In alle muren zaten deuren, negen in getal en alle gesloten. Aangebouwde stukken liepen uit van het oorspronkelijke huis, als de armen van een zeester. Zij waren er in de loop van de tijd naar behoefte aan toegevoegd, als er geld voor was. Zita fluisterde mij in het oor: 'Welke zou de deur van het toilet zijn?' Vóór al die deuren stond een tafel, haast doorbuigend onder al het eten en achter de tafel stonden onze gastvrouw en gastheer.

Heda was vijfenveertig, moeder van zes kinderen en in verwachting van het zevende. Luboš had haar door zijn bijzonder hoge tenor weten te winnen. In Moravië gold dat, hoe hoger een man kon zingen, des te meer hij bewonderd werd. Alle beschikbare sopranen van het dorp hadden verkering met Luboš gehad. Maar hij, eens de dekhengst van Bijna Niets, had alle anderen in de steek gelaten toen hij besefte dat Heda de eerste vrouw was die hij met zijn leven zou willen verdedigen.

Van het begin af verliep alles volgens een zorgvuldig plan. Met voldoende nakomelingen konden zij een groep voor volksmuziek vormen. Allereerst waren er violisten nodig. Gedurende deze zwangerschappen kreeg Heda vioolconcerten te horen. Vervolgens was een cimbaalspeler vereist. Zij luisterde gedurende negen maanden uitsluitend naar pianosonates. Het bleek een doelmatige methode te zijn. Ieder kind leerde het instrument te bespelen dat het reeds in de moederschoot gehoord had. Zij speelden instinctief, alsof zij ervoor geboren waren en door middel van de aanhoudende kinderzegen zag het gezin kans om welvarend te worden.

Wij gingen zitten. Er werd wijn geschonken. In Bohemen is het bier zó goed dat het een wonder is dat er ooit een revolutie heeft plaatsgevonden. In Slovakije is de volksdrank *slivovice*; de dag begint pas nadat men een glas pruimenjenever heeft gedronken, om 'de wormen te verdelgen'. In het rijke Moravië maken zij echter wijn, zo schuimend en bruisend dat het is alsof je iets levends naar binnen krijgt.

De hele familie verwende ons, maar vooral Ivo werd vertroeteld. Zij zetten hem een feestmaal voor: gerookte salami met druppeltjes vet die over het vel liepen, gemarineerde robijnrode pepers, zoetige nootbruine mosterd en grote hompen brood. De kruimels bleven hangen in de plooien van zijn wollen vest. Ivo streek over zijn gezicht, voelde of zijn gulp wel dicht zat en werd verlegen door al die attenties. Maar zodra de muziek begon, was zijn onrust voorbij. Hij was plotseling stil. Hij ademde niet eens.

De muziek zweepte als een zwart vuur over ons heen. De vier violen zetten het witte vertrek in vlammen. De heldere stemmen hielden ons onder betovering. Het gezicht van Luboš, zonder enige uitdrukking wanneer hij niet zong, was als getransformeerd. Zijn ogen flitsten terwijl hij de muziek leidde; zij fonkelden als zwart mica. Jura, de eerste viool, hoonde en streelde ons afwisselend met zijn spel. Als dansende demonen wervelden de klanken van de snaarinstrumenten om het krachtige gezang. Het gezin zong éénstemmig, met slechts een octaaf tussen de mannen en vrouwen. Heda zweeg even om op adem te komen. Zij moest wel acht maanden zwanger zijn.

'Moeder kan beter in E groot zingen,' instrueerde Luboš. De Moravische volksmuziek vertoont een gebrek aan eerbied voor tragische omstandigheden. 'Dit hebben wij gezongen op de Internationale Vrouwendag,' zei hij en barstte in onstuimig-vrolijk gezang uit.

Mijn vrouw is gestorven
Ik ben weduwnaar.
Zij hebben haar begraven onder een jeneverbes.
Oh, drie knapen hebben het gat gegraven
En ze konden niet graven tot middernacht.
Ze hebben haar tot haar middel begraven
En daar rust mijn schone.

De muziek maakte iets wakker in Vera; geen sentimentaliteit, maar woede.

'Ik had me altijd voorgesteld dat, als ik naar Praag zou terugkomen, het vliegtuig over de stad zou cirkelen,' zei ze. 'Dat ze, om mijn terugkeer te vieren, een ererondje over het Hradčany-kasteel zouden beschrijven. Maar verleden week, toen ik eindelijk terugkwam, lag de hele stad onder de wolken. Het klaarde maar heel even op: boven de Ruzyně.'

Zita kon de verleiding niet weerstaan ook iets te vertellen. 'De laatste keer dat ik met Peter per vliegtuig uit Moskou vertrok, heb ik nog nooit zo'n landing meegemaakt. Eerst kwamen we op één wiel neer en toen op een ander, we werden zo ongeveer ondersteboven geschud. Ik kwam terecht op de schoot van de man die naast me zat. Hij was er niet bepaald blij mee. Ik was toen ook al lang geen jonge meid meer.'

'Ik heb het niet over vliegen. Ik heb het over de Ruzyně, de gevangenis in de buurt van het vliegveld. Vader heeft daar ook gezeten, als je je dat nog herinnert. Het is haast traditie in onze familie.'

'Ik heb er geen zin in jouw eindeloze herinneringen te moeten aanhoren.'

'Jij wist dat zij vader zouden komen halen,' zei Vera beschuldigend.

'Zwijg toch en haal geen oude koeien uit de sloot.'

'Jij wist het!'

Zita vloog overeind. 'O, hou toch op! Hou toch op!' Ze keek naar de negen deuren. 'Welke is nou verdomme de deur van het toilet?' Maar dat bleek buiten te zijn.

De woordenwisseling had de geestdrift van de musici gedoofd. Zij zaten daar in hun geborduurde feestkledij en aten gekruide, strak in het vel zittende worstjes.

'Ik laat me door haar leugens niet omverpraten,' zei Vera tegen Ivo.

Met de mededeling 'Met uranium kunnen we het socialisme opbouwen' werd het verraad onder de tafel geveegd. Iedereen wist dat het een leugen was. Het waren allemaal leugens. Zita's tragedie bestond uit het feit dat voor haar de leugen waarheid was geworden. Ze kon feiten en fantasie niet meer uit elkaar houden.

'Haal me hieruit!' riep Zita met gesmoorde stem. Daar buiten, onder het licht van de sterren, zat Zita opgesloten in het toilet.

'Je hebt de deur toch niet op slot gedaan, hè?' vroeg Luboš.

'Allicht heb ik de deur op slot gedaan. Ik wil niet dat iedereen zo maar bij me binnen komt vallen.'

'Dat slot is sinds 1968 niet meer gebruikt,' zei hij.

'Nou, dan werkt het nog heel best.' Zij schudde aan de deur. 'Het is hier verdomd donker en – bah! – het stinkt. Haal me eruit.' Winston snuffelde aan de kier onder de deur en begon te krijsen. 'Hou op, Winston,' riep Zita. 'Het vrouwtje komt.'

‘Laat haar daar toch zitten,’ stelde Vera voor.

‘Dat is nou precies de krengerige houding die ik van jou kan verwachten.’

‘Jij hebt vader vermoord!’ riep Vera tegen de gesloten deur. Zita gaf er een schop tegen.

‘Ben je nou helemaal gek geworden, of hoe zit het?’

‘Dat was toch niet nodig,’ merkte Ivo op. Vera deed of ze hem niet hoorde.

‘Jij wist dat ze zouden komen.’

‘Jij staat te bazelen; ik wist het helemaal niet.’

Ivo trachtte olie op de golven te gooien. ‘Hou je toch kalm. Hou alletwee op. Zita, zit de sleutel in het slot?’

‘Die kleresleutel – neem me niet kwalijk – is afgebroken.’

Vera vervolgde: ‘Jij was lid van de Partij. Jij had erachter kunnen komen.’

‘Hij had er zelf achter kunnen komen. Ik was er niet eens.’

‘Het komt door de wijn,’ zei Luboš wijsgerig. ‘Dergelijke dingen gebeuren altijd.’ Het was moeilijk om in Moravië nuchter te blijven. Hij had een tang in het oude slot gestoken. ‘Kun je dat afgebroken stuk sleutel omdraaien?’

‘Welke kant op?’

‘Van jouw kant gezien naar rechts.’

Vera hield niet op. ‘Jij had vader kunnen waarschuwen.’

‘En nou gaan we samen het slot omdraaien.’

‘Hij had kunnen vluchten.’ Zita negeerde Luboš volkomen. ‘Waarom is hij verdomme niet gevlucht?’

‘Omdat hij nooit geloofde dat het hem zou kunnen overkomen.’

‘Nou, het is hem overkomen, zoals het iedereen overkwam.’

‘Zita, draai die sleutel om,’ commandeerde Ivo.

‘Naar links?’

‘Nee, naar rechts.’

Zij draaiden samen aan het stuk sleutel. Het oude slot brak in tweeën en viel op de grond. De deur ging open. De zusters stonden tegenover elkaar.

‘Ik heb nog nooit van mijn leven iets of iemand gedood.’ Zita sprak niet harder dan fluisterend.

‘En hoe zit het dan destijds met dat varken?’

‘Sst! Winston zou het kunnen horen.’ Zita had een kleur gekregen. ‘In ieder geval heb *ik* niet geschoten.’

Op de terugrit naar de stad rook Zita haar vader. Voor het eerst in jaren herinnerde zij zich de zoete geur van zijn huid ’s morgens voordat hij zich ging scheren. Zij voelde weer hoe hij met zijn ruwe, nog ongeschoren gezicht langs haar wang streek. In de badkamer met de zwart-witte tegels ging zij dan op een stoel staan en smeekte hem toch niet met dat gevaarlijke scheermes over zijn gezicht te gaan. Maar hoe hard zij ook protesteerde, hij ging zich scheren en de warme geur waarbij zij zich veilig voelde werd scherp en vervreemdend. Zij haatte die nieuwe geur die hem van haar weghaalde en in haar neusgaten doordrong tot ze niets anders meer kon ruiken. In de auto, in het donker, vulden haar ogen zich met tranen.

De zusters gingen zonder een woord tegen elkaar te zeggen slapen. Dit was moeilijk omdat zij samen het dubbele divanbed deelden en bovendien onplezierig omdat wij met zijn drieën in dezelfde kamer moesten slapen. Ivo plaste uren in de badkamer om en dus slopen wij beurtelings naar het portaal om ons uit te kleden. Slaapkamers bestonden niet in Oost-Europa. De ruimte was zo beperkt, dat geen enkele kamer slechts voor één doel diende. De keukens werden tevens gebruikt als studeerkamers; de zitkamers veranderden in slaapkamers en de was werd in het bad gedaan. Ik sliep op de vloer. In het schemerdonker blonken de foto's als sterrebeelden.

De wijn maakte dat wij ondanks de vijandige gevoelens en het kraaien van een haan die blijkbaar last van slapeloosheid had in slaap vielen. De klok van de kathedraal sloeg twaalf, hetgeen betekende dat het elf uur was. In 1645 had een Zweedse generaal die Brno belegerde vol zelfvertrouwen verklaard, dat hij zijn troepen zou terugtrekken indien zij er niet in slaagden de stad om twaalf uur 's middags in handen te hebben. Om elf uur, toen de Zweden op het punt stonden de muren te beklimmen, liet de klokkeluider de klok twaalf slaan. Getrouw aan zijn woord hief de generaal het beleg op. Sindsdien sloeg de klok twaalf om elf uur 's morgens.

De zusters hadden hoofdpijn. Zij zaten met hun hoofd in hun handen en probeerden over het ontbijt heen te kijken: chocoladetaart, bereid door het oude wijfje.

'Ik heb er spijt van,' zei Vera.

'Nee, *ik* heb er spijt van,' zei Zita. 'Laten we Mirek gaan afhalen en verder alles vergeten.' Zij was verzoeningsgezind gestemd, misschien omdat zij wilde trachten de kloof tussen hen beiden te overbruggen, of misschien omdat zij haar slechte humeur al op iemand anders had botgevierd. Ivo had Winston 's nachts naar buiten gelaten en het beest was nog niet teruggekeerd. 'Als hij niet terugkomt, draai ik jou je nek om, rotzak,' had zij haar neef medegedeeld.

Wij staken het marktplein over en daalden af naar de crypte van het klooster. Franz Freiherr lag er nog net zo, maar het lijk van Mirek was verdwenen. Een hemelvaart leek niet waarschijnlijk. 'Ik wist wel dat ik hem niet uit het oog had moeten laten,' zei Vera en ging op zoek naar een monnik.

'Dat konden we nou nog net hebben.' Zita zonk op de grond neer, tegen de sarcofaag en stak een sigaret op. 'Alles gaat verkeerd; blinden verzamelen hier foto's, Winston is verdwenen en nu is er ook nog een lijk weggewandeld. Het is gewoon niet te geloven.'

'Dat lijk is mijn man,' antwoordde Vera. 'Ze weten hier van niets. De kerk is de hele nacht afgesloten geweest.'

'Hij kan niet ver weg zijn,' zei Ivo hoopvol.

'Ze hebben gezegd dat wij maar naar degene moesten gaan die hier toezicht houdt.'

Wij gingen dieper de crypte in: van de ene ruimte naar de andere, tot helemaal beneden in de catacomben. De overblijfselen van de vroede vaderen der stad lagen hier als een vervallen gedenkteken opgeslagen, maar Mirek bevond zich niet in deze tot stof vergane gemeenschap. In de donkerste hoek hing een gordijn en daarachter was een deur. Vera beukte er met haar handen op; er was niets anders om op te kloppen. 'Doe die deur open!' beval zij. Dit geschiedde. Een verschrompelde man in een keurige witte jas gluurde uit het schemerduister daarachter en zei: 'Ja?'

'Waar is mijn lijk?' informeerde Vera, temidden van al die andere lijken.

'Uw lijk??'

'Dat van mijn echtgenoot.'

'Er is hier sinds 1784 niemand meer bijgezet.' Hij bewaakte zijn deur angstvallig.

'Wij hebben hem hier gisteravond achtergelaten.'

'O, dàt lijk. Is dat van u?'

Hij liet ons binnen in zijn grot. Overal stonden dozen en bussen. Boeken waren in krantenpapier gewikkeld; pennen lagen in de doosjes waarin zij verpakt waren geweest; kaarten waren opgerold en weer in hun cellofaanhouders teruggestopt. Op alle planken waren glazen potten, die een grijsachtige stof bevatten, opgestapeld. In het midden van de cel lag Mireks kist.

'Gezond en wel,' zei hij.

'Ik dacht dat ik hem opnieuw kwijt was,' zei Vera klaaglijk.

'Men kan ook niet te voorzichtig zijn. Wilt u thee?'

De thee werd met een lepeltje uit het doosje gehaald en daarna weer in de papieren zak teruggedaan. Ook de suiker zat in een afgesloten pot. Ieder voorwerp stond in zijn eigen verpakking; niets lag open en bloot. Zelfs de bezem was keurig verpakt in een stoflaken. Onze gastheer was hier met het toezicht belast. Hij was tevens historicus.

'Ik ben mediaevist,' lichtte hij toe. 'Gebruikt u suiker?'

Vroeger was hij het hoofd geweest van een afdeling van de universiteit. Tijdens de Praagse Lente had hij een artikel over historische continuïteit geschreven. Hij zette hierin uiteen dat de Russische revolutie geen opstand was tegen het despotische tsarenbewind in het algemeen, maar gericht was tegen de hervormingen van één bepaalde tsaar. Hij stelde dat de liberale inzichten van Nicolaas II niet in overeenstemming waren met de Russische geschiedenis en dat zij de Russen tegen de borst stuitten. De Oktoberrevolutie bracht Nicolaas II ten val en Lenin herstelde de imperialistische traditie. Met het communisme triomfeerde niet de vooruitgang, maar de regressie. Toen de Praagse Lente de kop werd ingedrukt, eisten de autoriteiten van de historicus dat hij zijn artikel zou herroepen. Maar hij geloofde in datgene wat hij had geschreven en weigerde. Hij liet zich niet demoraliseren. Het betekende het einde van zijn carrière.

'Maar ik heb meer geluk gehad dan de meeste anderen,' zei hij. 'Ik ben op mijn eigen terrein blijven werken.' Hij veegde de overblijfselen van het verval in de graftomben der herinnering bij elkaar.

Wij dronken thee uit porseleinen kopjes die in zaagsel bewaard werden. Het deed me denken aan mijn neefje, het eerste kind in onze familie dat, na hele generaties, nu eens niet met ongelijkstaande oren geboren werd. Hij was drie jaar oud toen zijn kleine broertje overleed. Aanvankelijk scheen dit verlies hem niet aan te grijpen, maar al spoedig merkten zijn ouders dat hij op zijn verjaardag en met Kerstmis het papier niet meer haastig van zijn pakjes scheurde, niet in staat zijn opwinding langer te bedwingen. In plaats daarvan ging hij heel langzaam te werk. Hij verwijderde het papier, bekeek het geschenk en pakte het weer in. Hij kon het niet verdragen iets opnieuw te moeten verliezen. Hij wilde het ogenblik voor altijd bewaren. En zo ging het nu ook met de historicus die ernaar streefde de levende herinnering te bewaren. Maar het regime kneedde herinnering in iedere gewenste vorm en noemde leugens historie. Hun verleden stond nooit vast, want de bijzonderheden werden aangepast zodat zij overeenstemden met de politieke noodzaak van het ogenblik. In boeken werd de ideologie boven de waarheid gesteld. De onteerden werden weggeretoucheerd van de foto's waar zij eens op gestaan hadden. Helden verrezen en vielen als de tinnen soldaatjes waarmee een kind speelt. Het verleden werd gedegradeerd tot iets zonder enige betekenis; alleen het heden was van overweldigend belang en de toekomst was niets anders dan een bedrieglijk droombeeld, een utopisch ideaal.

Voor Winston die kwam aanzetten toen wij bijna klaar waren met thee drinken, was het heden allesbehalve plezierig. Rondom zijn snuit zat een smalle zilveren armband met fonkelende blauwe saffieren en rode granaten. Wat hem ook oorspronkelijk mocht hebben aangetrokken tot dat mooie ding, hij stelde het niet langer op prijs. Het had hem de mond dichtgesnoerd.

'Zwijn!' riep de historicus. 'Geef het terug!' Winston verborg zich achter een kist en deed een meelijwekkende poging om te krijsen. Onze gastheer ging op handen en voeten achter hem aan.

'Laat hem met rust,' commandeerde Zita.

'Niet voordat hij het heeft teruggegeven.'

'Wat gebeurt er in hemelsnaam?' vroeg Ivo.

De historicus dreef Winston in een hoek en trok de armband van zijn snuit. 'Daar!' zei hij. Het was moeilijk te zeggen wie van beiden het meest opgelucht was.

'Maar die is van mij,' zei Zita.

'Die was van moeder,' verbeterde haar oudere zuster.

De familiejuwelen, na talrijke driftbuien door het toilet gespoeld, waren in de riolen van Brno meegevoerd naar het oudste rioolkanaal. De grotere sieraden kwamen te rusten tegen een middeleeuws ijzeren rooster onder het klooster. Jaren later had de historicus ze gevonden. Hij borg ze veilig weg in kleine katoenen envelopjes, gemaakt van een oude pyjama. Naar thans bleek, was Winston vroeger op de morgen de crypte ingekomen, net toen de historicus over een sieraad dat hij nader bekeek gebogen stond. Het fonkelen van de edelstenen had de aandacht van het varken getrokken. Hij was er met de armband vandoor gegaan, maar bij de jacht tussen de mummies was het ding om zijn snuit gekomen.

De zaak was verklaard en het mysterie opgelost. De historicus zou er kleine notities over maken, in klein, fraai handschrift geschreven op kleine kaartjes. Zita vroeg hem niet om de familiejuwelen terug te geven, maar hij schonk haar de smalle, zilveren armband. Hij liet hem terugglijden over de hand die hem eens had weggeworpen. Met de blinde en mij aan het hoofdeinde en de zusters aan het voeteneinde namen wij de kist op onze schouders en, voorafgegaan door de historicus, droegen wij Mirek de crypte uit en het daglicht in.

# *Daar waar Europa eindigt*

Tsjecho-Slovakije lag gespreid over een lijn die sinds de prehistorie de scheiding tussen het Westen en het Oosten had gevormd. De twee grote Europese ijskappen ontmoetten elkaar bij de Morave. Deze rivier gaf de *limes* – de uiterste grens – aan van het Romeinse Rijk. Centurions hadden over het water naar de onbekende duistere wouden gestaard en zij hadden vrees voor de barbaren gekoesterd. Vanaf de andere oever zouden de Vandalen uitzwermen, op weg om Rome te plunderen. De rivier vormde de oostgrens van het Heilige Roomse Rijk, de lijn waarlangs het christendom uitgebannen zou worden, het splijtpunt van Europa waar twee wereldoorlogen zouden ontbranden. En hier op dit punt – als je het niet al te nauw nam met het aantal kilometers – zou het communisme zich opstellen tegenover het kapitalisme.

In Praag zei men altijd dat de Morave, die de Tsjechische gebieden van Slovakije scheidde, de grens vormde tussen Europa en Azië. Aan de andere kant van de rivier, placht men te zeggen, raakten mannen en vrouwen elkaar tijdens het dansen niet aan. Bij de Slovaken zijn schunnigheden gebaseerd op uitwerpselen en bij de Tsjechen op hoererij. Ze zijn niet zoals wij, werd er altijd gezegd. Maar geen enkele Slovaak zou willen aanvaarden dat Europa aan de Morave eindigt. Nee, hij zou altijd geloven dat die grenslijn net een eindje verder naar het oosten lag dan waar hij zich zelf bevond. Het was altijd net een eindje verder.

De Trabant, met aamborstig hijgende motor, werkte zich moeizaam opwaarts in de Karpaten, het grote hoefijzervormige gebergte dat Oost-Europa omgeeft. Een file van Skoda's en zware sovjetvrachtwagens sukkelde achter ons aan. Wij hadden de stad waar de riolen vol juwelen zitten, de blinden het verleden verzamelen en de klokken twaalf slaan als het 's morgens elf uur is, verlaten om op weg te gaan naar Slovakije. Wij hadden echter halt gehouden in Austerlitz alvorens de Morave over te steken. Zita had namelijk hoofdpijn gekregen.

'Hoe voel je je?'

'Belabberd.' Ze had een paar aspirientjes geslikt. 'De moeilijkheid is dat het net zoiets als een draaimolen is. Je slikt tabletten tegen de pijn en dan word je misselijk van de tabletten. Allemaal even hopeloos.'

In Austerlitz was niets te zien. Er stond geen monument om de heldendaden van aartshertog Decimus te gedenken. Zijn daden waren in geen enkel boek vastgelegd, maar bewaard gebleven in de herinneringen van de familie.

De Driekeizersslag was Napoleons grootste overwinning. Met zijn achtenzestigduizend man tellende troepen versloeg hij de verenigde legermacht van negentigduizend Oostenrijkers en Russen. De slag was een meesterstuk van tactiek. Hij dreef de tsaar terug naar Moskou en dwong de Habsburgers de vijandelijkheden te staken.

Decimus had een komplot opgezet om Napoleon de zege te onthouden. Maar de Oostenrijkse keizer wees zijn advies van de hand. '*Ohren sind zum Hören*', had Franz I gezegd en voerde, luid grinnikend, negenduizend man de dood tegemoet. Decimus had geweigerd deel te nemen aan die op zelfmoord neerkomende aanval op de rechtervleugel der Fransen. In plaats daarvan had hij zijn kleine legerkorps geleid in een onbesuisde aanval op de hoofdmacht van de vijand. Hij had wel de moed, maar niet de hersens van zijn vader geërfd. Hij werd zonder de geringste moeite door *La Grande Armée* overmeesterd. '*Feuilles de chou est fou*', hoonden de overwinnaars. Napoleon had bevolen dat de gevangenen en gewonden met de bajonet gedood moesten worden. Het was een ongeluksdag voor Decimus. Maar maarschalk Soult, een romanticus en altijd onder de indruk van heldendaden een Don Quichot waardig, liet Decimus in het geheim naar huis brengen, waar hij nog op tijd voor het diner aankwam. Later op de avond, terwijl hij nog aan de *knedlíky* – de Knödel – zat, zetten de Fransen een tegenoffensief in en het geallieerde leger hield op te bestaan.

'Slovakije is mooi, maar de communisten hebben er niets van overgelaten,' zei de man van de benzinepomp; zijn oren waren walnootbruin. Boeren met brede Slavische voorhoofden en hoge jukbeenderen zaten gehurkt op hun akkers. De mannen waren vermoeid, gelaten en zonder enige hoop. Alle vrouwen zagen eruit of zij in tranen zouden uitbarsten. Boven hen uit rezen heroïsche standbeelden op van figuren die bereid stonden om het vaderland te verdedigen; ze gaven – ironisch genoeg – het gebroken volk weer. Eéns had er slechts weinig verschil bestaan tussen Tsjechen en Slovaken. Samen hadden zij de eerste georganiseerde staten in Oost-Europa geschapen. Maar de Magyaren, wier ruiters op hun rooftochten naar het westen zelfs helemaal tot Nîmes en Champagne waren doorgedrongen, hadden hen in een van de duisterste tijdperken in de Europese geschiedenis van elkaar gescheiden. Fascisten en communisten hadden de kloof nog vergroot. Slovakije had zich hier nooit meer van hersteld.

In de dorpen was het niet meer de kerktoren die de kern vormde, maar de alomtegenwoordige fabrieksschoorsteen. De kalk uit een cementfabriek wervelde neer op de weg, de huizen en het haar van een fietser. De zware industrie braakte rookwolken uit. Byzantijnse uivormige kerkkoepels vervielen tot rossig roest.

'Ik heb dit hele stuk gelopen,' zei Zita, maar ik geloofde haar niet.

Aan het begin van de Tweede Wereldoorlog was de familie van Brno naar Banská Bystrica gevlucht. Hitler had het Tsjechische gebied geannexeerd en het was gevaarlijk voor hen om in Moravië te blijven. Slovakije, een vazalstaat, was een eiland van welvaart en stabiliteit in het door oorlog verscheurde Europa. Hier, aan de voet van de berg met hun mijnen, zouden ze veiliger zijn. Maar mijn oudoom begreep dat Zita, zijn jongste dochter, in Zwitserland nog het veiligst zou zijn en stuurde haar naar haar tante Osyth.

Osyth was allesbehalve verheugd om haar nichtje te zien. Zij had Zita's vader zijn verraad nooit vergeven en was jaloers op het zich tot een bloeiende schoonheid ontwikkelende meisje. En in ieder geval had zij een nieuwe echtgenoot: een rijke bankier die zijn handen niet kon thuishouden. Osyth zou niet toestaan dat de geschiedenis zich herhaalde. Terwijl Hitlers *Panzers* westwaarts stormden over Europa, werd Zita weer naar het oosten gezonden, terug naar Moravië.

Toen zij aankwam in het huis van de familie in Brno, vond zij het gezin vertrokken. De oude huishoudster, nog banger voor de buren dan voor de nazi's, wilde haar niet laten blijven. Zij gaf haar twee maïsbroden, de kostbare laatste worst die ze nog bezat en wees haar de deur. Zita liep tweeënveertig dagen dwars door Moravië naar Slovakije; ze reisde 's nachts en sliep overdag in schuren.

'Ik was vies en smerig en ik stonk als een beest,' zei ze. 'Niet om aan te zien!'

Oto, haar broer, was de eerste die haar in het oog kreeg. Hij herkende haar niet. 'Verdwijn, vuile zigeunerin!' had hij haar toegeroepen. 'Ik ben het, grote sul!' had zij geantwoord.

Haar komst bracht haar vader in grote verwarring. Slechts weinig jonge meisjes bleven in oorlogstijd nog maagd. Hij had haar niet opgevoed en een goede opleiding gegeven alleen om haar door een of andere soldaat vol luizen op een hooizolder te laten verkrachten. Hij liet haar stilletjes wegbrengen, de bergen in, om daar te wonen bij mensen die hij vertrouwde. Zij deed karweitjes voor de partisanen. Zij behield haar maagdelijke staat nog net tot het einde van dc vijandelijkheden. Op de dag dat de vrede daagde verloor zij haar maagdelijkheid aan haar toekomstige echtgenoot – en aan Lenin.

Het licht was helder, de lucht schoon en de sneeuw lag nog op de hellingen toen wij Banská Bystrica, het hart van Slovakije, binnenreden.

De gevels van de gebouwen op het voornaamste plein waren net geschilderd, hetgeen om de vijf jaar geschiedde, ter voorbereiding van de viering van de Dag der Bevrijding. Vermiljoenrode spandoeken versierden de hoofdstraten. Maar achter de gevels waren de huizen vervallen. Zita herkende het huis niet, zelfs niet toen wij er vlak voor stilhielden. Haar geheugen was blijven steken als de naald in de groef van een langspeelplaat. Zij weigerde zich het gebouw te herinneren omdat het vuil was; zij herkende de trappen niet omdat de verf afgebladderd was en de woning zelf niet omdat het meubilair nu anders stond. Het was of zij niet kon toestaan dat haar herinneringen aangetast werden. Ze had ze zó intens beleefd, dat ze als het ware ingevroren in de tijd lagen. En toch was het hier, in dit eens zo grandioze gebouw, dat zij destijds smerig en stinkend na haar lange trektocht gearriveerd was.

De bel was gebroken en de deur niet afgesloten. Het huis rook naar appels van het vorige jaar. Wij volgden het geluid van Russische stemmen door een doolhof van kamers, langs opgehangen kleren en onopgemaakte bedden, langs stoffige piano's en foto's van ijshockeyteams. In de dertiende kamer – de allegorische weergave in Slovaakse sprookjes van 'dat wat verborgen is' – vonden wij Pavel en Marta. Zij zat aan haar naaimachine. Hij bekeek twee televisies van het merk Baltik tegelijk. De ene leverde het geluid, de andere het beeld en ze waren beide op Moskou afgesteld.

'De deur stond open,' zei Zita verontschuldigend.

Pavel sprong op en kwam met korte, vlugge stappen de kamer door, alsof hij op het punt stond hard te gaan hollen. Hij had ons verwacht, maar Marta niet. Hij had vergeten haar te vertellen over ons telegram dat hij nu uit zijn zak trok.

'Allemachtig!' riep hij.

'Mijn familie,' zei Marta en ging meteen aan het werk om een feestmaal te bereiden. Haar drukke bezigheden maakten dat Pavel – even kort aangebonden als vlug van beweging – een storm van kritiek op haar losliet. Zij genoot blijkbaar van zijn opvliegendheid en trok zich glimlachend terug, onder een hagel van beledigingen. Zij hadden in geen twintig jaar bezoek gehad.

'Waarom mijn vrouw dat allemaal kookt, ik zou niet weten.' Toen hij ons, vreemd genoeg, met haar alleen liet, schudde Marta het hoofd. 'Hij was vroeger *zo'n* man. Maar nu zit hij alleen nog naar de televisie te kijken en ik doe al het werk.'

'Het diner!' verkondigde Pavel toen hij van de provisiekast terugkwam met appels die zoetig-muf roken door het lange liggen. Marta serveerde *kapustnica*: een stoofschotel van kool die rood zag van de paprika, met zure room en vol worstjes die met komijn gekruid waren. Ik was verbaasd over de televisie. Banská Bystrica ligt een dikke tweehonderd kilometer van de Russische grens af, te ver voor normale ontvangst.

'*Áno, áno*,' zei Pavel. Ja, ja. 'Heel leuk.' Hij lachte. 'Ik bouw een antenne op dak, *áno*? Elf meter hoog. Voor *Oesterreichische Rundfunk*. Precies één dag, leven is heerlijk. Hele wereld komt ons huis in.' Zijn hoge antenne had de Oostenrijkse televisie kunnen ontvangen. 'Dan komt grote wind uit het westen, *áno*? Vaarwel, Wenen. Hallo, Moskou. *Fantastické*.'

De antenne was door de wind 180 graden gedraaid in de tegenovergestelde richting om daar te blijven steken. Door de harde wind was het te gevaarlijk om in die hoge mast te klimmen. Zij waren gedoemd om alleen de sovjettelevisie te ontvangen en, wat nog erger was, slechts één kanaal tot er weer een gunstige wind uit het oosten zou komen. '*Fantastické, áno?*'

Marta boog zich over de tafel om mij *halušky* – aardappel-*knödel* met geraspte kaas – te serveren en fluisterde: 'Je moet met een Slovaakse trouwen, een meisje dat *Knödel* kan maken.'

Maar Vera begon al dat gebabbel te vervelen. 'Wij zijn hier niet gekomen om hem aan een vrouw te helpen, maar om mijn man te begraven.'

Wij sliepen niet al te best, met Winston aan onze voeten en Mirek in de hal, leunend tegen de provisiekast. De hele nacht hoorden wij de houtwormen knagen in de panelen achter ons hoofd. Er was geen verwarming.

'Ontbijt, alsjeblieft,' zei Pavel. 'Spijt me, maar ik moet gaan. Wat kan ik doen? Het systeem in de wereld is heel slecht. Wij moeten werken.'

De zusters waren de begrafenis aan het regelen. Ik had die dag vrij en ik vroeg of ik met Pavel mee mocht.

'Jouw ontbijt kan ik niet op wachten, *áno*?' Ik excuseerde me bij Marta. Zij pakte een sandwich in om de tijd tot de lunch te bekorten.

Wij reden in een bus die heen en weer ging als een harmonika. Op het schoolplein begon Pavel van één tot vijf te tellen, wachtte even, en telde dan weer terug tot één. De jongens stonden in twee ongelijke rijen. Aan de ene kant hielden zij schuimrubber ballen op armlengte vast. Zij lieten die vijf keer op en neer gaan en rolden ze vervolgens naar de andere rij, waar alles herhaald werd. Alleen wanneer de bal af en toe stuiterde kwam er wijziging in dit saaie patroon. Maar het kon de jongens niet schelen; het was beter dan onkruid wieden op de spoorweg of het trottoir langs hun school te moeten vegen. Dit was dus 'de progressieve traditie van lichamelijke educatie, berustend op wetenschappelijke basis, bij de ontwikkeling van socialistische principes voor lichamelijke educatie'.

In Tsjecho-Slovakije hadden de kinderen geen voetbalschoenen of andere sportartikelen. Klasseteams bestonden niet. De sport op school beperkte zich tot zogenaamde vrije oefeningen. Met elkaar wedijveren of ergens in uitblinken was de kinderen niet toegestaan; individuele vaardigheden werden onderdrukt. Een grote jongen mocht niet verder springen dan een kleine. Deze nivellering werd ook op andere terreinen toegepast. Lichamelijke en wetenschappelijke opleiding werden gelijkgesteld, zodat een intelligent kind dat niet hard kon lopen werd teruggehouden. Zodra zijn cijfers het gemiddelde hadden bereikt, werden ze lager. En dit alles omdat hij nooit te horen zou krijgen dat hij iets beter kon dan anderen. Pavel was hun gymnastiekleraar, maar eens was hij coach van het Tsjechische nationale hockeyteam geweest.

In 1968 kwam een half miljoen soldaten Tsjecho-Slovakije binnenvallen. De leider van de Partij, Alexander Dubček, werd ontvoerd, met verdovende middelen behandeld en gedwongen het Protocol van Moskou te tekenen. Het land was geïntimideerd, maar capituleerde niet. De Russen moesten een excuus hebben om de doodkist dicht te nagelen. Deze gelegenheid deed zich enige maanden later voor. Het Tsjechische ijshockeyteam versloeg de Sovjets op de wereldkampioenschappen in Stockholm. Dit werd in heel Tsjecho-Slovakije spontaan gevierd. De Tsjechen en Slovaken stroomden samen op het Wenceslasplein om uiting aan hun vreugde te geven; het kantoor van Aeroflot werd in brand gestoken en de politiek keek rustig toe terwijl de sovjettroepen door de menigte gehoond werden.

Het Kremlin beschouwde een en ander als ‘contrarevolutie’. De overwinning ondermijnde het socialistische principe van broederlijke sport... de Russen hadden namelijk verloren. Een nieuw contingent ‘spelbrekers’ van het Rode Leger werd naar Tsjecho-Slovakije gezonden. Dubček, die het Tsjechische ijshockeyteam een gelukstelegram had gestuurd, verloor zijn functie en werd uit de Partij gezet. Tienduizend Tsjechische officieren werden uit het leger ontslagen; honderdduizend mensen ontvluchtten het land; een half miljoen mannen en vrouwen – zoals bijvoorbeeld Pavel en de historicus uit Brno – werd gedwongen hun werk op te geven en handenarbeid te gaan verrichten.

Op het schoolplein ging Pavel voort met één tot vijf en weer terug te tellen. Van de ene dag op de andere werd hem iedere vorm van ambitie ontzegd en dit verwoestte zijn leven. Hij verloor de moed om naar wat dan ook benieuwd te zijn en trok zich terug in een wereld van routine en cynisme. De woning van de familie werd een wijkplaats: in 1940 voor het gezin zelf en in 1969 voor Pavel en Marta. Slovakije was een goed land om je in te verschuilen.

Na de maatregelen voor de begrafenis, die de volgende dag zou plaatsvinden, te hebben getroffen, hadden de zusters de middag al ruziënd doorgebracht in het Museum van de Slovaakse Nationale Opstand, een gebouw dat de vorm had van een doormidden gehakte, verwrongen globe. De collectie onderging op dat moment wat eufemistisch 'een historische vernieuwing' werd genoemd. De Opstand, een mislukte poging om de Duitsers in 1944 te verdrijven, bekleedde een ereplaats in de naoorlogse mythologie van het land. Dat het falen van deze opstand later met eerbied herdacht werd getuigde van schaamteloze huichelarij. Maar nu werden de leugens gecorrigeerd: uitstalkasten werden geopend, teksten veranderd en geretoucheerde foto's in de oorspronkelijke staat hersteld. Maar Vera bleef onbevredigd door de revisie – het verleden was en bleef een kwestie van interpretatie – en zij stormde woedend het museum uit. Zita gaf toe dat zij het zich niet meer kon herinneren. Ze had moeilijkheden met de feiten. Was zij die nu werkelijk vergeten of weigerde zij alleen maar om ze te aanvaarden?

Marta kwam met het eten uit de keuken: gerookt varkensvlees met zuurkool en *Knödel* die zo massief waren als gestoomd wittebrood. Bij het vlees werden gestoofde abrikozen opgediend.

'Waarin ligt nu de grootste waarheid, in memoires of herinneringen?' Zita ergerde zich aan zichzelf. 'Verdorie, ik weet het.' Zij klampte zich aan een kleinigheid vast. 'De fonograaf! Je weet wel, die met de wasrollen.'

'De Edison,' verduidelijkte Vera.

'Oto en ik hebben hem gebruikt. In de oorlog hebben wij onze stemmen opgenomen.'

'*Áno*,' bevestigde Pavel. 'Waar het is nu, ik zou niet weten. Spijt me.'

'In de dertiende kamer,' zei Marta.

'Wij kijken, alsjeblieft,' zei Pavel.

'Maar dan wordt het eten koud.'

Achter de dertiende kamer lag weer een andere dertiende kamer. Het huis was net een ui die wij laag na laag afschilden. Het stond vol meubelen en overal hingen spinnewebben. Wij drongen door tot wat in de loop der jaren verzameld was. Vera vond een stoffige kristallen parfumfles, van wel dertig cm hoog, in de vorm van het Kremlin.

'Weg met dat rotding!' Na de oorlog was een sovjetdelegatie hun vader komen bezoeken en had hem geschenken aangeboden. 'En we hebben die rotzakken nog moeten ontvangen ook,' siste Vera.

'Ze leken mij heel aardig,' zei haar zuster.

De afgezanten waren gekomen om hun vaders mijn te kopen. Hij had hen bedankt en verklaard dat hij niet de bedoeling had om te verkopen. Zij lieten doorschemeren dat het in zijn eigen belang was om hun aanbod te aanvaarden. Hij was tenslotte een Duitser.

Václav had hier nijdig tegen geprotesteerd. Zijn voorvaderen mochten dan Oostenrijkers geweest zijn, maar hij was een Tsjech. Zijn familie woonde al geslachten lang in Moravië.

'Zij waren klaar met eten,' verklaarde Zita. 'Ik had aan tafel bediend. Ik wist dat je na een diner cognac hoorde te drinken. En toen vond ik die oude fles. Ik schonk alle glazen – die grote cognacglazen – tot aan de rand toe vol. Mijn vader kreeg haast een hartverlamming. Zijn beste, oude cognac, nota bene.'

'Het zat hem niet in de cognac.'

'De Russen vonden het heerlijk. Ze zijn uiteindelijk door hun chauffeurs weggedragen. En mijn vader moest de trap opgedragen worden.' Václav had niet verkocht. Een jaar later werd de mijn in beslag genomen.

'Hier is,' zei Pavel.

Achter een stapel vuile schilderijen, romantische oogsttaferelen in vergulde lijsten, stond de fonograaf. Zita sleepte hem naar een open plek. In het stof liet het ding een spoor als een slak na. Zij maakte de houten kast open en het fijnbewerkte zwart met zilveren mechaniek werd zichtbaar. De grote koperen hoorn werd erop gezet. 'Edisons Platen Klinken over de Hele Wereld.' Zijn handtekening stond erop, afgezet met bladgoud.

'Waar zijn de rollen?'

'Achter het gordijn,' verkondigde Marta die met onze borden kwam aanzetten.

'Oto zag er in zijn uniform zo onverschrokken uit,' zei Zita en maakte de hoezen van dik karton open. Het zwart was wasgrijzig-wit geworden, maar ergens in die smalle groeven sliep de stem van haar broer. Zij wond de motor op, bracht de eerste rol aan, zette de naald erop en haalde de veer over.

*Don Giovanni* klonk hol uit de hoorn op. 'Niet die rottige Mozart,' zei Zita en haalde de rol eraf. Op de tweede bleek een vrome preek te staan. Daarna volgde een Engelse les: 'Gaat zij elke morgen naar de kerk nu zij in Florence is? Ja, zij gaat elke morgen met haar tante.'

Vera had nog meer rollen gevonden. Zita wond de veer opnieuw op, zette de naald weer op en probeerde het nog eens. Het was een opname van een toespraak tot de senaat van Edvard Beneš, de president die door de communisten afgezet was. '...Onze staat vormt de sleutel tot de gehele naoorlogse structuur van Midden-Europa. Als deze wordt aangetast...' De naald gleed eraf. Zita raakte geïrriteerd. 'Waar zit Oto nou toch, verdomme.'

'*Wenn alle untreu werden, So bleiben wir doch treu...*' Dat was Oto. '*...Dass immer noch auf Erden, Für Euch ein Fähnlein sei...*'

'Wat is dat goddorie voor herrie?' informeerde Zita.

'Onze illustere broer is aan het zingen.'

'...Als iedereen ontrouw wordt, dan blijven wij getrouw, opdat op deze wereld nog altijd een vlag voor u uit wappert...'

'Hij nam alles altijd veel te zwaar op,' zei Vera.

'...Wees trots, want ik draag het vaandel. Wees gerust, want ik draag het vaandel. Heb me lief, want ik draag het vaandel...'

'Dat lijkt me toch niets voor hem.' Zita wendde zich tot Vera. 'Wat zingt hij daar toch?' Een meisjesstem begeleidde het gezang. 'En wie jammert daar op de achtergrond?'

'Dat ben jij. Jullie zijn samen het SS-lied aan het zingen,' antwoordde Vera. Zij lachte als een minnaar die bekent ontrouw te zijn geweest. 'Je verloofde een communist en je broer een fascist... ik begrijp niet hoe je daar ooit uitgekomen bent.'

'En met zo'n kreng als jij als zuster: dàt was nog het toppunt. En Oto was geen fascist. Hij was gewoon een militair en nog een heel knappe vent op de koop toe.' Dit was echter niet waar.

'Gewone militairen meldden zich niet vrijwillig bij de SS.' ...Maar dat deden ze wèl.

'Doe toch niet zo idioot.' Zita's stem klonk schril. 'Oto had toch immers geen keus.' Zij hield haar hand aan haar keel alsof zij zichzelf wilde wurgen.

Pavel keek op van zijn karbonaatje. '*Áno*.'

'Eten, alsjeblieft,' verkondigde Pavel kort na het ochtendgloren. Marta was al uren op om fijn korstgebak te maken en te vullen met gestoofde appels. Zij wilde niet dat wij honger zouden hebben op die dag in het Tatra-gebergte. Pavel stond ongeduldig bovenaan de trap. 'Komen, alsjeblieft.' De voor de gelegenheid geleende auto stond voor.

Het was een Volga en zo breed als een janplezier. Ik troonde hoog op de achterbank – als een lid van het *Politburo* – met Winston op mijn schoot en de zusters naast mij. Mireks kist werd op het imperiaal bevestigd. Zij wilden dat hij het laatste stuk van zijn tocht stijlvol zou afleggen.

Pavel en Marta zaten voorin, naast de chauffeur. Met haar dikke, zwarte mantel en wollen muts deed zij helemaal niet denken aan een hoofdinspecteur van de Silniční a Mostní Konstrukce, Státní Podnik: het Staatsbedrijf voor de Wegen- en Bruggenbouw. Ze sprak met trots over haar wegen.

'Deze weg heb ik in 1973 aangelegd. Het is Albaans asfalt.' Zij telde plaatselijke grondstoffen niet mee. 'Als we maar teersteenslag uit Trinidad konden krijgen, dan zouden wij iets werkelijk goeds kunnen aanleggen. Het is het beste ter wereld.' Zij wist precies welke industrieën er langs haar wegen lagen. 'Hier is onze fabriek voor toiletpapier.' De auto reed langs een enorme fabriek met spoorlijnen en vuile, kapotte ramen. Bij het hek speelden groezelige kinderen met een jong hondje. 'De oorspronkelijke machines zijn in 1980 vervangen.'

Pavel was minder geestdriftig over het oprukken der industrie. 'We zijn al blij met onze cementfabriek. Maar hadden een fabriek voor kogellagers kunnen hebben. *Fantastické.*'

Toen wij opwaarts gingen, werd het bruine wintergras overdekt met een paarse sluier van krokussen. De grond werd donkerder, haast zwart, als de gezichten van zigeuners. De berghellingen schenen zich op te lossen in de horizon en de verste keten leek niet meer dan een laag wolken. De Volga parkeerde voor een piepklein Minoristenkerkje. Kruisen als skeletten, schots en scheef staand, prikten uit de kale grond als spelden uit een voodoopop. Het nieuws van onze aankomst was ons vooruitgegaan en een kleine menigte nieuwsgierigen had zich verzameld. De brede, gerimpelde gezichten van oude vrouwen die met elkaar stonden te fluisteren staarden ons van onder donkere hoofddoeken aan. Een journalist, die nog maar een paar maanden geleden voor de StB had gewerkt, nam foto's. Zita was opgelucht dat zij zich speciaal voor de begrafenis had gekleed. Een donkere voile hing af van haar hoge muts van stinkdierbont. Haar lange rok had een split tot haar dijbeen; niet bepaald passend bij de gelegenheid, maar hij was tenminste zwart.

Toen Vera haar boos had aangekeken, had Zita gezegd: 'Ik heb althans de beleefdheid gehad om geen rood te dragen, of mijn Partij-insigne.'

Vader Raphael leidde de dienst. Met een hamerslag werd de kist verzegeld: een onverwacht geluid in die stille kapel. Een oude man, wiens betraand gezicht ons onbekend was, hield de bloemen ondersteboven terwijl hij de rouwenden naar het graf voerde. Het leek heel benauwd op het kerkhof. De dragers hapten naar adem.

Winston, die een zwarte strik om had, ging er vandoor om eens lekker te snuffelen. Zita zag hem met gemengde gevoelens gaan. In deze bergen had zij geleerd een hekel aan varkens te krijgen. Zij gaf me een por in mijn ribben en wees in de verte over het hoogland.

'Daar heb ik je oom voor het eerst ontmoet.'

Tijdens de oorlog was het Zita's taak om eten aan de partisanen te brengen. Zij vond het heel vervelend. Zij had geen bezwaar tegen de eenzame wandeltochten om melk en eieren te verstoppen op de geheime plaatsen in de bergen, maar al te vaak werd zij belast met het vervoer van levende varkens. Dit 'zwijnewerk' versterkte haar gevoel verraden en bedrogen te zijn. Wat zij wilde was een zijden jurk dragen en walsen met een officier in Wenen; ze had helemaal geen zin om een varken aan een touw over een berghelling in Slovakije te slepen. Oto zou haar verlost hebben, maar hij was in Polen gestationeerd en de partisanenofficieren kwamen niet aan dansen toe na het neerslaan van de Opstand. Degenen die niet door de Duitsers gevangen waren genomen kregen heel dikwijls tuberculose, of vroren dood. De varkens werden voor haar de verpersoonlijking van het onrecht dat haar werd aangedaan. Zij bad om uit deze toestand verlost te worden.

In de laatste maanden van de oorlog werd Zita gevraagd om een bijzonder weerspannige zeug de bergen in te brengen. Met veel moeite zeulde zij het beest naar boven over de smalle bergpaden. Halverwege een steile helling bleef de zeug staan en weigerde verder te gaan. Zita was koud en nat en had geen zin in een dergelijke vertoning. Over haar schouder droeg zij een zak met pas geplukte krokussen. Zij trok de zak, met bloemen en al, over de kop van het varken en begon het voort te duwen.

Maar de zeug, in tegenstelling tot alle andere varkens die zij naar boven had gebracht, raakte in paniek. Het was lente, de grond was glibberig en zij gleden allebei uit. Zij rolden, gillend en krijsend, met de krokussen alle kanten op vliegend, naar beneden en kwamen in een diepe geul terecht. Het varken lag bovenop Zita; ze kon geen lucht krijgen. Ze sloeg op de flanken van het beest maar dat hielp niets. Zij begon te stikken. Opeens weerklonk er een schot en de zeug zonk dood ineen. Het laatste dat Zita zag voor ze flauwviel was een officier die boven haar uit torende, met een rode ster op zijn *shapka*.

De officier, die later mijn oom zou worden, zag beneden hem, temidden van verspreide bloemen, een stralende schoonheid die lag te sterven onder het gewicht van een varken. Hij stak zijn revolver weer in de holster, trok het dode varken opzij en zag dat Zita's oren ongelijk stonden. De man die van de mensen hield om hun onvolmaaktheden en wiens werk het was om gebruik van menselijke zwakheden te maken, verloor op datzelfde moment zijn hart.

Toen Zita bijkwam, merkte zij dat zij gekust werd; dat is althans wat zij later vertelde. In feite was Peter toen bezig met mond-op-mondbeademing. Zij trok zich van hem terug. Hij verontschuldigde zich in vloeiend Slovaaks.

'Neem me niet kwalijk. Ik dacht dat u werd aangevallen. Ik dacht dat het varken een man was.'

Zita was helemaal de kluts kwijt. 'Waar is mijn zeug?' vroeg ze in het Duits.

'Die heb ik doodgeschoten.' Zijn Duits was zonder enig accent. Zijn ogen hadden de kleur van teakhout. Zita ontwaarde de rode ster, het insigne van Lenin en het dode varken en wist dat haar redding was gekomen. De kans was gekeerd en het eerste segment van hun levenscirkel had zich gevormd.

Peter had me nooit iets verteld over de Opstand, althans niet over deze opstand. Het verhaal dat hij mij achter het tuinhek gedaan had was in de ware zin des woords een verhaal. Het was niet de waarheid die ik nu ontdekt had.

Slovakije had een verbond met het Duitse Rijk. Door het vazalbewind werd de bevolking zo wreed onderdrukt dat een bezettingsleger niet nodig was. Tegen het eind van 1943 sloten de communisten en democraten zich, met de zegen van zowel Moskou als Londen, aaneen tot één gezamenlijke verzetsbeweging. De Slovaakse Nationale Raad die, politiek gezien, het midden hield tussen links en rechts werd in het leven geroepen om de opstand te leiden en begon troepen en materieel te concentreren om Banská Bystrica.

Maar nog vóór alle militaire maatregelen getroffen waren, gaf Moskou zijn onafhankelijke partisaneneenheden de opdracht om Wehrmachtsbases en bruggen over wegen en spoorbruggen aan te vallen. Moskou wist maar al te goed dat de verzetsbeweging, nog maar gedeeltelijk voorbereid, de middelen niet had om lang te kunnen doorvechten. Op deze wijze werd de Opstand de nek omgedraaid.

Duitse troepen rukten Slovakije binnen om het oproer neer te slaan. De Nationale Raad zag zich gedwongen om op te treden, maar had al snel hulp nodig. Het Rode Leger, dat zich maar zo'n 120 km verder aan de andere kant van de Karpaten bevond, zegde wapens toe, beloofde afleidingsaanvallen uit te voeren en ervoor te zorgen dat de Tsjechische Parabrigade – die toen onder sovjetcommando stond – per luchtbrug naar Banská Bystrica zou worden overgebracht. Aan geen enkele van deze beloftes werd voldaan. Zij zonden geen wapens en weigerden toe te staan dat de Amerikanen het materieel afleverden dat reeds in Bari klaarstond. In plaats van munitie voerden de Russische Ilyushins agitators aan, en politieke commissarissen en sovjetpartisanenofficieren (onder wie mijn oom), zodat Moskou er zeker van kon zijn dat het verzet van de laatste georganiseerde verdedigers van de Slovaakse democratie verpletterd zou worden. Het Hoge Commando van de Sovjet liet met opzet onherstelbare schade aanrichten om te verhinderen dat de Slovaken zich zelf zouden weten te bevrijden. De Russen wilden de rol van bevrijders spelen en door deze bevrijding de macht in handen krijgen.

De oproerlingen vluchtten de bergen in en bij wijze van represaille maakten de Duitsers honderd dorpen met de grond gelijk. Zij stelden duizenden terecht en verbrandden hun slachtoffers levend in kalkovens. De leiders, plus alle vijftien leden van een Amerikaanse Militaire Missie en twee correspondenten van Associated Press werden naar Duitsland overgebracht en doodgeschoten. Zo kwam er een bloedig einde aan de opstand en de onafhankelijkheid.

Dit was de reden dat Vera deze plek had gekozen als laatste rustplaats voor Mirek. Iedere Tsjech en Slovaak wist dat zij verraden waren, maar niemand kon erover praten. De bevolking was gedwongen om dit te vergeten. Zij vreesden dat, als er stem gegeven werd aan hun herinneringen, demonen zouden opstaan die zij niet konden beteugelen. Maar de geschiedenis laat zich nu eenmaal niet begraven of het een dood lichaam is. Slechts door de waarheid te vertellen over het verleden kan de vrees voor de toekomst overmeesterd worden.

Waar houdt Europa op? Als Europa gelijkstaat aan de moed om de mensenrechten te verdedigen, eindigt het dan daar waar de vrees begint? Staan de grenzen van dit werelddeel vast of zijn ze, net als de getijden, onderworpen aan de invloed van zon en maan, van laksheid en heldhaftigheid? Moed schuift het gordijn van de angst weg.

Mirek had zijn reis volbracht en wij lieten hem neer in zijn graf.

# *Hongarije*

# *De schaduwen der historie*

In het koele morgenlicht maakten wazige hazelnootbomen pirouetten in het briesje. Als rouwwaden hingen de takken van de oude dennen neer. De hellingen waren begroeid met eiken en haagbeuken. Aan onze voeten lag een groen tapijt, doorweven met sneeuw en bespikkeld met narcissen met rode hartjes. Zita dronk de lente in of het een exotisch elixer was dat haar levenskracht en nieuwe moed gaf. Nu de dagen begonnen te lengen, had zij zich ontpopt uit haar cocon van dikke wintermantels; ze sprak meer Italiaans dan Duits, of het nu begrepen werd of niet en zij zong zachtjes voor zich heen.

De weg ging bergafwaarts en de Trabant, bevrijd van de doodkist, schoot naar het zuiden: de Karpaten uit en de Grote Hongaarse Vlakte op. Wij lieten het Kopasz-gebergte achter ons. De laatste top, de vulkanische Tokaji-Hegy, rees op als de grafheuvel van een koning uit de Oudheid. In de bergen was het nog kil, maar daaronder, in de dalen, scheen de zon koesterend over de weiden en liet de garelen van de ossen als zilver blinken. Een met groen omzoomde rivier, de Tisza, kronkelde door velden, diepgroen als malachiet. Achter de vlakke gronden, voorbij de kale horizon die zich als met een diamant gesneden tegen de lucht aftekende, strekten zich de Donau en de Russische steppen uit.

De Magyaren, een Mongoolse stam, waren vanuit de steppen als een storm voortgeraasd naar de gebieden omsloten door de Karpaten. Hun ruiters drongen ver naar het westen door, teisterden Duitsland en Italië en maakten in de duistere middeleeuwen een eind aan de klassieke beschaving. Hun vijanden baden: *'A sagittis Hungarorum libera nos domine'* – verlos ons, Heer, van de pijlen der Hongaren – en God had hun smeekbeden verhoord door de Hongaren bij Lechfeld de nederlaag te doen lijden. De stam vestigde zich vervolgens op de Centrale Vlakte, stapte af van het nomadenleven en organiseerde zich tot een staat. Maar in hun hart bleven de Magyaren nomaden. Zij voelden zich opgesloten binnen grenzen, vooral die welke hen samenklemden tussen de Duitsers en de Slaven, en de Hongaren, eens alom gevreesd, begonnen zelf angst te koesteren.

De wijngaarden lagen glooiend over de heuvel en rondom zijn huis. Alajos sloot me in zijn krachtige timmermansarmen en kuste me op beide wangen. '*Na, Kinder*,' zei hij, hoewel hij jonger was dan zijn nicht. '*Ihr seid zuhause*.' – jullie zijn thuis. Zita stelde Winston voor, die op zijn hurken ging zitten en zijn lange rug uitstrekte, genietend van de aandacht en de zonneschijn. Vera was niet meer bij ons. Ze had ons verlaten, even plotseling als zij was verschenen, om in Tsjecho-Slovakije te blijven met haar herinneringen.

Alajos streek over zijn peper-en-zoutkleurige baardstoppels met de stompen van zijn vingers, waarvan de toppen al heel lang geleden onder een cirkelzaag verminkt waren. Hij ging ons hinkend voor om ons zijn huis binnen te voeren, waar Panni al klaarstond om ons te omhelzen. Zij droeg halskettingen van gedroogde paprika's en in haar handen hield ze dikke snoeren knoflook die ze ons als een bloemenkrans omhing. Grote zakken groene kool, kisten sinaasappelen en zakken met rode pepers, waarvan de schil zo doorschijnend was als de huid van de vrouwen van Klimt, stonden bij de deur.

'Voor de winkel van Sandor,' tsjilpte zij. Sandor was hun tweede zoon. 'Weten jullie het nog niet?' – alsof wij het in de krant hadden kunnen lezen. 'Hij heeft een zaak geopend in kruidenierswaren en verse groentes.'

Het huis was zo kleurig als het palet van een schilder: roodgeruite gordijnen, blauwe, geknoopte vloerkleden, een tafelkleed geborduurd met gele bloemen en afgezet met kant. Aan de planten hingen paaseieren, beschilderd in alle kleuren van de regenboog. Aan iedere muur hing een klok.

De planken stonden vol boeken, in wilde wanorde opgestapeld, alsof de aarde ze had uitgebraakt: een geologische laag literatuur. In zijn knoopsgat droeg Alajos een lint in de nationale kleuren: groen-wit-rood – groene pepers, knoflook en paprika.

'Je kunt hier een rustig leven leiden.' Zijn bruine ogen waren amandelvormig. 'Eten, slapen en vroeg doodgaan.' Er stond een koude maaltijd klaar. 'Of je kunt naar de *Törzsasztal* gaan' – de 'openbare tafel', een soort informele stadsraad – 'en iets te weten komen.'

Alajos kreeg pijn in zijn benen als hij hardliep, maar desondanks liep hij snel. Winston huppelde vrolijk naast ons voort. In de paar jaar dat ik er voor het laatst geweest was, had Tokaj een transformatie ondergaan. Het kleine dorpswinkeltje dat vroeger niets anders dan speelkaarten verkocht, was nu een grote bazaar. Boven de huisdeuren hingen overal kaartjes: kleermakerij, rijschool, *Zimmer Frei*.

'*Gute Arbeit, ja?*' grinnikte een buurman die bij zijn tuinhek stond. Het hek en de muren van zijn huis waren pas wit geverfd. De huizen waren geschilderd, de voorerven netjes opgeruimd en er was eten in overvloed.

Ik vroeg Alajos me iets te vertellen over de *Törzsasztal*. Hij wees naar de grond.

'Typisch dat je niets opvalt. Waar lopen we hier op?' Het was asfalt en vroeger was het alleen een modderpad geweest. 'Het was schandalig, dat moet je je toch nog herinneren. Niemand wilde ooit naar het *kastély*' – het voormalige huis van de landheer – 'lopen. Niemand had zin in smerige voeten. En dat huis was in ieder geval een puinhoop.' Zijn dikke, zwarte haar was grijs geworden en zijn psoriasis, rode, schubbige plekken op wangen en voorhoofd, was erger dan eerst. 'Via de *Törzsasztal* hebben wij de burgemeester – een voormalige communist, natuurlijk – gedwongen om het pad te laten asfalteren. We hebben hem drie jaar achter de broek gezeten tot hij eindelijk toegaf. Het pad werd geasfalteerd. En wat denk je dat er toen gebeurde? Een Duitse toerist kwam hier toevallig terecht; toevallig zag hij het *kastély*, toevallig was hij een projectontwikkelaar en nu is de bouwval een hotel. Ik ga er morgen met je heen om een ijsje te eten.'

Alajos was altijd kalm van aard geweest. Hij had niet altijd gehandeld. Pas kortgeleden had hij zijn tong leren gebruiken. 'Mijn generatie heeft nog nooit vrede gekend,' zei hij. 'Nu ben ik drieënzestig jaar jong en er is nog maar zo weinig tijd.'

Hij duwde een deur open, schoof een gordijn opzij en merkte dat de *borozó*, waar het gewoonlijk heel druk was, nu verlaten was. Glazen wijn waren nog half vol blijven staan. Een stoel lag op de grond. Het eten op de borden was nog warm. Het café was op even onbegrijpelijke wijze verlaten als een spookschip dat zonder enig levend wezen op zee ronddrijft. De stadsraad was er vandoor. Alajos keek uit het veld geslagen op zijn horloge.

Een kelner verscheen geeuwend en dweilde een plas amberkleurige vloeistof op. Hij haalde zijn sigarettenpeukje van zijn lip. 'Ze staan allemaal buiten, bij het museum. Er is een ongeluk gebeurd.'

Wij holden door stoffige barokstraten naar het grote plein. Zelfvoldaan rondscharrelende kippen gingen haastig opzij en hun haan liet een verontwaardigd gekraai horen. Bij het museum had zich een hele menigte verzameld. De lucht stonk naar mout.

Een zwaarbeladen vrachtwagen met bier had de bocht te snel genomen en zijn lading verloren. De kisten waren op de keien kapotgeslagen; het bier schuimde onder de wielen, lag in plassen op de straat en liep weg in de goten. Niemand was gewond geraakt en men had ogenblikkelijk een geïmproviseerde markt opgezet om de nog heel gebleven flessen te verkopen. Een vat bier werd door een caféhouder afgevoerd. Iedereen was dronken.

De leden van de *Törzsasztal* gierden het uit bij de aanblik van Winston die, ondanks de slechtgerichte schoppen van Zita, eerst een plas bier leeg dronk en vervolgens in een andere plas bier ineenzeeg. Zij riepen tegen Alajos: 'De kans grijpen! Jij zegt dat we altijd de kans moeten grijpen. Kijk eens naar dat varken; hij handelt tenminste als hij de kans krijgt!' Het voorstel om naar de *borozó* terug te keren werd met verachting afgewezen. 'Volgende week,' zeiden zij. 'Dat kan net zo goed volgende week.'

'Zodra ze hun maag vol hebben, doen ze zo stom als geiten,' zei Alajos, Winston negerend.

'Het gras is altijd groener aan de andere kant van het hek,' zei Zita troostend.

Op de tocht heuvelopwaarts, terug naar het huis, leek Alajos kleiner. Zijn brede schouders waren gebogen of hij tegen de regen moest optornen en hij hield zijn hoofd naar beneden. Zijn hele persoonlijkheid was gewijzigd en alle moed scheen hem te zijn ontzonken.

'Ik heb de *Törzsasztal* opgericht om de mensen aan te moedigen hun gedachten uit te spreken,' zuchtte hij, 'maar ze tonen niet veel interesse. Zij verwachten nog altijd dat de toekomst hun op een presenteerblad zal worden aangeboden. Wij hebben nu mooie, nieuwe winkels, maar is er in hun hoofden wel iets veranderd?' Winston ging tegen een muur liggen en viel in slaap. De rest van de weg moest ik hem dragen.

Dankzij de lange, droge zomers en het milde, warme herfstweer produceerde men in Tokaj een koperkleurige wijn die naar lavendel geurt. In de wijnkelder achter zijn huis – een stenen gewelf overdekt met meeldauw en met vaten langs alle wanden – dronk Alajos echter vruchtesap. Na de oorlog had hij de door zijn betovergrootvader gebouwde wijnkelder mogen behouden, maar het huis werd opgeëist. Privé-bezit was niet meer toegestaan en het gezin mocht alleen de helft van hun huis bewonen, waarvoor zij bovendien huur moesten betalen. De andere helft werd aan iemand van de politie gegeven.

'Ik had mijn nieuwe buurman vroeger eens ontmoet. Na de oorlog ben ik weer naar school gegaan om mijn opleiding te voltooien. Je weet dat ik ingenieur wilde worden. Op een dag – we hadden net Latijnse les – kwam er een man aan de deur van het klaslokaal en vroeg naar mij, bij naam. Ik stond op. Hij liet me zijn identificatiebewijs zien – hij was van de AVH, de staatspolitie – en hij zei: "Volg mij." Wat kon ik doen? Ik volgde hem. Wij liepen naar het politiebureau. Hij zette me in een lege kamer. "Wacht daar," zei hij, en hij liet me daar twee uur zitten. Toen kwam er een man binnen die ik nog nooit gezien had.

'"Sta op," zei hij. Wat kon ik doen? "Ben je in het Westen geweest?" vroeg hij.

'"Ja", zei ik, want het was waar. "In de oorlog heb ik gevangengezeten in België."

'De man sloeg me hard in mijn gezicht en zei: "Je kunt gaan." Vanaf dat moment werd ik een collaborateur. Kijk niet zo verbaasd; de meesten van ons waren dat. Ik was bang. Angst maakt dat je meewerkt.

'Stel je voor dat er iemand achter je staat die iets van metaal tegen je hoofd houdt. Het kan een revolver zijn, maar ook een vulpen; dat kun je niet weten, want je kunt je niet omkeren, je kunt alleen maar recht vooruitkijken. Ik had een vrouw en vier kinderen en ik wilde niet sterven. En ik wilde ook dat mijn vrouw en kinderen in leven zouden blijven. Zij gaven die vent van de politie de helft van het huis van mijn ouders. Mijn kwelgeest sliep in mijn vroegere slaapkamer. Wat had ik moeten doen?'

Alajos hevelde wat wijn op. 'Dit is acht jaar oude Tokaji Aszú; ik denk dat je het lekker zult vinden.' Daarna vroeg hij: 'Weet jij wat democratie is? Traditie! En weet je hoe lang Hongarije de democratie heeft gekend? Drieëndertig maanden: vanaf 1918 tweeëneenhalf jaar lang en tien dagen in 1956. Wij hebben hier geen traditie wat democratie betreft.' Daarna vroeg hij aan Zita: 'Kan jouw auto zware lasten vervoeren?'

Zij knikte. 'Die auto heeft dat hele roteind gereden met een varken, een doodkist en mijn zuster aan boord.'

'Dan zal ik jullie iets laten zien.'

Wij lieten Winston achter om zijn roes uit te slapen onder de wijnstokken en reden door de maïsvelden langs de Tisza naar het zuiden. Aan weerskanten van de weg stonden populieren en het avondlicht speelde in grillige mozaïeken op ons pad. De Trabant ratelde langs drassige gebieden waar riet en wilgen groeiden. Een witte ooievaar stapte als een elegante balletdanser rond, de ene poot nauwkeurig voor de andere zettend, en spietste met zijn fel-oranje snavel een vis op. In nesten van wel een meter doorsnede, op schoorstenen en telefoonpalen, stonden de mannetjesooievaars op één poot en waakten over de broedende wijfjes. Mussen vlogen luid tsjilpend heen en weer onder de wirwar van twijgen.

Voor ons uit strekte zich een grote watervlakte uit, waarboven een betonnen voetstuk oprees met beelden van heroïsche figuren, voorzien van bliksemflitsen die zij op het punt stonden weg te werpen.

'Dat is met de hand gebouwd.' Alajos spreidde zijn verminkte handen uit. 'Door Hongaarse en Duitse krijgsgevangenen, zeven jaar nadat de oorlog was afgelopen.' Hij keek ons aan, één oog argwanend half dichtgeknepen en het andere rond en wijdopen. 'Ik wist het.'

'Ik werkte toen in Tiszalöki. Dat is hier niet ver vandaan.' Hij wees naar de andere kant van de enorme dam. 'Een van de ingenieursvrouwen wilde een ingebouwde kastwand hebben. Die waren op dat moment zeer in trek in Boedapest en geen enkele vrouw van een hoge ambtenaar kon het zonder stellen. En dus maakte ik voor haar een mooie kastwand van beuken ingelegd met walnoot en zij vertelde me over de rellen.

'Die vijftienhonderd krijgsgevangenen die de dam moesten bouwen werden als slaven behandeld. Zij leefden van waterplanten en paardevlees, tweehonderd calorieën per dag.' Zita's glimlach, die medeleven wilde uitdrukken, veranderde door haar gebrek aan tanden in een grimas. 'Ze hebben verschrikkelijk geleden, ja, maar dat ze aanhoudend voorgelogen werden was nog het ergste.

'Dit stuk van de rivier was helemaal afgesloten. Niemand kon in de buurt van het bouwterrein komen. Het lag volkomen geïsoleerd. Die mannen waren 's nachts in verzegelde veewagens uit Kiev overgebracht. Hun bewakers spraken Russisch. Hun brieven aan hun vrouwen werden naar de Sovjetunie gebracht om daar naar Hongarije gepost te worden. De gevangenen dachten dat zij in Rusland zaten en dat was ook de bedoeling.

'Toen de oorlog voorbij was, vroegen ze naar huis, naar Hongarije te mogen terugkeren en zij wisten niet eens dat ze al die tijd hier, in Hongarije, waren geweest. Het werd hun geweigerd en dus gingen zij staken. Vier mannen werden gedood en één terechtgesteld, maar één man wist te ontsnappen.

'Op een dag, toen ik onderweg was naar mijn werk – ik had de kastwand bijna klaar – heb ik een oude vriend gevonden. Wij dachten dat hij bij Stalingrad gesneuveld was, maar hij had de oorlog overleefd. *Hij* was de gevangene die ontsnapt was. Maar hij was in de bossen verdwaald en omdat hij niet wist hoe dicht bij huis hij was had hij de moed opgegeven. Na dagenlang rondgedoold te hebben, had hij zich opgehangen aan een boom, nog geen zeven kilometer van zijn eigen dorp.' Alajos zweeg even om op adem te komen. 'Ik vond zijn lichaam, hangend aan die boom, maar ik ben doorgelopen. Ik heb het aan niemand verteld. En ik heb niets gedaan.'

Wij sliepen tussen katoenen lakens – nog van Panni's uitzet – zuinig bewaard in laden vol geursachets. Zita droomde dat ze in een reusachtige kom vol gedroogde bloemblaadjes lag en dat dit bed voor haar gespreid was door gevangenen met maskers van papier-maché. Op al die maskers was een glimlach geschilderd, maar de ogen staarden haar woest en vol ontzetting aan.

's Morgens zette Sandor bij de buitendeur wortels en kool neer, en meloenen en pompoenen, alles vers van de markt van Debrecen. Winston lag op een kleed van geitevacht voor de *Kachelofen*: een met geglazuurde tegels beklede kachel die het hele huis verwarmde. Hij was niet overeind te krijgen, zelfs niet voor de *kifli* aan het ontbijt: lange, smalle stukken brood, opgerold tot een halve maan, de Hongaarse croissants.

'*Tempus fugit*' – de tijd gaat snel. Alajos droeg een oud tweedjasje en zijn gezicht stond somber. In zijn armen hield hij een bos van zesenvijftig rode anjers. 'Blijven jullie de hele dag zitten te eten? Vandaag gedenken wij de Russische soldaten.'

Het was de Hongaren jarenlang verboden om hun eigen in de oorlog gevallenen te herdenken. Zij waren zèlf de vijand geweest; hun land had zich met de Duitsers verbonden tegen het Rode Leger en dus konden alleen hun overwinnaars herdacht worden. Het jaar tevoren was deze restrictie opgeheven en voor het eerst konden nu de Hongaren herdacht worden met alle plechtigheid die voordien uitsluitend aan de Sovjets besteed moest worden. De Russische doden werden even gemakkelijk uit de herinnering gebannen als eens de Hongaren. Alajos had de gemeenteraad – allen communisten – gevraagd of zij wilden meegaan naar het oorlogskerkhof van de Sovjets, zoals ze altijd hadden gedaan.

'Vast en zeker niet,' had de gemeenteraad gezegd.

'Hun offer, het offer dat ieder van die soldaten gebracht heeft, moet niet vergeten worden,' had hij gezegd. 'Als jullie niet gaan, ga ik alleen.'

Alajos weigerde om het verleden uit te wissen. Hij trok geen gordijn van eigenbelang over het venster der historie. Hij stond alleen en bezield door angst dat het verleden zich zou kunnen herhalen, vond hij de moed het zich te blijven herinneren. Die anderen, die maar al te gemakkelijk kans hadden gezien om het verleden te vergeten, verachtten hem om zijn eerlijkheid. De angst had hen tot leugenaars gemaakt en niemand vindt het prettig om aan zijn eigen lafheid te worden herinnerd.

Die morgen, een plaatselijke katholieke feestdag, gingen Alajos en Panni alleen naar het kleine kerkhof. Zij hadden zesenvijftig rode anjers bij zich en zesenvijftig kaarsen, uit eigen beurs betaald, voor de zesenvijftig gesneuvelde Russen. De buren die vroeger altijd aan de plechtige herdenking hadden deelgenomen, fluisterden: 'Daar komen de communisten' en spuwden terwijl die twee voorbijgingen.

Er was verder niemand bij de graven. Zij staken de kaarsen aan en plaatsten er één, met een rode anjer, bij iedere grafsteen. Zij bleven een minuut zwijgend staan en keerden toen naar huis terug.

# *Kleine koningen*

Een ooievaar vloog boven ons op brede, witte wieken, strekte zijn lange, zwarte slagpennen en verdween in de richting van de wazige horizon. De weg naar Boedapest voerde ons zuidwaarts door Hongarije, zoals Zita het zich herinnerde, zoals haar grootouders het zouden herkennen. Zigeuners liepen in het stof langs de weg en de arbeiders gingen per fiets van de ene boerderij naar de andere. Boeren keerden met de schoffel over hun schouder uit de boomgaarden terug. De huisvrouwen fietsten naar huis terug met hun boodschappen en flessen paraffine bevestigd aan de handvaten. Paarden trokken wagens voort, terwijl de eigenaars lagen te doezelen op bedden van riet. Ganzen werden naar de markt gedreven, zodat hun veren kussens in Wenen zouden kunnen vullen en honden sliepen langs de kant van de weg, maar zelden opgeschrikt door het verkeer. Winstons oren stonden rechtop, als harige roze enveloppen. De geluiden en de lucht van de andere dieren wonden hem op. Zita zou er heel graag nòg een varken bij gehad hebben, maar daar was gewoon geen plaats voor op de achterbank. Winston groeide hard en stelde het op prijs om zijn poten ongehinderd van de armsteun tot de hoededoos te kunnen uitstrekken als hij wilde slapen.

Als produkten van Japanse papiervouwkunst strekten de akkers zich uit en op de kruisingen van wegen lagen stadjes tussen de populieren genesteld. Op de poesta was eigenlijk niets veranderd. De grafietgrijze Porsche die kwam aanracen uit Berlijn was een Duitse ridder. De Ikarusz-bussen die naar brandend rubber stonken waren postkoetsen. Een konvooi sovjettanks was een Romeins legioen, opmarcherend naar Pannonia. Zij dreunden langs een stokoude vrouw wier kromme benen gehuld waren in zwarte kousen en wollen beenbekleedsels. Ze was onberoerd gebleven door de opmars der tijden en door het geweld van vreemde legerscharen – Romeinen, Osmanen, Duitsers en Russen – niets kon haar uit de pas brengen. De twintigste eeuw scheen als een soort nabeschouwing aan het verleden te zijn toegevoegd.

Wij arriveerden onaangekondigd in het dorpje dat door beken doorsneden werd. In een laantje van huizen met steile daken, de tuinhekken gesloten tegen de buitenwereld, vonden wij Vilmos' extravagance.

Het 'zelfgemaakte' huis was als het ware gewikkeld in een bekleding van grenehout dat gevormd was tot uivormige torentjes en onzinnige ornamenten. Het leek op het zomerhuisje voor een tsarina, op kleine schaal gebouwd, en het vormde met al zijn fantastische, oubollige pretenties een schril contrast met de naburige huizen.

Toen wij stopten, sprong een miniatuurmannetje, passend bij de schaal van het huis, op uit een stoel met snijwerk op de waranda. Met veel ceremonieel en opgewonden babbelend liet hij ons binnen in een barokke serre; onze introductiebrief zag hij over het hoofd. Zita's Hongaars was niet al te best meer, maar zij slaagde erin het woord 'pens' op te vangen. Er stond een volle schaal op tafel te stomen. Er was een feestmaal voor ons aangericht, de damp sloeg van de schalen, maar het huis was leeg. Wij zaten op troonzetels van grenehout, gedecoreerd met snijwerk, terwijl Pappi over zijn kabouteroortjes streek.

'Dat kan niet voor ons zijn,' fluisterde Zita. 'Zij wisten niet dat we zouden komen.' Wij verzochten om uitleg. Pappi hief zijn hand op, zijn vingers bevlekt door de houtbewerking, en vroeg ons vriendelijk toch geduldig te zijn. Vervolgens knipoogde hij tegen Zita. 'Ik word kotsmisselijk van pens,' merkte mijn tante op.

De naderbij komende auto's maakten zo'n lawaai dat Winston zich verschrikt tussen onze benen terugtrok. Drie zwart-met-groene taxi's hielden halt. Hieruit kwam een hele mensenmassa tevoorschijn die onder blijde kreten de miniatuurvilla binnenwervelde. Pappi greep zijn zoons beet, die wel tweemaal zo groot waren als hij, en duwde ze door de menigte heen in onze richting. Ik werd omhelsd en Zita's hand werd gekust nog vóór onze introductiebrief gelezen was. De broers hadden iets te vieren: ze waren tweeëndertig jaar geleden op dezelfde dag met tweelingzusters getrouwd.

'Willi, niet Vilmos,' corrigeerde onze gastheer. Hij had een impertinente snor en de vorm van hoofd dat vrouwen graag tegen hun borst willen drukken en strelen. 'En dit is József bácsi – oom Joop – een goede man om te kennen.' Hij verwees naar zijn broer met kennelijk respect, of was het angst?

'Onze ouders noemden mij altijd Mooie Joop,' verklaarde József. Ik mocht zijn ogen niet en hij had een neus als een beer; alleen de ring ontbrak. 'Dat is ook niet verwonderlijk,' voegde hij eraan toe. Hij streek over de revers van zijn jas, een gebaar lang in verband gebracht met het lidmaatschap van de Partij, hoewel het Lenin-insigne niet meer aanwezig was, en Zita voelde zich meteen thuis.

Zij voerden ons als een cycloon mee naar de tafel. Vijf generaties verdrongen zich om een zitplaats, vielen ons om de hals, en aten. De buren kwamen binnen, grepen nog leegstaande stoelen en aten mee. Er werd wijn en coca-cola gedronken; de glazen werden geheven met een 'hello, hello' bij wijze van 'proost'. Achter een houten kamerscherm met uitgesneden rozetten stonden grote potten te koken op een heel klein kacheltje: *borsch*, gekruide *gulyás* en *halpaprikás*, soep van meerval met noedels en kaas. De pens was heerlijk. Pappi bracht bedrijvig grote schalen op tafel. '*Grosse Familie*,' kwetterde hij – in de enige woorden Duits die hij kende – en schepte ons hele ketels pens op.

Toen de mannen hun maag vol hadden, gingen zij kaarten. Willi gaf. Zita was vastbesloten om mee te spelen.

'Ik speel misschien een beetje eigenaardig,' zei ze, legde haar hand op tafel en verkondigde: '*Vingt et un*' – eenentwintig. Ze waren op dat ogenblik skaat aan het spelen. Willi schudde de kaarten. Pappi keek beurtelings bij de spelers over de schouder en knarsetandde zodra er een verkeerde kaart werd uitgespeeld.

'Ik win!' beweerde Zita ten onrechte, en legde opnieuw haar kaarten op tafel. Spelregels deden er bij haar niet toe. Poker, bridge, of rummy – het waren gewoon kaartspelen. Beperkingen vond ze kleinzielig; ze stond zeer sceptisch tegenover formules. Zij wees naar haar kaarten. 'Ik heb drie negens!'

'Hoeveel kost vliegtuig naar Amerika?' vroeg een buurman mij.

'Churchill heeft Transsylvanië weggegeven,' verklaarde József. 'Hitler, Stalin, Churchill.' Ik vond hem wel een beetje unfair.

'Stalin was de ergste,' viel zijn broer hem in de rede. 'Hij stak zijn neus in alles. Dat is de juiste uitdrukking, ja? Ik moet mijn Engels verbeteren in verband met zaken.'

'Jij kent je geschiedenis niet,' zei József uitdagend. 'Kijk.' Hij haalde een moderne atlas van een boekenplank. De eerste kaart was een historische kaart: Hongarije zoals het vóór de oorlog was. 'Dit is Hongarije. Churchill heeft Transsylvanië aan Roemenië gegeven, en het Burgenland aan Oostenrijk, en de Banaat aan Joegoslavië. Allemaal weg. Ons land!' Hij tikte met zijn vinger op de kaart. 'Dit is ons land!' In 1918 was Oostenrijk-Hongarije verdeeld en uiteengerukt; meer dan de helft van het gebied was weggegeven.

'Churchill had niets te maken met Versailles.'

'Wij zijn verraden!'

'En ook in '56,' zei Willi tegen mij, 'hebben jullie – het Westen – niets gedaan. Je hebt onze kinderen laten vermoorden. Je hebt ons overgelaten aan de dictatuur.'

'Dat was heel iets anders,' zei József.

'Mijn broer heeft altijd gelijk. Hij is de burgemeester,' bracht Willi mij in herinnering.

József ging kaarsrecht zitten.

'En ben je nog altijd lid van de Partij?' vroeg ik.

'Wij hebben onze overtuiging – en onze carrières,' antwoordde József. 'Mijn broer was ook lid van de Partij.'

'Natuurlijk, dat was iedereen.'

'Maar Alajos was dat niet.'

Willi zuchtte. 'Alajos, ja... Alajos is ook geen realist.' Hij wuifde hem met een handgbaar weg. 'Hij heeft nooit iets gedaan.'

'Hij was bang om zijn kinderen.'

József snoof even, en Willi gaf antwoord. 'Angst om de kinderen werd een excuus om niets te doen. De moeilijkheid was, dat je nooit kon weten of iemands gezin werkelijk gevaar liep, of dat dit als excuus voor lafheid werd aangegrepen.'

'Hij is nooit lid van de Partij geweest.'

De burgemeester liet een boer. 'Dan was hij een dwaas.'

'Politiek is mijn hobby niet,' zei Willi. 'Maar mijn broer is politicus en hij heeft geen keus. Ik hou me bezig met mijn houtbewerking en ik bemoei me nergens mee.'

'En je belasting dan?'

'Waarom moet ik betalen zodat jij nog een tweede villa kunt bouwen? Hoe jij nog gerust kunt slapen, zou ik niet weten. Ik ben nu een zakenman. Ik zorg voor mijn taxibedrijf. Het leven is duur geworden.'

'*Ça c'est le problème de l'Ouest,*' zei Zita. Haar enige aanwijsbare reden om Frans te spreken was dat het lente was. '*Ça coute cher, le choix. La liberté n'est pas libre. Qu'est-ce qu'ils disent, les Français? Liberté, Egalité...* Bah!' (Dat is het probleem van het Westen. De keus is duur. De vrijheid is niet vrij. Wat zeggen de Fransen ook weer? Vrijheid, Gelijkheid...)

Willi glimlachte beleefd. Hij had er geen woord van verstaan. 'Als ik me maar kon veroorloven om te leven zoals mijn broer leeft.'

Willi en József waren opportunisten. Als jongens hadden zij klappertjes in de bekken van kikvorsen gestopt. Op het diner voor de Jonge Pioniers, vóór de 1 Mei Parade, hadden zij purgeermiddelen in de abrikozen-*Strudel* gestopt, met zeer bevredigende resultaten. Tijdens de Opstand van '56 waren zij grenswachten aan de Oostenrijkse grens geweest en hadden bijgedragen tot de verraderlijke verdeling van Europa. Ze waren te uitgekookt om de rode ster van hun uniform te halen en toen de tanks terugkeerden, even onvermijdelijk als het wisselen van de jaargetijden, waren de broers boven verdenking. Zij grepen een voor de hand liggende kans aan en wisten het daaropvolgende jaar honderden vluchtelingen over de grens te helpen. Zij maakten er wel enige winst mee (natuurlijk) en dit wekte jaloersheid op, zodat zij vreesden verraden te zullen worden. Aan het eind van hun dienstplicht trokken zij dus zo ver mogelijk weg. In het dorpje met de vele beken werden zij lid van de Partij, ontmoetten de tweelingzusters en trouwden.

Terwijl Willi tevreden was met een kantoorbetrekking, zocht József het hogerop. Hij wist in het gevlei te komen bij de gemeenteraad van het dorp. Hij zei de juiste woorden, sloot vriendschap met de juiste mensen en werd beloond met macht.

'Nu spreken zij achter zijn rug omdat zij bang zijn voor hun baan,' zei Willi. Hij poetste zijn broers ego op dat altijd, net als oud zilver, op het punt stond om zijn glans te verliezen.

'Jij hebt zeker een paar eerlijke vrienden, hè?' spotte József, 'afgezien dan van Alajos.'

'O zeker, ze betalen hun belasting en ze handelen niet op de zwarte markt. Het zijn modelburgers en hun kinderen zijn in hen teleurgesteld.'

'De kinderen vragen: "Waarom hebben wij geen Mercedes? Waarom hebben wij alleen maar zo'n rot-Trabant?" Ontevredenheid maakt slechte burgers,' verklaarde de burgemeester.

'Kijk eens naar onze familie.' Met een breed gebaar wees Willi rond in de kamer. 'Ze zijn op de universiteit geweest; zij hebben eigen auto's en mijn taxi's zijn Mercedessen. Wij hebben niets te vrezen.'

'Maar ik heb de vergunningen voor de taxi's verzorgd.'

'Dit is mijn broer en ik hou van hem.' Zij omhelsden elkaar en wierpen de kaarttafel om. Het hinderde niet. Pappi had de radio aangezet voor een voetbalwedstrijd. De vrouwen stemden vervolgens af op een muziekprogramma. Willi ging weg en verscheen weer, spelend op een saxofoon die betere dagen had gekend. Eén van de tweelingen, hetzij de vrouw van József of van Willi want we konden ze niet uit elkaar houden, begon mee te spelen op een harmonika. Zij straalde als een verliefde bakvis; haar ogen schitterden haast net zo hard als haar acryl jumper. Willi deelde mee dat zij wel twintig jaar niet meer tezamen hadden gespeeld. Het leek mij een onderschatting. Het lawaai was oorverdovend. De instrumenten waren vals en zij speelden niet gelijk, maar hun enthousiasme was aanstekelijk. Ze kwamen met zijn allen overeind. Iedereen greep een danspartner en wervelde rondom de tafel. Een nichtje met vuurrood haar bood zich aan om met me te dansen. Zita werd vastgegrepen door Pappi. Zodra ik mijn rug gekeerd had, kneep hij haar in haar bil. Zij gaf hem een klap, maar bleef dansen. Toen hij haar opnieuw kneep, trok er – als een golf op het strand – een glimlach over haar gezicht. Het tempo werd sneller. Het was een Russische melodie. József brak los in een kozakkendans. Zijn familieleden vormden een kring om hem heen, klappend en roepend. Hun geliefde József bácsi hurkte lager en lager en wervelde steeds vlugger. Zijn bewegingen getuigden van een ongelooflijk gevoel van bevrijding. Hij danste tot zijn gezicht grijsbleek werd en hij moest als een lijk op de tafel uitgelegd worden. Willi deed niets anders dan schaterlachen. 'Hello, hello,' proostte hij telkens weer. De drank vloeide en het werd donker.

Zita had nog nooit de poesta gezien of dat had ze Pappi althans verteld terwijl hij zijn arm om haar middel hield. Een koor van afkeurende uitroepen steeg op, alsof zij allemaal in hun nationale trots gekwetst waren. De taxi's werden geladen met de attributen van het feest – de saxofoon, wijn, een kersentaart met slagroom – en het hele gezelschap ging op weg naar de vlakte. Willi, aan het stuur van de eerste auto, raasde met grote snelheid over de verlaten landwegen, waardoor dikke stofwolken opwoeien. Samen met de vrouw van deze of gene zat ik naast hem. Zita en Pappi, die op de harmonika speelde, zaten op de achterbank. De andere auto's volgden.

'Kijk nou eens naar al die ruimte,' zei Willi tegen mij. 'En we hebben hier woningnood. Het is de schuld van de Russen, natuurlijk. Ze hebben hier in ons land zestigduizend man troepen, moet je weten. Nou, we hebben hen dan ook aangeboden om ze naar huis te rijden.'

'Naar Moskou?'

'Per taxi. De nieuwe regering had hun gevraagd om zo spoedig mogelijk te vertrekken om de woningnood op te heffen en ons onze barakken weer terug te geven. En de Russen maakten hun excuus. Zij wilden graag helpen, maar het was onmogelijk. Ze hadden ernstige transportproblemen en het zou wel anderhalf jaar duren vóór ze vervoer per trein konden organiseren. En dus staken wij de hoofden bij elkaar: alle taxibedrijven van Hongarije – uit Debrecen, uit Györ, uit Boedapest – en boden aan hen naar huis te rijden. De officieren, de soldaten, de vrouwen en de kinderen. Gratis. Zonder enige betaling. Maar op één voorwaarde: dat zij niet meer terug zouden komen. Het was eenrichtingverkeer.'

Ik begon te lachen. 'Nee, dat aanbod was geen grap. Als een hele divisie in achtenveertig uur dwars over Europa vervoerd kan worden, waarom hebben de Sovjets dan bijna twee jaar nodig om Hongarije te verlaten?'

Wij bonkten over een heuveltje en het handschoenenvak viel open. Bekeuringen wegens te snel rijden fladderden op de vloer. Willi greep een handvol en wierp ze uit het raam.

'Daarom hou ik nou van de democratie.' Om de val van het communisme te gedenken was aan alle verkeersovertreders amnestie geschonken. Hij gooide nog een handvol weg. 'Vaarwel! Vaarwel!'

De weg liep door de grasvlakte als een dam door de zee. De hofsteden, waarvan de brede rieten daken de grond raakten, leken erin rond te drijven, omspoeld door golven van groen. Eilandjes van biezen lagen kegelvormig opgeslagen, als een kamp van wigwams. Maar al spoedig lieten wij de tekenen van bewoning, de lichten en zelfs de acacia's achter ons. Een reusachtige, kale vlakte, het grootste en eenzaamste grasland van Europa, opende zich vóór ons.

Toen de auto's stopten, was de stilte oorverdovend. De hemel was een met sterren geborduurd kleed dat zich van pool tot pool uitstrekte. De aarde was plat, niet rond en de lege horizon werd alleen onderbroken door de staken van waterputten die als surrealistische, verwrongen kruisen oprezen.

De vrolijkheid van het gezelschap nam al spoedig af, onder de domper van deze oneindige uitgestrektheid. József, te dronken om te lopen, werd te ruste gelegd op een kleed op de grond. Alleen in Winston leefde de uitzinnigheid van die avond nog voort en hij wroette wild in de zandige grond. Een uil wiekte weg met een spitsmuis die hem tot maal zou dienen. Willi maakte een vuur en de hele groep ging er omheen zitten. Pappi zong onbegeleid een klaaglijk herderslied en stampte met zijn voet op de maat van het droeve ritme. De wind droeg zijn stem mee in het duister, waar het grijze vee met grote kromme hoorns zacht bewoog.

'De hemel staat vol sterren vannacht,' merkte mijn tante op.

'Op Hongarije!' József, wakker geworden, had een glas in zijn hand en commandeerde: 'Drink!' Hij sloeg me op mijn schouder. 'Wij zijn vrienden. We zullen Churchill maar vergeten.'

'En Stalin?' vroeg ik.

'Laten we ze allemaal vergeten.' Hij slokte zijn glas leeg, hapte naar adem en wendde zich tot zijn broer. 'Willi, kijk.' Hij omvatte de steppe met een breed handgebaar. 'Heb ik dan ongelijk? Hier is al tienduizend jaar niets veranderd.' József verwachtte – terecht – dat hij bij de komende verkiezingen herkozen zou worden: voor de kleine koningen bleef alles altijd ongewijzigd. Bedwelmd zonk hij weer achterover. Zita en Pappi waren, terwijl zij de sterren telden, in slaap gedoezeld. Het vuur brandde uit. Wij gingen in groepjes bij elkaar zitten, wikkelden ons in dekens en verloren ieder benul van tijd. Willi doolde in het duister rond. De klanken van zijn saxofoon zweefden over de poesta toen de slaap ons overmande.

Wij werden wakker door het fluisteren van de wind. Boven ons zweefde een leeuwerik, hangend in de ruimte. In het vroege ochtendgloren, zilver en lila van tint, voelden wij ons gezuiverd. Fris als na een bad, al het vuil weggewassen. Wij stopten bij een boerderij om melk, nog warm van de koe, te kopen. Allerlei gevogelte verzamelde zich om Zita als om een tweede Sint Franciscus: ganzen, kippen met rode kammen begeleid door hun kuikens, koerduifjes en andere duiven die van het terracottakleurige dak aangevlogen kwamen. Aan haar voeten ruzieden mussen en stoorden Winston in zijn slaap. Zelfs een wijfjesooievaar daalde neer van haar hoge nest. Zita liep er tussendoor alsof deze verzameling doodgewoon voor haar was.

József had hoofdpijn; daarom reden we langzaam terug naar het dorpje met de beken en brachten de morgen luierend door. Het was al vroeg in de namiddag voor Zita en ik in de Trabant klommen. De hele familie wuifde ons na. Zodra wij wegreden van het zomerhuisje der tsarina begon zij te praten.

'Wie was die afschuwelijke man in dat Trot-pak?' vroeg ze.

'Joggingpak.'

'Hè, wàt?'

'Het is een joggingpak en geen Trot-pak.'

'Ben je nou helemaal geschift? Het is Trot en het komt van Trotsky.'

'Nee, het is een joggingpak en het heeft niets met Trotsky te maken.'

'Wel verdomme, en ik dacht dat hij communist was!'

'Hij was de burgemeester.'

'Burgemeester waarvan?'

'Van het dorp.'

'God sta ons bij.'

Sinds ons vertrek uit Slovakije had Zita weinig gezegd. De dagen doorgebracht met Vera schenen haar veranderd te hebben. Misschien hadden de zusters erkend dat er verschil tussen hen bestond; misschien waren er herinneringen aan het verleden gewekt. Zij hadden zonder woorden met een onhandige omhelzing afscheid van elkaar genomen. Maar mèt Vera had Zita ook haar aanmatigende houding verloren. Zij wist niet meer waar ze stond.

Ik had haar aan haar eigen gedachten overgelaten, maar wat ze ook geleerd mocht hebben, ze scheen het nu opeens vergeten te zijn. Voor een ogenblik was ze weer helemaal de oude: mijn tante die alles ontkende om in leven te kunnen blijven.

'Al dat vreemde eten heeft mijn hele spijsvertering ondersteboven gegooid,' bekende zij, 'Maar ik geloof dat die pens me er weer bovenop heeft geholpen, èn het dansen. Het was, verdorie, ook wel tijd dat we eindelijk eens iets lolligs meemaakten.' Haar maniertjes vormden een goede afweer.

Wij reden westwaarts, naar Boedapest en de tandarts. De weg volgde de grote spoorlijn naar de hoofdstad. Zita kende de route.

'De Boedapest Expres,' mijmerde ze. 'Je oom en ik hebben er vele, vele keren mee gereisd.' Terwijl zij sprak maakte ze handgebaren alsof zij nooit eerder onthulde geheimen wilde oproepen.

'En ik dacht dat je zo'n hekel aan treinen had.'

'In hemelsnaam, toen toch niet; toen was het de enige manier om te reizen: eerste klas Wagon-Lits. Dat ritme van de wielen... Ha, ha!' Ze nam een diepe haal van haar stinkstok. 'Ik was die tijd vergeten, weet je. Het is ook... oh, mijn God... vijftien, nee, twintig jaar geleden... het was, wel verdomme, onze huwelijksreis.'

'Zita, jullie zijn in 1946 getrouwd.'

'Wat zit je nou te zeuren, zó oud kan ik toch niet zijn!'

Na de episode met de zeug in Slovakije was Zita het zaad der liefde blijven koesteren. De Edison was kapot; hij ging althans kapot toen Zita er de leren drijfriem had uitgerukt en Peter werd bij haar thuis uitgenodigd om het ding te maken. Hij slaagde hierin. Een redevoering van Tomás Masaryk, de eerste president van Tsjecho-Slovakije, klonk op uit de hoorn. Zij haalde die toeter eraf en zij kusten elkaar met die koperen hoorn tussen hen beiden ingeklemd.

Maar al te spoedig werd hij teruggeroepen naar Moskou. Hij vroeg haar om hem te begeleiden tot aan de grens, maar niet verder. Zij behoorde tenslotte tot de vijand. Zij arriveerde met een rode sjaal om; een goede proletarische kleur, had je kunnen denken, ware het niet dat het materiaal uit een nazivlag geknipt was. Dankzij twee pakjes Lucky Strike kregen zij een coupé voor hen beiden alleen. Zij dronken door plundering verkregen champagne en bedreven de liefde voor de eerste keer op de laatste nacht van de oorlog. In de greep van de hartstocht riep zij: 'Je gezicht, ik wil je gezicht zien!' Hij stak het licht op, ondanks de geldende verduisteringsmaatregelen. Buiten vuurde een soldaat, die òf dronken òf vijandig gezind was, op goed geluk een schot af op de trein. Het raam werd verbrijzeld, de lamp versplinterde en in het duister, temidden van rondwervelend roet en gruis, vond de gemeenschap tussen mijn oom en tante plaats. De volgende morgen, toen zij uitstapte en zag hoe de trein hem wegvoerde naar Rusland, was haar huid zo zwart als die van een negerin, op één plek na: het silhouet van zijn hand stond afgedrukt op haar bil die hij de hele nacht had vastgehouden.

'Ik hou van je ik hou van je ik hou van je,' luidde de tekst van het telegram dat zij hem toezond op zijn adres, het Dzerzhinskiplein. Peter wist een schrobbering te vermijden door te verklaren dat het een boodschap in code was, hetgeen in zekere zin ook waar was. Niettemin wilden zijn superieuren, uit de aard der zaak zeer behoedzame lieden, voorkomen dat hun protégé op het slechte pad zou worden gebracht. Hij werd ontheven van zijn taak in Slovakije en te werk gesteld in Hongarije. Zita zou bereid zijn geweest hem tot het eind van de wereld te volgen, maar ze hoefde niet verder dan de Donau. Zij reden heen en terug in de Boedapest Expres, heen en terug tot de grens en niet verder, tot mijn tante een andere persoon was geworden.

# Nieuwe maan

Zita had geen verwanten in de hoofdstad, maar vroeger had ze eens een boa constrictor aan de dierentuin van Boedapest gegeven.

Het was een stad vol curves, zuilengalerijen en halvemaanvormen: de gebogen lijn van het Nyugati Station, de welving van de Kettingbrug en de rivier zelf die een bocht beschreef om het druk versierde, pseudo-middeleeuwse Parlementsgebouw, bekroond met een koepel in Toscaanse renaissancestijl. Gezien vanaf de oude Kasteelheuvel aan de Boedazijde van de Donau was Pest een warreling van huizen, allemaal met vijf verdiepingen, omcirkeld door de Elizabeth Ring. Maar ondanks al die zachte, gebogen lijnen was Boedapest geen vrouwelijke stad, geen maagd zoals Praag en ook geen hoer zoals Berlijn. Het was een zwaarwichtig geheel, zonder kleine, intieme hoekjes en de lucht die vroeger naar viooltjes had gegeurd, stonk nu naar uitlaatgas en agressie.

Wij gingen met een tram die als een boot over stoffige tramrails deinde naar het Marx Plein, maar stapten per ongeluk op Engels tér uit.

'Ik heb die twee geitenbreiers nooit uit elkaar kunnen houden,' bekende Zita.

Wij gingen, dringend door een mensenmenigte die een sfeer van ergernis en wrok scheen uit te stralen, op weg naar de tandarts. Gelukkig was hij inmiddels niet verhuisd. Zita was zijn adres kwijtgeraakt, maar ze herinnerde zich nog de plechtstatige eiken deuren en het oude bordje waar in Hoogduits op stond: 'Het gebruik van de hoofdtrap is verboden voor bedienden en leveranciers.' Over varkens werd niet gesproken.

Het interieur was sterk gewijzigd. De wachtkamer, vroeger een donker hol, was nu voorzien van vloerkleden en de wanden waren licht en schoon. Er lagen geïllustreerde tijdschriften in allerlei talen om de wachtenden bezig te houden. Onze jassen werden aangenomen door een verpleegster wier blik te kennen gaf dat tandheelkunde een mysterieuze taak, vol sublieme erotiek, was. Jazeker, we konden met American Express betalen.

Dr. Kovács, kaal als een biljartbal en met een glazen oog, snelde op ons toe. Hij kon zich Zita nog herinneren en kuste haar de hand.

'Alles is enorm veranderd,' zei ze.
'Dollars,' zei hij.
Min of meer overbodig verklaarde Zita waaraan zij behoefte had. Dr. Kovács zoog op zijn perfecte tanden. Hij was met een vrouwelijke tandarts getrouwd. Zijn vader was tandarts geweest. Zijn grootvader was de barbier-tevens-tandarts die een zwerende kies verwijderd had uit de mond van de Grootste aller Magyaren: graaf István Széchenyi, de vader van Boedapest. Tanden zaten, bij wijze van spreken, bij hem in de familie.
'Eens even kijken.' Kovács keek in zijn afsprakenboek. Hij klikte even met zijn tong. Er was in maanden geen tijd beschikbaar en zijn wachtlijst was erg lang.
'Dollars?' zei ik.
'Morgen,' zei hij.
Zita wilde het huis zien waar zij de eerste tien jaar van hun huwelijk gewoond hadden. Wij staken het Octagon Plein over, met zijn koffiehuisgevels, en wandelden over de Andrássy in de richting van het park. Wij hielden Winston aan de lijn, een onwaardige behandeling die hij knorrig aanvaardde. De avenue liep als een brede laan door de stad, vanaf de pompeuze kern uit de '*Gründerzeit*' tot het welige groen van de met platanen omzoomde villawijk, waar de aristocraten en diplomaten woonden, in de nabijheid van hun clubs en ambassades. In Zita's tijd was de straat omgedoopt en naar Joseph Stalin genoemd. De Andrássy's, een van de meest vooraanstaande families van het land, hadden opgehouden te bestaan. Maar mettertijd zou Stalins naam verdwijnen – net als zijn veertig miljoen slachtoffers – weggewist uit de herinnering als een kwalijke droom. De boulevard, de mooiste van heel Boedapest, kreeg een allesbehalve welluidende naam: Avenue van de Hongaarse Volksrepubliek. Onder deze titel waren zijn dagen echter geteld en hij had, zoals ontelbare andere straten en pleinen achter het IJzeren Gordijn, na de revolutie zijn oorspronkelijke naam weer teruggekregen. De Andrássy Avenue bestond weer en mijn gids, hoewel nog geen jaar oud, was niet recent meer. Maar Zita's reisgidsen, een rij beduimelde Baedekers die tegen het achterraam van de auto stonden en nog van vóór de oorlog en de bezetting waren, bleken nu weer gangbaar te zijn. Ze had ze van haar vader gekregen – het was de laatste keer dat zij hem levend en wel had gezien – en ze had ze meegenomen in de Pannonia Expres, op weg naar haar nieuwe leven.
Hun huis op de Andrássy Avenue was vroeger het bezit geweest van Hongaarse joden, een van de rijke en gerespecteerde families die de burgerlijke provinciestad veranderd hadden in de grootste hoofdstad van Midden-Europa. Maar tegen de tijd dat de Sovjets het statige huis in Italiaanse stijl hadden gevorderd, hadden de eigenaars daar niet veel

last meer van gehad. De vader en zes kinderen waren in Auschwitz gestorven en één zuster had kans gezien naar Amerika te vluchten. Slechts één kind was nog overgebleven en Peter had hem toegestaan om in het koetshuis te verblijven en hem te werk gesteld als tuinman.

'Hij was geen al te beste tuinman,' herinnerde Zita zich. 'Zijn liefste werk was gaten graven. Hij heeft alle perken met maagdenpalm opgegraven, waar van die mooie paarsblauwe bloemetjes aan zitten. Je oom was razend. Hoe heette die knaap ook alweer?' Zita stond naar het huis te staren. 'Mijn God, wat is dat ding gegroeid.' Zij wees door het smeedijzeren hek heen. 'Daar stond die afschuwelijke kleifontein.' Een fraai bewerkte terracotta fontein, vol nimfen en versieringen, had eens in de voortuin gestaan. Als je Zita's beschrijving moest geloven, was het een heel lelijk ding geweest. Op zijn eerste dag in het nieuwe huis had Peter de tuinman opdracht gegeven om die fontein met een moker af te breken. De vader van de tuinman – de man van wie alleen een hoop as op een veld in Galicië was overgebleven – had de fontein destijds laten bouwen.

'Dat ding moest weg,' deelde mijn tante mede. 'Die boom is veel mooier.' Een goudenregen, inheems in het oosten, spreidde een sierlijke waterval van veervormig gebladerte over het gazon.

'Hier ben ik het gelukkigst geweest, hier in Boedapest,' zei Zita. Haar ogen werden donkerder. 'Maar hier heb ik ook de grootste angst gekend.'

Peter en Zita waren kort na haar 'dood' getrouwd. Geen enkele jonge officier, hoe talentvol hij ook mocht zijn, mocht zich verenigen met de vijand. Hun band kon niet verborgen blijven en het had geen zin te liegen tegen de KGB, maar men kon de waarheid wel enigszins aanpassen. En dus stierf Zita, de dochter van een Oostenrijkse industrieel, en Zita, de nicht van een Slovaakse revolutionair, kwam ter wereld met al haar papieren in goede orde. Uit liefde verbrak zij alle banden met haar familie, haar vaderland en haar verleden. Zij verloor een vader, een broer en een zuster. In plaats daarvan gaf haar minnaar, haar echtgenoot, haar een nieuwe identiteit, een nieuwe 'legende'.

Peter, zoals vele anderen in het verscheurde en hongerende Europa, was naar Hongarije gezonden om bij te dragen tot een vlotte overgang tot het communisme. De Conferentie van Jalta had vrije verkiezingen gewaarborgd. De communisten waren echter zó impopulair dat zij via verkiezingen niet aan de macht zouden komen en dus moest er dwang worden uitgeoefend. Om te beginnen weigerde het Rode Leger om zich terug te trekken, vervolgens ging de Partij een verbond met de interimregering aan. Van binnenuit eisten zij iedere dag méér macht op en het gekozen bewind werd weggesneden als een worst, de ene dunne plak na de andere. Onder het dreigement van Russische bajonetten kregen zij het beheer over de politie en het ministerie van Binnenlandse Zaken. Hun bondgenoten werden gearresteerd en de leiderloos geworden partijen geabsorbeerd. En tot slot volgden dan, als doorgestoken kaart, de verkiezingen, aan alle kanten belemmerd door fraude en politieke terreur. Binnen een jaar of twee hadden alle landen van Oost-Europa een communistische regering. Het was een effectief systeem.

Peter beplantte de bloembakken voor zijn ramen met viooltjes en klimop. Vanuit zijn zonnige kantoortje vol geraniums, met uitzicht over de Stalin Avenue, adviseerde hij de AVO – de pas opgerichte veiligheidsdienst – hoe een pluralistische staat afgebroken moest worden. Zeshonderdduizend Hongaren werden uitgekreten tot sympathisanten van de vijand en gedeporteerd. De monarchie die negenhonderd jaar had standgehouden werd afgeschaft. De scholen van kerkgenootschappen werden gesloten. 'Fascistische organisaties van terroristen', zoals de padvinders, werden verboden. De leider van de voornaamste partij – die der gematigde Kleine Boeren – werd door het Rode Leger ontvoerd, van spionage beschuldigd en tien jaar gevangengezet. De Eerste Minister werd gedwongen om af te treden. Maar de grootste gruwel was niet het feit dat er middenin de nacht op je deur geklopt kon worden, hoewel dit al angstaanjagend genoeg was, maar de vrees dat dit zou geschieden. De angst dat men ieder ogenblik gearresteerd kon worden door mannen in lomp gesneden pakken met vilthoeden op, terwijl je enige 'schuld' bestond in een aanklacht van een buurman, maakte de moedigste mensen tot lafaards.

Terwijl de angst zich als een schimmelplant verspreidde, bloeide de liefde tussen Peter en Zita. Hun positie verschafte hun een levensstandaard die de grote massa ontzegd bleef. Zita wilde graag een kind, maar Peter had gezegd: 'Daar hebben we nog tijd genoeg voor.' Zij waren bevoorrecht. Eerst moest de wereld veroverd worden.

Hij ging vaak op reis en zij vergezelde hem naar Berlijn en Boekarest en Wenen; altijd per trein. Hij werkte een tijdlang in het merengebied van Karinthië. Evenals jonggehuwden dat vijftig jaar eerder plachten te doen, gingen zij met de Maestral-slaaptrein – vertrek acht uur 's avonds vanaf het station Déli – door de bergen van Kroatië, heerlijk vrijend in de donkere tunnels.

Het Rode Leger bezette Oostenrijk, samen met hun Britse en Amerikaanse bondgenoten. Tot de krijgsgevangenen behoorden niet alleen Duitsers, maar ook Hongaren, Roemenen, Slovaken en kozakken die aan de zijde van de nazi's gevochten hadden. Volgens de overeenkomst van Jalta moesten alle sovjetburgers gerepatrieerd worden naar de Sovjetunie – zo nodig onder dwang – waar hun slavenarbeid of een doodvonnis wegens verraad te wachten stond. Maar de vijftigduizend kozakken, inclusief achtduizend vrouwen en kinderen, die in Lienz en Oberdrauburg werden vastgehouden, hadden weinig te vrezen. Velen van hen waren geen sovjetburgers, maar waren uitgeweken tijdens de Russische Revolutie en voorzien van buitenlandse paspoorten. Zij voelden zich veilig in Britse handen.

De kozakken waren de laatste vechttroepen van de tsaar geweest. Hun leiders – Krasnov, Shkuro en Vasiliev – waren oude, anti-bolsjewistische generaals van het Witte Leger. Vasiliev was vroeger officier in de Keizerlijke Garde geweest. Tijdens de Revolutie had Krasnov zijn Don-kozakken bij Tsaritsyn aangevoerd tegen Stalin in eigen persoon. En nu wilde Stalin wraak nemen. Het was Peters taak om die oude mannen in de val te lokken.

De drie Russen waren echter geen sovjetburgers. Zij konden niet wettig gerepatrieerd worden. Peter werkte een plan uit dat in Baden-bei-Wien moest plaatsvinden. De geest der verzoening was aanstekelijk en bepaalde Engelsen lieten zich overtuigen dat de overdracht van de emigranten een bewijs van goede trouw was. Britse officieren van hogere rang bleven onkundig van dit verraad. Correspondentie werd onderschept, archieven werden vernietigd, de rapporten werden handig opgesteld en de identiteit van de emigranten werd verborgen gehouden. Alle Witrussen en kozakken werden als Sovjets bestempeld en *en masse* gedeporteerd naar de KGB in Judenburg.

De repatriëring verliep niet zonder incidenten. Vrouwen en kinderen moesten met de bajonet in de veewagons gedreven worden. De kozakken brachten liever zichzelf en hun gezinnen om dan in de *gulags* te verdwijnen. Het vuile werk van de Sovjets werd door Britse soldaten gedaan, zoals de nazi's destijds hun medewerking hadden verleend in Banská Bystrica. De oude generaals werden in de Lubyanka terechtgesteld. Peter, de oom die ik uitsluitend gekend had als resolute tuinier die met zijn rolstoel rondreed door zijn geliefde tuin, kreeg lof en dank en werd gepromoveerd. Ik had hem nooit gekend als mens onder de mensen, maar alleen als een man die in afzondering leefde. Het was een prachtig staaltje van misleiding.

Zita en ik liepen zwijgend over de Kettingbrug terug naar ons hotel. Dit gebouw in de Magyarstraat was vroeger een luxueus bordeel geweest en omtrent de eeuwwisseling zeer in trek bij buitenlanders en aristocraten. Een groep Britse parlementsleden, gasten van de Hongaarse regering, had eens lange tijd in dit etablissement doorgebracht en genoten van de hier aangeboden diensten. Er werd hun dan ook een hoge rekening aangeboden die de parlementsleden echter weigerden te voldoen. Zij hielden vol dat hun aangenaam verpozen bij de dames door hun gastheer betaald moest worden, hetgeen een onaangenaam schandaal veroorzaakte.

De dames waren allang vertrokken. Voor hun tedere attenties was een televisie in de plaats gekomen. De gasten, allen gekleed in joggingpakken oftewel Trotpakken, zaten in de foyer voor de televisie gekleefd en letten niet op het komen en gaan van andere gasten. Niettemin had Zita – uit voorzorg – Winston in een grote koffer meegesmokkeld naar onze kamer. Hij reageerde onplezierig op zijn tijdelijke opsluiting en moest verdoofd worden met een royale hoeveelheid *barack*: een abrikozenjenever die zo sterk is dat je naar adem staat te happen.

Het lawaai van de televisie drong door de holle gangen tot in onze kamer door. Mijn tante lag op bed en had last van haar likdoorns. We hadden nauwelijks een woord meer tegen elkaar gezegd sinds het eten, toen zij me over Karinthië verteld had. Ik had het niet begrepen. Zita was niet blind, maar hoe kon ze dan – in haar verlangen naar ontsnapping, rijkdom en liefde – het verraad dat aan de kozakken was begaan volkomen over het hoofd gezien hebben?

Soms, als zij merkte dat ik haar aankeek, verdween haar zelfvertrouwen. Dan sloeg ze haar ogen neer en haar kin zonk op haar borst. Haar mooie gelaatstrekken verloren hun nobele hoogmoed en haar fraaie Duits, dat je anders als muziek in de oren klonk, ging over in gemompel. Dat was ook nu het geval.

'Ik geloofde het niet omdat ik het verdomme nooit gezien heb,' prevelde mijn tante... Slechts eenendertig van de vijftigduizend kozakken hadden de kampen overleefd... 'We waren gelukkig. Het was nieuwe maan. Hoe had ik het moeten weten?'

Wij hadden de volgend morgen vroeg een afspraak bij de tandarts. Zita had haar reiswekker neergezet om te zorgen dat wij ons niet zouden verslapen. Het was een arbeidsbesparend apparaat. Je fluisterde in het Russisch de woorden: 'De tijd, alsjeblieft,' en dan werd deze geprojecteerd op het plafond. Maar de aftaster werkte niet goed meer en in het holst van de nacht moest Zita hard roepen of een keer of drie, vier hard in haar handen klappen om het mechaniek te activeren. Eindelijk verschenen dan vage cijfers boven haar hoofd en vóór deze weer verflauwden, graaide zij haastig tussen haar lakens naar haar bril, als een hamster die in zijn kooi rondhusselt. Ze kon haar bril maar zelden op tijd vinden en dan werd de voorstelling herhaald. Wij hadden de neiging dan maar meteen op te staan, ongeacht hoe laat het nu precies was.

De tandarts maakte een wasafdruk van Zita's kaken. 'Geeft u de voorkeur aan perfecte tanden of eerder aan een natuurlijke indruk?' vroeg hij. Zij aarzelde; haar opvattingen over perfectie waren deze laatste weken ondermijnd. Uiteindelijk bepaalde zij haar keus op niet al te volmaakte tanden, met lichte afwijkingen. 'Uw gebit is morgen tegen de middag klaar.'

De vrouw die niet bestond had de dierentuin van Boedapest een slang ten geschenke gegeven. Vierendertig jaar geleden was Zita het Heldenplein, waar overwinningen gevierd en tragische gebeurtenissen betreurd werden, overgestoken met de boa om haar hals. Het dramatische verhaal over de slangen had haar zo diep ontroerd, dat ze vastbesloten was haar meest geliefde huisdier aan de dierentuin te geven. Mijn tante liep heel behoedzaam, want de straten lagen vol overblijfselen van de neergeslagen opstand. De barricades waren afgebroken en de tankversperringen die dwars over de straten waren opgeworpen, waren weggehaald. Stofwolken dwarrelden op boven uitgebrande vrachtwagens. Van het reusachtige beeld van Stalin waren alleen de hoge bronzen laarzen overgebleven. Zijn hoofd lag in brokstukken op de keien. Een T-54 stond op een hoek en Zita kreeg een gruisje in haar oog.

De Hongaarse revolutie was heel rustig begonnen. Zonder enige kwade bedoelingen had een menigte zich verzameld rondom het standbeeld van de dichter Petőfi. Maar hun aantal nam toe en zij trokken op naar het gebouw van de Hongaarse Radio. De veiligheidspolitie opende het vuur en het protest groeide uit tot revolutie. Hongaarse troepen die de opdracht hadden gekregen om de rellen te onderdrukken, sloten zich in plaats daarvan bij de opstandelingen aan. Na zes dagen vechten werd een staakt-het-vuren bereikt. Imre Nagy, de enige politicus die het vertrouwen van de bevolking had, werd tot Eerste Minister benoemd.

Een week lang heerste er vrijheid in Hongarije. Het eenpartijstelsel werd afgeschaft, de katholieke kardinaal vestigde zich weer in zijn paleis en de boeren keerden terug naar hun geconfisqueerde landerijen. Nagy verklaarde Hongarije tot neutrale staat en zei het lidmaatschap van het Warschaupact op. De volgende dag keerde het Rode Leger terug met zesduizend tanks. Zij vuurden op de mensen die in de rij stonden voor brood. Op het universiteitsziekenhuis werden fosforbommen geworpen. De opstandelingen die op het Rákóczi Plein hun wapens kwamen inleveren, vast vertrouwend op de hun gegarandeerde immuniteit, werden doodgeschoten. Jonge mannen en vrouwen werden in veewagens geladen en, evenals de kozakken tien jaar eerder, naar de Sovjetunie gedeporteerd.

De directeur van de dierentuin van dat moment was een zenuwachtige man, die nog het gelukkigst was als hij bij de kooien van zijn dieren rondwandelde. Hij had al dat schieten gehoord en zag zijn leeuwenoppasser stervend binnengedragen worden. Het maakte hem bevreesd voor alles wat de bevolking van Boedapest zou kunnen overkomen. Hij stelde zich voor dat een afgedwaalde granaat op het terrein van de dierentuin zou neerkomen. Hij zag in zijn fantasie de dieren al ontsnappen: leguanen in de trams, luipaarden in de parken, krokodillen en alligators in de Donau. Het was een gedachte die hem met afgrijzen vervulde. Maar boven alles was hij bevreesd dat de slangen zouden ontsnappen: ratelslangen in de puinhopen, de mamba in de lunchroom van Gerbeaud... Een slangenterreur zou de stad lamleggen. En zo kwam het dat, terwijl mannen en vrouwen met geweren trachtten de oprukkende tanks tegen te houden, deze kleine bureaucraat de slangen een voor een terechtstelde. De revolutie werd neergeslagen en op de grond van zijn kantoor, druipend van slijm en slangegif, lagen de lijken van slangen op hopen.

Zita had die dagen doorgebracht onder het hoofdkantoor van de Partij, het enige gebouw dat gedurende de gehele opstand door tanks beschermd werd. Peter was de stad uit en toen geruchten over de bloedige wraak van de rebellen doordrongen tot de kelders, maakte zij zich ongerust over haar dieren. Zij had ze allemaal – een Galago-aapje, zeven honden, en Beëlzebub, de boa – in het grote huis op de Andrássy Avenue achtergelaten. De tuinman had beloofd ze te eten te geven, maar God alleen zou weten of hij nog in leven was.

Peter keerde uit Berlijn terug aan het hoofd van een tankcolonne. Aan Nagy, die zich veilig en wel in de Joegoslavische ambassade bevond, werd politiek asiel geboden. Peter verzekerde de Joegoslaven dat de Sovjets eerbare bedoelingen hadden. De Eerste Minister zou niet in staat van beschuldiging worden gesteld. De Joegoslaven accepteerden de garantie van vrije aftocht. Er kwam een bus voor om Nagy en zijn gezin thuis te brengen, maar zodra ze mijn oom te zien kregen, stonden zij erop dat hij de bus zou verlaten. Opnieuw wist Peter iedereen met zijn garanties te overtuigen.

Maar zodra het kleine konvooi de binnenplaats verlaten had, werd het omgeven door gepantserde auto's. De Hongaren werden naar het militaire vliegveld van Mátyásföld gebracht en overgevlogen naar Roemenië. Nagy werd een jaar gevangen gehouden in het Kasteel Snagov: thans een populair oord voor picknicks ten noorden van Boekarest. Hij bleef weigeren datgene waarvan hij valselijk beschuldigd werd te bekennen. Mettertijd geraakte dit verlies in het vergeetboek – zo is de wereld nu eenmaal – en Nagy werd naar Boedapest teruggebracht voor een zogenaamd proces. Hij werd schuldig bevonden en ogenblikkelijk opgehangen. Jarenlang wist niemand zelfs waar zijn lichaam begraven lag.

Met Winston aan de lijn gingen Zita en ik naar de dierentuin. 'Ik vond het destijds niet zo erg om afstand van de boa te doen.' Ze sprak fluisterend; haar kaken deden haar pijn na de wasafdrukken van die morgen. 'Beëlzebub bezorgde me veel moeite. Ik moest, gatdarrie, muizen fokken om haar te eten te geven. Die kleine krengen ontsnapten op de avond dat het hoofd van de politie bij ons kwam dineren. Die stomme vent raakte helemaal over zijn toeren toen er een tegen zijn broekspijp opliep. Ik wil maar zeggen... het was toch maar een muis.' Zita zuchtte. 'Peter had er dus geen bezwaar tegen die boa te zien verdwijnen.'

Wolven en panters beenden heen en weer, hun ogen gloeiend van waanzin om hun opsluiting. De apen uitten jammerende kreten, als kinderen die gemarteld worden. Het was geen oord voor Winston. Hij mocht trouwens niet mee naar binnen. Op het hek stond een bordje met het opschrift: 'Dieren worden niet toegelaten.' Wij lieten hem achter bij een man die op straat *pretzels* verkocht en op hem wilde passen.

In de palmenkas, een zwoele ruimte met dichte beplanting, sluimerden de slangen. Een *Python molorus* snoof loom met zijn gevorkte tong de lucht op. Adders met gemene varkenssnuiten staarden ons door de slijmerige glazen wanden dreigend aan. De boa, met zijn vel als glimmend emaille, kwam aangegleden uit een poel. 'Maar dit is Beëlzebub niet.' Zita vergat nooit een gezicht.

In het kantoor waar de voorgangers van Beëlzebub afgeslacht waren, deelde de nieuwe directeur Zita het droeve nieuws mede. Zita's slang was nog geen twee maanden geleden in haar slaap gestorven, dromend van feestmalen van muizen en konijnen. Ze hadden haar, zoals alle dieren, te ruste gelegd in een stil hoekje van het kerkhof van Pest, onder een struikgewas van wilde rozen. De directeur was verbaasd over Zita's verzoek het graf te bezoeken. Er stond geen bordje op, vertelde hij ons, maar Zita hield vol en hij verstrekte nauwkeurige inlichtingen hoe zij die plek moest vinden.

De abrikozen stonden in bloei. Mensen die om hun doden rouwden liepen in de lentezon met kleurige boeketten gerbera's, lelies en anjers. Oude vrouwen stonden met elkaar te praten over hun mannen die al lang gestorven waren en hun naar Australië geëmigreerde zonen. Zij slenterden langzaam door de lanen met platanen, afgezet met zwarte, van een rode ster voorziene grafstenen, en genoten van hun dagje uit. Achter de marmeren grafplaten van de partijleden rezen betonnen muren op. Een weduwe stond met haar beste schoenen aan in een plas en huilde, omsluierd door de rook van een door een oppasser aangestoken vuur, bij de as van haar man. Zijn as, en die van vele anderen, lag opgeslagen in vakjes die als archiefkasten, vijf hoog en vijftig breed, binnen de betonnen muren stonden; iedere 'lade' was met vergulde letters gemerkt en voorzien van verse bloemen. *Temetni tudunk* was het bondige opschrift, dat vertaald luidt: 'Het enige dat wij weten is hoe wij mensen moeten begraven.'

Wij volgden de aanwijzingen van het kaartje dat de directeur van de dierentuin voor ons getekend had; wij gingen de betonnen muren voorbij en drongen diep in een wildernis van acaciabomen door. Middenin het bos lag een open ruimte die benut was als begraafplaats, doorsneden met mozaïektegels en omgeven door een nieuwe asfaltweg. Dit was onze bestemming: Beëlzebubs laatste rustplaats.

Al tientallen jaren werden de lichamen van dieren hier in deze vergeten hoek begraven. In 1958 was ook Imre Nagy hier heimelijk begraven, met zijn gezicht naar beneden. De tuinlieden die de graven van de helden van de arbeidersbeweging verzorgden, hadden mest en afgesnoeide stukken van planten op zijn ongemarkeerde graf gestort. Mettertijd waren er bomen opgeschoten. Het jaar voordat wij hier kwamen was Nagy gerehabiliteerd en het graf no. 301 werd geopend. Alle afval werd verwijderd en de Eerste Minister werd ten tweeden male begraven met alle hem toekomende eer.

Zita schonk weinig aandacht aan het graf van Nagy. Ze was hier gekomen om haar slang te herdenken; ze knielde stilletjes neer in het lange gras, een eindje van het monument verwijderd, en besefte plotseling dat ze niet meer wist hoe ze moest bidden. Later, toen wij weer terugliepen, zei ze: 'Zeg, er is me te binnen geschoten hoe hij heette.'

'Wie?'

'Nou, Theodor, onze tuinman, natuurlijk. Hoewel hij waarschijnlijk ook wel uit de wereld zal zijn geholpen.'

Na de opstand, toen zij Boedapest verlieten, had Peter Theodor een baan als doodgraver bezorgd. Hij had toch al altijd het liefst kuilen gegraven. Bij het hek vroegen wij of hij nog altijd op het kerkhof werkte, maar de vrouw schudde haar hoofd. Ze had nog nooit van Theodor gehoord en hij stond niet in haar kaartsysteem. Toen we wegliepen in de richting van de tram, riep de vrouw ons na.

'Die man naar wie u vroeg. Dat is een joodse naam, hè?'

'Natuurlijk,' zei Zita.

'U zult hier geen joden vinden. Probeer het joodse kerkhof eens; tweehonderd meter verder hier aan de weg.'

Wij volgden een rumoerig, doodlopend stuk weg, het eindpunt van allerlei overblijfselen en met marmergruis bestoven trams. Bouwvakkers, wit van het stof, waren bezig de oude stenen te zandstralen om ze in gereedheid te brengen voor nieuwe opschriften. Hun waakhonden maakten Winston bang. Het toegangshek stond onder hoogspanning. Er was geen kantoortje, er waren geen bloemen, er was niemand. Het verlaten kerkhof leek op een wild uitgegroeid bos. Klimop rankte om de graven en had de grafstenen doen splijten. Bomen hadden wortel geschoten en kleine knaagdieren leefden tussen de overblijfselen. Braamstruiken woekerden over de grandioze grafmonumenten van de vooroorlogse burgers die althans zo fortuinlijk waren geweest om op vrij normale wijze aan hun einde te komen, misschien gestikt in een visgraat of aangereden door een bus. De afgrijselijkheden die hun nakomelingen zouden ondervinden waren hun bespaard gebleven. Het was een oneindig trieste plek, niet zozeer om de levens die verloren waren gegaan, maar omdat de doden zo volkomen vergeten waren. Er was niemand meer over om de doden te gedenken en het verleden rotte hier weg in vergetelheid.

Te midden van deze woestenij stond op een kaal pleintje een monument voor de slachtoffers van de concentratiekampen. Hoekige grafstenen, alle van tweemaal manshoogte, vermeldden degenen die in Ausztria, Oroszorsta en Auschwitz de dood gevonden hadden. De namen waren in het steen gebeiteld, maar er waren ook toevoegingen aangebracht met potlood, inkt of verf; ze waren met de hand gemaakt, met handen die trilden van woede. Over dit troosteloze pleintje liep langzaam een oude man rond, gekleed in een tuinmansoveral. Hij had een plastic zak bij zich met een Engelse tekst: '*Death before Disco*'.

'Theodor,' riep Zita. De oude man bleef verschrikt staan, niet gewend dat anderen zijn kerkhof betraden. 'Ik ben het,' riep Zita. Hij zette zijn zak neer en haalde uit een borstzak een bril met metalen montuur die hij op zijn scherpe neus zette.

'*Gnädige Frau*,' zei hij.

'Je kent me nog.'

Hij liep op ons toe en boog. 'Natuurlijk, *gnä' Frau*, uw oren zijn nog niet veranderd, hoewel uw tanden de vorige keer beter waren.'

'Toen was er nog een hele hoop beter aan me. Hoe maak je het?'

'Slechter dan gisteren, maar beter dan morgen.' Pessimisme was vanzelfsprekend bij de Hongaren. Vanaf de zestiende eeuw hadden zij haast zonder mankeren bij iedere oorlog vertrouwd op de verliezende zijde.

'Je werkt nog steeds.'

'Tot ik doodga, of tot het volgende weekeinde – welke van de twee zich het eerst voordoet.'

'Wilde je net weggaan?'

Hij schudde het hoofd. 'Droeve dagen. Mijn moeder.' Hij wees naar de plastic zak, paars en geel op de grijze stenen van het pleintje. 'Ze is maandag gestorven, God hebbe haar ziel.'

'Je moeder?'

'Haar as. Het gaat van kwaad tot erger. Heeft u het oude huis gezien?' Zita was sprakeloos. 'Weet u wie er nu in zitten? Accountants uit het Westen.' Hij schudde in wanhoop het hoofd: een pessimistische idealist die de hoop opgaf. 'Marx had gelijk: de economische omstandigheden geven uiteindelijk de doorslag. Wilt u me volgen, *gnä' Frau*? Het is deze kant op.'

Theodor, de as van zijn moeder dragend, leidde ons terug naar het hek. Zita vond haar spraak terug.

'Heeft ze lang geleden?'

'Langer dan de meeste anderen; haast negentig jaar. Mijn vader heeft er tenminste korter over gedaan. Die heeft nog geboft.'

'Maar hoe...? Waarom is ze in die plastic zak?'

'Ze is een week geleden gestorven. Mijn zuster – wij zijn als de laatste twee overgebleven – is per vliegtuig uit Californië overgekomen voor de begrafenis. Moeders laatste wens was dat haar as boven de zee uitgestrooid zou worden. Lilly zei dat ze ervoor zou zorgen dat de as boven de Grote Oceaan uitgestrooid werd. Maar na de plechtigheid was ze zó in de war dat ze zonder moeders as is weggegaan. Ze realiseerde het zich pas toen ze boven de Azoren vloog. Ze kreeg toen een inzinking en wist niet meer wie ze was. Haar dokter heeft haar in een inrichting laten plaatsen wegens geheugenverlies.' Hij hield de plastic zak omhoog. 'Wat moet ik nu met het oude mens doen? Hongarije ligt ver van de zee af.'

'Als de post nu maar betrouwbaar was...'

Theodor bracht ons naar een praalziek mausoleum, schuilgaand onder de klimop. 'Oom Benjamin was een baron. Vóór de Eerste Wereldoorlog waren er achtentwintig joodse barons in Hongarije. Hij heeft het huis op de Andrássy Avenue laten bouwen.'

'Ik herinner me zijn portret nog.'

'Ja, *gnä' Frau*. U heeft het in de kelder gezet en toen heeft de marmot er een nest achter gemaakt.' Theodor trok een klimplant van de graftombe af. Een fraai bewerkt portiek stortte ineen. 'Oom Benjamin zou geweten hebben wat ik nu doen moet. Maar ik weet het niet. Ik ben alleen maar een doodgraver zonder graven om te delven. Er zijn geen joden meer over die zullen sterven – op mij na.'

Tijdens de Tweede Wereldoorlog was Hongarije overgegaan tot het fascisme. De opkomst van Duitsland betekende dat er een eind zou komen aan de onrechtvaardigheid van het Verdrag van Versailles. Hitler wist de weg naar het hart van de Magyaren te vinden. Hij liet de grenzen verwijderen en beloofde hun land.

De joden werden in hun vrijheid beperkt, maar omdat Hongarije een zekere mate van onafhankelijkheid behield was hun leven betrekkelijk veilig. Dit veranderde op een zondag in 1944. Toen het *Reich* ineenzonk, bezetten de Duitsers Boedapest. De Gestapo arriveerde en de joden werden uitgeroeid. De blauwe Donau zag rood van het bloed.

De werkende stand voelde zich instinctief méér aangetrokken tot het fascisme, dat het eigen ras verheerlijkte, dan ooit het geval was geweest met het communisme. De communistische klassetheorieën brachten echter de geest van de jonge intellectuelen in beroering, temeer omdat het bij hen niet in de eerste plaats om 'brood op de plank' ging. Dit gold ook voor Theodor die, zoals de meeste kinderen die in weelde opgroeien, in opstand kwam tegen de waarden die worden gehanteerd door zijn ouders. Hij zag op hen neer en kleineerde hun prestaties. Hij vond het niet bewonderenswaardig dat zij rijkdom hadden weten te vergaren, maar beschouwde dit als schaamteloze uitbuiterij van de zwakken. Hij geloofde dat er een betere wereld geschapen zou kunnen worden.

Terwijl het Rode Leger – de voorhoede van de idealen die hij koesterde – over de vlakte optrok naar Boedapest, werden de joden die nog aan deportatie ontkomen waren in geforceerde mars afgevoerd naar Duitsland. Degenen die het tempo niet konden bijhouden werden doodgeschoten waar zij neervielen. Theodor, Lilly en hun moeder waren aan de laatste klopjacht ontsnapt en hadden zich verborgen in een verdekt opgesteld linnenkamertje in hun oude huis.

Na Stalingrad en vóór Berlijn was Boedapest vooral de plaats waar de twee grootste legers van de wereld strijd met elkaar voerden. De hoofdstad die tot de laatste oorlogsmaanden slechts weinig beschadigd was, werd verwoest. Vanuit hun schuilplaats zag Theodor de Russische soldaten in hun zware, lange jassen oprukken over de Andrássy Avenue. Zijn geestdrift was zó groot, dat hij een witte zakdoek aan een stok bond en de straat op rende. De maanden van zich schuilhouden en de jaren van onrechtvaardigheid waren voorbij. Hij begroette de soldaten met het enige woord Russisch dat hij kende: 'Jood.' Zij begrepen hem niet. Hij werd gearresteerd en afgemarcheerd naar hun kapitein. Steeds opnieuw herhaalde Theodor dat ene woord. De Russische officier hoorde hem aan, begreep hem en huilde. Hij had de gruwelijkheden in Belorussia en de Oekraïne aanschouwd, en misschien was hij zelf ook een jood. Hij gaf Theodor een voedselpakket en liet hem vrij. Mongoolse soldaten onder zijn commando, vandalen uit Azië zoals de oorspronkelijke Magyaren, verkrachtten later op diezelfde dag Lilly in het linnenkamertje en stalen na afloop de lakens.

Maar het bracht Theodors overtuiging niet aan het wankelen. 'Het genie van kameraad Stalin doorziet alle plannen van de oorlogsstokers' stond in de schoolboeken en hij had het geloofd. Hij stelde zich een zuivere wereld voor, waarin de onrechtvaardigheden en de gruwelijkheden van het verleden nooit meer wortel konden schieten. Hij stapte van alle bourgeoiswaarden af terwille van zijn toekomstvisioen. Het brute geweld van de eenling deed niets af aan de puurheid van de leer. Ondanks het terreurbewind bleef hij de Sovjets zien als zijn bevrijders.

Theodor hield halt bij de tempel, de vervallen overblijfselen van een neorenaissance gebouw, om een schep te pakken. Hij wees achter zich het bos in.

'Ik was van plan moeders as rondom het gedenkteken te strooien, maar het is zo koud. Er is daar niemand die ze kent.'

'En je vader?'

'Nee, zij deden de moeite niet om de lijken terug te sturen.' Hij lachte. 'Toen de opdracht kwam om ons te verzamelen op het station, is hij vroeg weggegaan. Hij hoopte als eerste in de trein te stappen, zodat hij een zitplaats kon krijgen. Hij was een ordelijk mens, mijn vader.'

De grimmigheid van het monument had Zita getroffen. Zonder erover na te denken zei ze: 'Maar er moet toch iemand verantwoordelijk voor zijn geweest.'

'O ja, *gnä' Frau*, maar wie? Het waren niet onze buren. Die hebben joden verstopt voor de nazi's. Ik heb die verhalen vaak gehoord. En het was ook beslist niet die lieve mevrouw Póczy van de bakkerij; ze deed geen vlieg kwaad. Ze heeft me verteld dat het iemand in de andere straat was, maar die heb ik nooit gezien. En dus weet ik niet wie het op zijn geweten heeft. In de oorlog schenen er een hele hoop fascisten te zijn, maar waar zijn ze nu?'

'Je buren hebben het niet gezien, ik bedoel: zij deden of ze niets zagen.'

'Zou u dat zelf ook niet gedaan hebben?'

Wij waren nu in een vergeten hoek, gesmoord onder dichte plantengroei. Theodor duwde een aantal braamtakken opzij en baande zich er een weg doorheen. Hij begon ergens een gat te graven.

'Ik dacht dat het hier nog het veiligst zou zijn. Op dit kerkhof komen geen *funkies* rondneuzen.' *Funkies* waren partijfunctionarissen.

Vanaf een aangrenzend veld kwam een wolk van witte appelbloesemblaadjes aangewaaid en daalde neer op ons haar en onze kleren; Zita staarde naar de doodgraver die zijn kuil steeds dieper maakte en vroeg zich af wat hij daar aan het doen was. Winston snuffelde blij in de opgeworpen aarde rond. In tegenstelling tot de dierentuin was hij op dit kerkhof welkom.

'Ik wist wel dat u er voor terug zou komen,' pufte Theodor, zo opgewonden als een hond die een verstopt bot opgraaft. Zijn schep stootte, klinkend als een stemvork, op iets van metaal. Het zag eruit als brons. 'Ik heb hulp nodig,' zei hij.

Wij ploeterden met zijn allen in het gat en met de schep als hefboom legden wij een langgerekt voorwerp bloot. Theodor veegde het schoon.

'Volgens uw verzoek,' zei hij.

'Wat is dat verdomme voor een ding?' vroeg Zita.

Theodor keek beteuterd. 'Stalins neus, *gnä' Frau*,' antwoordde hij.

Zita liet zich zwaar achteroverzinken op een grafsteen.

In die herfst van 1956 was een menigte opgetrokken tot de rand van het exercitieterrein aan het Heldenplein. Hun doel was het reusachtige standbeeld van Stalin. Met een snijbrander werd het gevaarte achter de knieën afgesneden. Studenten bevestigden kabels aan een tractor. De tiran viel en werd door zijn onderdanen aan stukken gehakt. Zijn laarzen stonden nog altijd op het voetstuk, maar de opstandelingen waren vastbesloten om geen spoor van het monster over te laten. Zij klommen er met een enorm lange ladder tegenop, met zagen, hamers en zelfs stenen om de voeten van de dictator kapot te slaan. De Sovjets arriveerden in gepantserde auto's om de demonstratie neer te slaan, tanks omcirkelden het voetstuk, kogels vlogen in het rond, en toch bleven de Hongaren doorhameren op het gehate symbool van hun slavernij.

Op het hoogtepunt van de schietpartij was Theodor er vandoor gegaan met de neus van Stalin. Nu lag hij vóór ons, haast een meter lang, met neusgaten ter grootte van doodskoppen, en Theodor keek bekommerd.

'Vindt u hem niet mooi?'

Zita aarzelde. Een witte bloesem daalde op haar neus neer. 'Heel mooi. Dank je wel. Maar wat moet ik in vredesnaam met dat rotding doen?'

'*Gnädige Frau*, toen u mij vroeg of ik die neus voor u wilde stelen nam ik aan dat u een plan had.'

'O ja? Nou, dat zal ik toen vast wel gehad hebben. Ik maak dikwijls plannen. Maar dat plan, wat het ook geweest mag zijn, is me op dit moment ontschoten.'

'Ik kan het weer terugstoppen tot u het zich weer herinnert.'

'Nee, tegen die tijd kan ik wel dood zijn. Hij is te groot als hulpmiddel om een deur open te houden, vind je ook niet?'

'Ja, daar is hij te groot voor.'

'We kunnen hem niet meenemen op de tram, terug naar ons hotel.'

'Er zou een nieuwe rel uit kunnen voortkomen,' zei Theodor.

'Kunnen we morgen terugkomen en dat ding ophalen? Na de tandarts rijden we naar Berlijn terug.'

Ondanks Peters afschuw van het materialisme, was Zita altijd een ware ekster gebleven. Ze vond het heerlijk om zich met allerlei voorwerpen te omringen. Hun huis stond vol nijlpaarden van albast, gelakte dozen uit Palekh en blikken waar Malossol-kaviaar in had gezeten. Niets werd ooit weggegooid. Ieder voorwerp moest een eigen plaats hebben. Die bronzen neus leek haar heel geschikt als haardijzer.

De neus was zwaar. Theodor en ik zeulden hem voort terwijl Zita de schep en de plastic zak met as droeg. Terwijl wij de bronzen neus zolang opsloegen in een lege doodkist in de tempel vroeg Zita aan Theodor of hij getrouwd was. Hij schudde het hoofd.

'Ik heb mijn hele leven besteed om voor moeder te zorgen. Zij was mijn alles.' Hij drukte de plastic zak tegen zijn borst tot zijn knokkels, om de urn in de zak geslagen, spierwit werden. 'Ik weet niet hoe ik in mijn eentje verder moet nu zij dood is.'

Zita dacht dat een avond in de schouwburg haar goed zou doen. Zij wilde de dag vergeten. Wij gingen met de oude Franz Josef ondergrondse, begeleid door een orkest. De kleine, gele rijtuigjes die naar gevernist hout roken zaten stampvol cello's, violen en tuba's. Bij de halte voor de Opera speelden de musici ons als het ware naar buiten, de menigte in. Kanten, strikken en zijden avondtoiletten fladderden de tunnel uit, zochten een weg onder de kastanjebomen en ruisten de wenteltrap op, naar de zitplaatsen. Maar onder al het fluweel en verguldsel vonden wij het kaartenbureau gesloten; de voorstelling was uitverkocht. Een portier verwees ons naar het Nationale Theater, via de Lenin Ring, die paradoxaal genoeg op de Franz Josef Ring uitkwam. Tegen die tijd kon het Zita niet meer schelen welk stuk we zouden zien; haar likdoorns deden pijn en het enige dat ze nu nog wilde was zitten.

Het stuk had geen maatschappelijk-realistische inhoud. Die dagen waren voorbij. Er werden geen opera's meer opgevoerd die revolutionairen ophemelden en pompeuze monologen over dialectisch materialisme waren niet meer in de mode. Vroeger had de staat alle kunstuitingen bepaald. De Partij zag de cultuur als onderdeel van de ideologie. Daarom werd de cultuur aan de massa gebracht ter verheerlijking van het werk en de idealen van het regime.

Wij kregen nu een nieuw toneelstuk te zien: een timide werk dat wel goed bedoeld was, maar slechts weinig te zeggen had. In het oude oostblok waren de kunstenaars de kluts kwijt geweest omdat ze zich voortdurend moesten afvragen wat mogelijk en wat verboden was. Voor het eerst van hun leven werkten velen nu zonder richtlijnen, alleen op zichzelf aangewezen. Na er jarenlang handig omheen gedraaid te hebben, deden zij thans hun best om klare taal te spreken, maar aangezien zij ingesteld waren op het uiten van zekerheden, verdronken ze in de zelfexpressie. Winston zou er niets aan gevonden hebben.

Zita hulde zich in diep stilzwijgen en zat tijdens de hele voorstelling haar voeten te masseren. Ze verloor een van haar schoenen, maar tijdens de pauze zag ik kans hem weer terug te vinden.

Toen we 's nachts pas laat in ons hotel terug waren, kon Zita niet slapen. 'Ik heb het gedaan,' fluisterde ze vol afgrijzen in het donker, 'ik heb de joden vermoord.'

'Waar heb je het over?'

'In de oorlog...'

'Zita, toen was je negentien jaar oud.' In haar hele leven was haar enige antisemitische handeling het maken van een sandwich met ham geweest.

'Nee, het is mijn schuld. Ik heb hen vermoord.'

'Ach, dat was toch alleen maar dat toneelstuk.'

'Niet dat toneelstuk, maar in die oorlog. Theodor heeft zijn hele familie verloren. En ik heb niets gedaan.'

Zij wilde niet naar rede luisteren. De cognac na de voorstelling was haar naar het hoofd gestegen. 'Nou goed, je hebt gelijk,' zei ik, 'jij hebt de joden vermoord.' Haar adem stokte. 'Dat hebben wij met zijn allen gedaan, net als de schilderingen in de Sixtijnse Kapel en de bouw van de kathedraal van Chartres. Wat ik bedoel is: we zijn met zijn allen verantwoordelijk.'

'Oto was bij de SS,' zei mijn tante.

De volgende morgen, nog vóór het bezoek aan de tandarts, ging Zita naar de ABC supermarkt. Ze kocht vers brood, zachte kaas en paprikaworst met bolletjes vet op het vel. Ze haalde onze hospita over de keuken te mogen gebruiken. Daar bakte Zita kippepootjes, maakte een salade van walnoten en appels en bereidde een koffiebruine bonensoep. Vervolgens maakte ze een grote *Strudel* met kersen en rozijnen omhuld met een laagje deeg zó dun dat het doorschijnend was. Ze stopte al het eten in een mand, samen met een literfles kersenbrandewijn. Het was méér dan wij in een week konden opeten.

Haar gebit werd gepast. Wij betaalden in dollars. Zita had weer tanden. Terwijl we naar het kerkhof reden, sloeg ze haar tanden op elkaar als de bladen van een snoeischaar. Zij scheen tot een besluit te zijn gekomen hetgeen op zichzelf een onrustbarend feit was.

Bij de tempel overhandigde Theodor Zita een klein boeketje viooltjes: een Hongaarse traditie. Hij en ik legden de bronzen neus dwars over de achterbank. Winston keek uitermate misnoegd.

'We gaan nu terug naar huis,' deelde Zita Theodor mede. 'Daarna begint mijn neef aan zijn reis en ik zal blij zijn als ik van hem af ben. God mag weten waarom, maar hij wil zo graag naar Polen. En dat is toch op de weg naar Berlijn.' Haar aardrijkskundige kennis was er ook al niet beter op geworden. 'En daarom dacht ik dat je misschien met ons mee zou willen gaan.'

'Ik?'

'Ik heb alles bij me voor een picknick en je kunt je moeder meenemen.'

'Maar waarom?'

'Om haar as uit te strooien bij je vader.'

'In Auschwitz?' Hij keek of hij zijn oren niet kon geloven.

'Dat is niet de zee, dat weet ik wel. Maar het leek me... nou, het leek me passend. Dan zouden ze samen zijn.' Zij haalde diep adem. 'En het zou *mij* ook helpen. Mijn broer heeft daar gewerkt, zie je.'

Theodor deed een stap naar voren en sloeg haar met de palm van zijn hand. Zita bleef doodstil staan, maar haar gebit viel uit haar mond. Hij draaide zich om en liep weg, maar daarna keerde hij opnieuw en kwam naar ons terug. 'Dan moet ik eerst mijn schep even halen,' zei hij.

# *Polen*

# *Picknick in Auschwitz*

De regen daalt als een oorlog over Polen neer, zo onverhoeds als een *Blitzkrieg* en even hardnekkig als een belegering. Wij werden er in Krakau door overvallen. Wij vluchtten weg voor de vuistenvol water, grote dikke druppels die een kind pijn zouden kunnen doen en stormden de Pionier Melkbar binnen, het vocht van ons afschuddend. Bij de deur zat een doornatte bedelaar zijn 'weesgegroetjes' te prevelen. Het papiergeld maakte geen geluid toen hij met zijn tinnen bakje schudde. Munten waren door de inflatie waardeloos geworden.

De kelnerin, een jonge vrouw met hemelsblauwe ogen, droogde haar handen af die rauw waren van het voortdurende afwassen. Haar wangen waren rood en gezwollen van het buigen over de hete ovens. Wij bestelden namaakkoffie: zonder enige smaak, maar wel warm en zoet. Winston mocht onder de tafel zitten en hij verslond een bord vol aardappel-*knödel*, geweekt in boter. Hij begon met fenomenale snelheid dikker en zwaarder te worden. Om ons heen zaten mensen gebogen over borden soep waar de damp van afsloeg en aten er stukken donker, massief, vochtig roggebrood bij. Achter hen biggelden tranen van condensvocht over de ramen. Buiten op de Rynek Glówny, het grootste middeleeuwse marktplein van Europa, spoelden de mensen die in de rij stonden haast weg door de regen. De rijen voor sterke drank waren langer dan die voor brood en vlees. De hele stad was dronken; op de straten wankelden dronkaards rond, want het meest christelijke land ter wereld verkeerde nog altijd in een toestand van shock.

'Taxi naar Auschwitz?' vroegen mannen die van een pensioen moesten leven en met geleende auto's trachtten hun pover inkomen wat aan te vullen. Wij wezen hun diensten af, maar vroegen om aanwijzingen hoe wij moesten rijden.

'U moet een gids hebben,' hield een van de mannen vol; hij sprak goed Duits. 'Mijn broer is daar gestorven.'

'Mijn hele familie is daar omgekomen,' zei een ander, in het Engels. Hij vond blijkbaar dat de grotere omvang van zijn verlies hem voorrechten verleende. 'Ik zal u er heenbrengen.' Maar wij gingen alleen.

Wij hadden de lente achtergelaten aan de andere kant van de Karpaten. Deze rit voerde ons terug naar de winter. Zita, weer in haar zwarte mantel gedoken, sloeg een deken over zichzelf en Winston die op haar schoot lag te slapen. Theodor die de plastic zak omklemd hield of de as de geest van zijn moeder was, zat te huiveren. De verwarming was uitgevallen en ik kon hem ondanks al mijn gepruts niet gerepareerd krijgen. Zita zat adem uit te blazen op mijn armen om de kou een beetje weg te houden.

De Trabant hobbelde moeizaam door lanen afgezet met kastanjebomen. Zachtglooiende heuvels, waar parallel lopende percelen middeleeuws aandoende akkers strepen over trokken, voerden opwaarts naar beboste toppen waar kloosters en kastelen stonden. Het landschap deed aan dat van de Loire denken. Boeren stonden in rijen voorovergebogen en bewerkten het veld. Hun schoffels bewogen ritmisch, hun zware peervormige billen waren van ons afgekeerd; zij hadden het te druk om op ons te letten. Een dode zwarte kat lag aan de kant van de weg, neergeveld bij een blinde hoek. In een dorp reden wij langzaam langs een begrafenisstoet. Het houten kruis scheen op eigen kracht voorwaarts te komen. Het slanke lichaam van het jongetje, niet ouder dan tien jaar, dat het kruis droeg, ging geheel achter de brede schacht schuil. De priester volgde met opengeslagen bijbel, droog onder een paraplu die door een ongeschoren man boven zijn hoofd werd gehouden. Achter de lijkwagen, met een chauffeur die niet in staat was zijn geeuwen in te houden, liepen de gesluierde vrouwen, doornat en psalmen zingend voor de overledene.

De heuvels vielen weg. Een laagte strekte zich voor ons uit, een vlak moerasachtig gebied met dennenbos; de schors van de bomen was vlezig en zó rood dat het een lugubere indruk maakte. De wind streek door de bomen en uit het bos schenen duizend verschillende stemmen op te stijgen die fluisterden en zuchtten. Wij moesten wachten bij een spoorwegovergang, zoals zo vele anderen vóór ons gedaan hadden, tot er een trein voorbijkwam, zoals zoveel andere treinen waren voorbijgekomen. Ik moest denken aan de verdoemden, zó nauw opeengepakt in goederenwagons dat hun doden als marmeren pilaren naast hen gestaan hadden, zonder ruimte om te vallen, terwijl de levenden, wier bestaan bijna ten einde was, nog de oude vertrouwde geur van het leven inademden tot de stank van de verbrandingsovens hun neusgaten zou binnenkomen. Op het bord aan de weg stond Oświecim. Zita, een Oostenrijkse, een Arische, een Europese, bracht me naar Auschwitz.

In alle gevechten op alle slagvelden van de Tweede Wereldoorlog was een kwart van de doden in Polen gevallen. Eén op de tien personen werd vermoord in het concentratiekamp van Auschwitz. De nacht tevoren had Zita een droom gehad. Zij was in haar tuin, achter het groene hek, en zij werd omringd door alle familieleden en vrienden van wie zij had gehouden. Haar vader was er, en haar zuster, en Oto in uniform, en Tamina, haar moeder. Peter stond naast haar, samen met Karel en Stefan, de Roemeense propagandist. Peter stond te schateren van het lachen, zoals hij altijd gedaan had vóór hij ziek werd. Harald stond, zoals gewoonlijk, te klagen omdat de dieren hem voor zijn voeten liepen. Hij trapte op de staart van de marmot en gaf een hond een schop. De hond beet de kat. De kat sloeg haar klauwen uit naar Winston en Beëlzebub, de boa, schrok daar zó van dat ze de uil uitspuwde die ze juist naar binnen had gewerkt. Decimus de Schone, in zijn schitterende uniform, flirtte met zijn grootmoeders Cantilena en Contralto. De tweelingzusters raakten helemaal opgewonden onder zijn blikken. Osyth Pomona had zich van iedereen afgekeerd en stond helemaal alleen bij de clematis.

In hun midden verscheen opeens een goochelaarster, een schone vrouw met lange, zwarte haren, die de gave der magie bezat. Tot groot genoegen van de gasten liet zij konijnen en speelkaarten verdwijnen. Toen de sabel van Decimus zich in de lucht oploste, klapten de tweelingzusters enthousiast in de handen. Het kristallen Kremlin dat Vera in haar handen hield, versplinterde na een bezwerend gebaar. De gasten waren verrukt. De tovenares raakte de schouder van Osyth Pomona aan en in een oogwenk was de gravin verdwenen. Ernst, haar eerste echtgenoot die bij Passendale vergast was, begon te juichen. Hij had nooit om dat oude kreng gegeven. Niemand zou haar missen. Opnieuw een handgebaar en de rijke oom Horst smolt weg. Oh, als je al zijn rijkdom nu eens zou erven... Al degenen op wie Zita het minst gesteld was verdwenen zómaar. De toverkunst van de ravenzwarte vrouw was een ware triomf.

Maar toen verdween grootvader Valtr en van hem had Zita altijd veel gehouden. Vera, Václav en Pavel werden ook weggenomen. Daarna verdween Ivo. Eerbiedig vroeg Zita of ze haar familie weer terug kon krijgen. Maar de tovenares schudde haar zwarte manen; het was onmogelijk. Het spel was ernst geworden. Karel, Decimus en zijn acht dochters gingen in rook op. Met één enkel handgebaar verdwenen alle dieren zonder enig spoor na te laten. Harald vloekte terwijl hij vervaagde en Oto salueerde. Zita keek hulpeloos toe terwijl haar tuin steeds leger werd.

Eindelijk was alleen Peter nog over. Met een teder gebaar, smachtend als de liefdesverklaring van een minnaar, ging ook hij tot stof over. De enige die achterbleef was de onbekende vrouw; zij glimlachte droef, hield een vinger tegen haar lippen en verdween toen ook. Zita was alleen, helemaal alleen in haar van liefde beroofde tuin.

Op het bord stond in vijf talen: 'Het is gevaarlijk om de ruïnes te betreden.' Zita, met de picknickmand in haar hand, negeerde deze medeling. Zij leidde ons naar een berkenbos bij Crematorium No. 1.

Auschwitz was kleiner dan ik verwacht had. In mijn fantasie had de muur van prikkeldraad enorme proporties aangenomen, in overeenstemming met de misdaden die hier begaan waren. Maar Auschwitz II of Birkenau, zo'n anderhalve kilometer buiten de smerige stad gelegen, was groter dan je je ooit had kunnen voorstellen. Het was een hele stad die daar over de vlakte verspreid lag, een reusachtige fabriek des doods. In die opengesperde kaken waren treinen vol joden, Polen, Russen en zigeuners binnengerold. Hier, binnen dit prikkeldraad, waren in de loop van de oorlog twee miljoen mensen omgekomen. Elke dag zesduizend, ieder uur werden tweehonderdvijftig personen vergast; er bleef niets anders over dan onbegrip en balen mensenhaar.

Wij spreidden een deken op het gras uit bij de plek waar op 16 april 1947 SS-Obersturmbannführer Rudolf Franz Höss, de stichter en commandant van Auschwitz, was opgehangen. Het regende niet meer. Het was droog onder de bomen. Zita knielde en pakte de lunch uit: soep met matzes, gebakken kip, salade en *Strudel.* Winston zat, slecht op zijn gemak, op zijn hurken. Ik dacht terug aan een foto van een andere maaltijd in de open lucht. Het was 1945, het kamp was bevrijd en vijf vrouwen zaten aardappelen te schillen rondom een vuur, dat gestookt werd van de laarzen van doden, om het eerste echte maal te bereiden dat zij sedert jaren gehad hadden. In een bosje achter hen lagen lijken; de bloedeloze ledematen deden denken aan een verwarde massa uitgeschoten wortels van planten. De grond zag grijs van de as en de sintels. Een vals gebit, obsceen roze opblikkerend, lag kapotgetrapt in de nabijheid. De vrouwen, rustig bijeenzittend, glimlachten vriendelijk naar de camera, onbewust terugdenkend aan vakantiefoto's van lang geleden. Zita schonk de champagne in die zij bij de Pewex dollarshop gekocht had, hief haar glas in Theodors richting en zei: 'Op je vader.'

Winston liet zijn wijn in zijn kom staan.

'Mijn broer zag er fantastisch uit in uniform; ik was zo verdraaid trots op hem,' bekende Zita... De SS droeg zwarte uniformen, met het doodskopinsigne. Zij hadden miljoenen mensen vermoord... 'Hij stond hier op wacht in de laatste zomer van de oorlog.' Zij wees naar een wachttoren. 'Misschien heeft hij daar wel gestaan.'

'Op wacht,' herhaalde Theodor, zonder enige emotie. 'Hij heeft gewoon op wacht gestaan.'

Ik had mijn oom Oto nooit ontmoet. Hij was al gestorven vóór ik geboren werd en hij was toen jonger dan ik nu ben. Tot mijn eerste reis naar Potsdam had ik niet eens van zijn bestaan geweten. Er was geen reden om aan te nemen dat ik nog een andere oom had gehad. Zita had mij echter bij de hand genomen en me, na een plechtige belofte dat ik hier nooit over zou spreken, naar haar slaapkamer geleid. Uit een hoekje achter de spiegel van haar toilettafel haalde zij twee foto's tevoorschijn, reeds lang verborgen gehouden en innig geliefd. Peter zat nog maar sinds kort in een rolstoel en Zita kon nog niet geloven dat hij nooit meer de trap op zou komen, aan haar deur kloppen en haar overvallen. Ze hield de foto's nog altijd verborgen. Al jaren geleden had hij erop gestaan dat ze de foto's zou vernietigen. Haar familiealbum was in rook opgegaan en deze twee foto's die ze op haar blote huid droeg, waren het enige dat haar overbleef.

Wij zaten samen op het bed en dronken haar zelfgemaakte wijn die naar zwarte bessen smaakte. Op de eerste foto stond Oto, gekleed in wit katoen, met zijn armen wijd gestrekt of hij de zomerhemel wilde omhelzen. Zijn blonde haar lag achterover en hij lachte stralend in de zon, die fijne rimpeltjes op zijn gezicht trok. Dat kiekje was genomen tijdens de laatste vakantie met het hele gezin, vóór hij naar zijn kostschool in Oostenrijk werd gestuurd. Aan de Italiaanse meren hadden de grote broer en zijn kleine zusje geroeid en gezwommen en plannen gemaakt die de hele wereld zouden veranderen. Oto hield van wilde bloemen en nam Zita altijd mee op tochten hoog in de bergen van Lombardije om tussen de kastanjebossen naar nog onontdekte alpenbloemen te zoeken.

Op school was hij veranderd. Eenmaal weg uit het eigen gezin kwam Oto onder de invloed van idealistische jongemannen die beweerden leden van een elitaire groep te zijn. Zij vertelden hem dat zij belast waren met een hoge, historische taak. Zij moesten de nationale trots herstellen na de vernedering van het Verdrag van Versailles. Oto was, zoals zijn vrienden en, op een handjevol na, alle Oostenrijkers, verbitterd over het verloren gaan van het Keizerrijk. Na de *Anschluss*, die Oostenrijk met Duitsland verenigde, loog hij over zijn leeftijd en bood zich vrijwillig aan voor de *Schutzstaffel*. De draak van de schaamte was verslagen. Oto sloot zich aan bij de nazi's en volgde hun warhoofdige ideaal, ter meerdere glorie van de *Führer* en het *Reich*.

Hij schreef Zita geregeld. Hij schreef haar vanuit München, na zijn plechtige installatie die te middernacht had plaatsgevonden. In de Feldherrnhalle, op de gedenkdag van de *Putsch* in de bierkelder, schoten de tranen hem in de ogen toen, bij het licht van toortsen, duizenden stemmen in koor de eed herhaalden, alsof er een gebed werd uitgesproken. Hij schreef Zita vanuit zijn kazernes en vanuit de kampen. De eenheden van de *Totenkopfverbände* werden om de drie maanden overgeplaatst. Hij was altijd onderweg. Zijn brieven, die Zita volgden van Praag naar Slovakije, liepen over van edele gevoelens. Hij was nu bezig de betere wereld op te bouwen waarvan zij gedroomd hadden aan het Comomeer.

Op de tweede foto, waarvoor hij formeel geposeerd had, droeg Oto met trots het zwarte uniform. Zijn blonde lokken, nu kortgeknipt en met olie gladgestreken, verdwenen onder de pet met hoge klep. Maar Zita had de pet eraf geknipt. Liever dan de foto te moeten verbranden, had zij er na de oorlog alles afgeknipt: het zilverkoord, de SS-tekens en het hele uniform, tot er alleen een gezicht was overgebleven, een gezicht als ieder ander, zonder enige historie. Alleen de blik in zijn ogen wees nog op iets anders, iets onheilspellends. En dat was dan niet de uitdagende trots die uit zijn trekken sprak, maar eerder iets dat eraan ontbrak: ieder spoor van twijfel.

Oto sneuvelde aan het eind van de laatste zomer van de oorlog. Ofschoon hij uit Auschwitz overgeplaatst was en op het slagveld viel, had Zita de onwaardigheid van zijn dood nooit kunnen accepteren. Er was niets heroïsch, geen weerspiegeling van het eigen innerlijk, in de dood van haar geliefde broer; niets anders dan domheid.

Daar, op haar bed, zich vastklampend aan haar tot stof en as vervallen dromen, aanschouwde ik voor de eerste keer haar zwakte. Voor mijn ogen scheen zij haar stralende vrouwelijkheid te verliezen. Haar vlees leek als de huid van een gekookte kip aan haar gebeente te hangen. Ze was moe. Ze zou heel lang willen slapen, tot ze alles vergeten had.

'Ik voel me een monster,' zei ze, 'als een waterspuwer die van de Notre Dame is gevallen. En zo zie ik eruit ook.'

Ik liet haar achter met de lege fles en haar foto's. Toen ik struikelend de trap afliep wilde ik nog maar één ding: naar bed. De wijn was me naar het hoofd gestegen. Ik merkte plotseling dat ik dronken was. Peter wierp me één enkele blik toe en schudde het hoofd.

'Toch niet de zwarte bessen?' vroeg hij.

Ik knikte. 'Ik had je moeten waarschuwen,' zei hij. Hij ging met zijn rolstoel naar de badkamer, duwde mij op de rand van het bad en trok zich niets aan van mijn protest. 'Jij gaat niet slapen vóór je eerst ontnuchterd bent.' Hij liet de wasbak vol water lopen.

Ik protesteerde: 'Ik ben moe en ik ga naar bed.'

'Na een halve fles van dat rotspul word je nooit meer wakker.' Peter zette zijn hand achter mijn hoofd en duwde me met mijn gezicht in het ijskoude water. Ik vloekte toen hij me even boven water hield om op adem te komen. 'Je gaat hier niet de badkamer uit vóór je nuchter bent,' zei hij en hield mijn hoofd opnieuw in de wasbak.

Het duurde niet lang. Het giftige effect van de wijn was nog niets vergeleken bij de doffe pijn in mijn halfbevroren hoofd. Gelukkig was het díe zomer dat alle wijnflessen ontploften en de wijn, rood en sprankelend, door de vloer en langs de wanden van de kamer daaronder sijpelde. Ik heb nooit zelfgemaakte wijn meer gedronken. Maar ik hield me aan mijn belofte in verband met de foto's, zelfs toen ze later, nadat de politiek veranderd was, ingelijst en samen met de rest van de familie in de studeerkamer opgehangen werden.

Auschwitz werd oorspronkelijk opgezet voor het uitschakelen van de Poolse intelligentsia: de sociaal-democraten, de communisten en de dissidenten onder de geestelijkheid. Pas later werd het gewijd aan de massamoord op de joden. Dag en nacht arriveerden de treinen. Aan degenen die werden aangevoerd was verteld dat zij naar andere plaatsen werden overgebracht om zich daar te vestigen, vaak naar Kiev. Zij kwamen met zijn allen uit de afgesloten, volgepropte goederenwagons vallen en heel even zag de wereld er verrukkelijk uit. De hemel was zo hoog en zo blauw. Zij ademden gretig de frisse lucht in.

Hun bezittingen werden hun afgenomen. Die krijg je later weer terug. Zij werden in twee groepen verdeeld: de gezonden naar de barakken, de anderen moesten zich aansluiten bij de rij langs de spoorweg en de nauwe treden af, naar een betonnen ruimte. Willen jullie je uitkleden; je moet eerst een douche nemen. Hun kleren werden netjes opgevouwen aan hun voeten gelegd. Tweeduizend personen tegelijk werden binnengeleid in een ruimte waar ze onder de douchekoppen moesten gaan staan. Op de muur was de davidster geschilderd. Pas op dat moment beseften zij dat zij bedrogen waren en ze begonnen te gillen, maar hun kreten, hoewel oorverdovend in de ruimte zelf, waren niet te horen buiten de muren waarop krassende nagels diepe sporen hadden achtergelaten. Het dodelijke blauwzuurgas, Zyklon-B, werkte in vijftien minuten. Met liften werden de lichamen, die nog warm aanvoelden, naar de ovens overgebracht. De ledematen waren nog soepel, alsof de slachtoffers in diepe slaap verzonken waren. Gouden tanden en kiezen werden verwijderd, het haar van de vrouwen werd afgeschoren en de lijken werden verbrand. Een lijkwade van rook omhulde de wereld.

Soms, hoewel niet vaak, stonden de verdoemden urenlang naakt te wachten onder de douches en kregen last van hun blaas en hun darmen. Er kwam sadisme voor: handelingen getuigend van afgrijselijke, onmenselijke wreedheid. Kinderen werden weggerukt van hun moeders, bij de benen genomen en tegen de muren te pletter geslagen. Maar algemeen gebruikelijk waren dergelijke dingen niet. Degenen die het 'werk' uitvoerden waren geen beesten in mensengedaante, wier enige genoegens moord en vernietiging waren. Het waren vaders, moeders, zonen; mijn gestorven oom, u en ik... Zij volbrachten hun taak rustig en methodisch, zonder haast. Zij sloegen hun lunchpauze van een uur nooit over. De machine voor massamoord werd bediend door normale menselijke wezens. Zij glimlachten terwijl ze monniken begroeven en joden en homoseksuelen de dood injoegen. '*Führer, befiehl, wir folgen.*' – Führer, beveel, wij volgen u.

De gevangenen die voor slavenarbeid uitgekozen werden, bleven gemiddeld twaalf weken in leven. Zij kregen de opdracht om te zingen bij disciplinaire terechtstellingen, waar de veroordeelden met dumdumkogels doodgeschoten werden en hun hersenen in de gezichten van de in de rij staande mannen spatten. Het kamporkest speelde terwijl de overlevenden afmarcheerden naar hun werk. Als beloning voor goed gedrag kon het kampkantoor een pasje verstrekken voor de '*Puff*': het bordeel van Auschwitz. Nadien kon men iemand die het bordeel had mogen bezoeken en de lucht van sperma nog aan zijn vingers had, een populaire kamptango horen neuriën: de 'Cremo-tango'. De rook die oprees vanachter de kring van populieren was niet afkomstig uit een gewone fabriek, het was de rook van hun kinderen.

Bij de SS werden prestaties verheerlijkt terwille van de prestatie. Het was van belang hoe men vocht en niet tegen wie of wat men vocht. Individuen werden bevrijd van de last een besluit te moeten nemen. Zij werden raderen in de machine van de staat, in beweging gezet door de wil van één enkele man. Zij waren de gewillige gevangenen van een ethiek zonder zin, een ethiek die – zogenaamd om redenen van politieke noodzaak – misdaden liet uitvoeren en deze voorstelde als het doelwit van menselijk-technologische prestatie. Het was niet alleen Oto die zich door deze voorstelling van zaken liet verblinden. Een miljoen doodgewone mannen en vrouwen, de verenigde macht van de *Allgemeine-* en *Waffen-SS*, werden hierdoor tot massamoordenaars gemaakt.

'Ik ken mijn plicht,' had Oto kunnen zeggen, 'de SS gehoorzaamt.'

Als iemand sterft, roept hij niet: 'Victorie!', of: 'God behoede het vaderland!', maar alleen: 'Mama!' In de zomer van 1944 werden haast een half miljoen Hongaarse joden vergast en verbrand in Auschwitz. Onder hen was ook de vader van Theodor. Hun as werd verstrooid over de velden. Hun stof rees op en werd door de wind meegevoerd in alle windrichtingen, naar alle hoeken van de wereld. Het drong door tot het linnenkamertje, het wervelde binnen in de kanselarij van het *Reich*, het viel op de bureaus van politici en priesters. Datzelfde stof veegde Stalin in Jalta van het verdrag af. Roosevelt kreeg het naar binnen, samen met zijn ontbijtvlokken. Churchill mengde het op zijn palet met gebrande omber en smeerde het op een doek dat hij aan het schilderen was. Ook nu zweeft het nog altijd rond, op de gouden zonnestraal die een sombere kamer binnenspeelt: het stof van de doden.

Theodor schoof zijn eten heen en weer over zijn bord. Hij kon het niet opbrengen om te eten. 'Na de oorlog bleef mijn moeder de overhemden van mijn vader wassen en strijken,' zei hij. 'Ze kon ze nooit schoon genoeg naar haar zin krijgen. Tot de dag dat u kwam lagen ze keurig wit en vlekkeloos opgestapeld in de linnenkast. Herinnert u zich nog de stortkoker voor de was, die in de kelder uitkwam?'

'Ja, ik weet het nog.'

'Mijn moeder had de gewoonte naar de kelder te gaan, naar de wasruimte en daar te huilen, omdat ze dacht dat we het dan niet konden horen. Maar ze vergat de koker voor de was. Het geluid weerkaatste erin, nog versterkt door de metalen kanten. Mijn zuster en ik zaten dan in onze kamers en hoorden haar twee verdiepingen lager huilen.'

Theodor stond op, met de plastic zak 'Death before Disco' in zijn hand. 'Zij beschermde ons tegen de dood. Zij trok een gordijn over alle afgrijselijkheden. Maar toen ze verleden week stierf, werd het gordijn hierdoor opzijgetrokken en daarachter... daarachter was niets: alleen duisternis, een leeg, zwart gat.'

Hij liet zijn schep achter en liep weg in de richting van de velden. Een ploeg had zwarte voren in de grond getrokken. De omgewoelde aarde lag in lange repen, als de lichamen van grote, dode slangen.

'Waarom zij?' vroeg hij, aan niemand in het bijzonder. 'Je had *mij* moeten nemen.'

Hij strooide de as van zijn moeder op de aarde en in de wind. Zijn gebeden werden meegevoerd op de bries. Hij liet de lege zak los, die door een windvlaag werd gegrepen en meegerukt, hoog de lucht in... weg... uit het oog verdwenen.

Winston was niet blij. Zijn ruggegraat, die gewoonlijk een sierlijke boog beschreef, was nu strak en gespannen. Zijn vochtige snuit snoof de lucht op. Ik gaf hem een duw, maar hij wilde niet opzij. Zonder enige reden gaf ik hem een klap en onmiddellijk daarna sloeg ik hem nog eens. Die arme Winston. Hij begon in cirkels rond te rennen, maar liep niet weg. Gewelddadige gedachten sprongen in mij op: ik zou dat varken willen doden, ik zou uit een rijdende auto willen springen, ik zou een vork willen steken in het oog van iemand die zat te slapen. De duivel fluisterde mij in het oor: 'Doe het. Volg je instinct.' Ik moest opeens denken aan een verhaal over twee Ierse zusters die samen een boerderij hadden. Zonder enige aanleiding sloegen zij hun varken met een stok. Het gillen van het dier amuseerde hen en dus sloegen zij het telkens weer, net zolang tot het dood was.

Ik heb Winston niet gedood. Zita legde zachtjes haar hand op mijn arm en ik hield op. Alleen Winston jammerde onderdrukt. Theodor kwam terug. Hij nam zijn glas op en hief het in Zita's richting. 'Op uw broer,' zei hij.

Er was een hotel in Auschwitz dat uitkeek op het kamp en Theodor boekte daar een kamer. De volgende morgen zou hij met de trein naar

Boedapest terugkeren, terug langs dezelfde rails waarover eens zijn vader de dood tegemoet was gevoerd. Zita gaf de hele picknick weg – alles was onaangeroerd gebleven – en wij reden naar het noorden, terwijl de lange schaduwen van de avond het land tot slaap bewogen.

# *Parodie op de 1 mei-viering*

Waar ligt Polen? Tussen Berlijn en Moskou bevindt zich geen natuurlijke afscheiding, geen rij heuvels waar iemand kan gaan staan en zeggen: 'Dit is mijn land.' De Poolse vlakte, alleen onderbroken door wouden en rivieren, strekt zich van de Oder tot in de steppen van Eurazië uit. De grenzen zijn niet gemakkelijk te definiëren en moeilijk verdedigbaar. Plunderaars en nomaden zijn erover getrokken. Een kleine Slavische stam, de Polanen – 'mensen van de open velden' – vestigde zich hier en gaf het land zijn naam. Op de vlakte stichtten volkeren van een rijke verscheidenheid een rijk dat zich op het toppunt van zijn macht in de zeventiende eeuw uitstrekte van de Oostzee tot de Zwarte Zee, van de Oder tot aan de poorten van Moskou. Zijn koning, Jan Sobieski, die een republiek van de adel leidde – want Polen was een electorale monarchie – trok met zijn legerscharen uit om het christendom te redden. Het waren zijn huzaren die een eind maakten aan het beleg van Wenen. Hij verdreef de Turken, de enige militaire macht die de opkomst van de vijanden van Polen had kunnen beteugelen, en putte met deze gevechten zijn land uit. Slechts een eeuw later zagen degenen die hij destijds gered had kans om Polen weg te wissen van de kaart van Europa. Pruisen liet de Poolse kroonjuwelen smelten, Oostenrijk maakte kazernes van de Poolse paleizen en Rusland verwoestte de Poolse bibliotheken. De despoten uit St. Petersburg, Wenen en Berlijn herschreven de geschiedenis om aan te tonen dat Polen niet bestond. De staat verdween, maar het volk leefde voort.

Het was òf de dynamo òf het relais – ik kon ze nooit uit elkaar houden – maar welke van de twee het ook mocht zijn, de Trabant hijgde als een zeug met bronchitis. De auto sukkelde voort met koplampen die steeds minder licht gaven en een elektrische bedrading die op apegapen lag. Zita wilde stoppen en onder de kap kijken, maar ik had het gevoel dat we nooit meer op gang zouden komen als we stil bleven staan. Ik had inmiddels wel geleerd dat de auto op gevoel gereden moest worden of helemaal niet. Ik had geen zin de nacht aan de kant van de weg door te brengen om te proberen of ik uit een haarkruller een nieuwe condensator kon fabriceren.

Wij kropen over de weg met de motor op volle toeren en hobbelden moeizaam over kruispunten. Het begon erop te lijken dat we onze bestemming zouden bereiken, maar jammer genoeg wekten wij argwaan op, al kwam dat niet door onze gedimde koplampen. Winston had de gewoonte ontwikkeld om zijn snuit op de hoedeplank bij het achterraam te leggen, zodat hij de wereld achterwaarts zag wegglijden. Dit trok de aandacht. Een politiewagen kwam langs ons en wij moesten, ondanks alle smeekbeden en protesten, halthouden. Tot hun teleurstelling konden de politieagenten niets ongebruikelijks ontdekken, afgezien van Zita's hoed, en na een biljet van een dollar voor elk van hun kinderen aanvaard te hebben, reden zij weer weg. Wij bleven gestrand in het duister achter; de accu had het begeven. Zita kon zelfs de sigaretteaansteker niet meer gebruiken. Maar er daagde hulp. Een boer die op weg was naar de markt bood aan ons naar een garage te slepen. Wij kwamen de stad binnen achter een door een paard getrokken wagen.

In het Latijn is het *Varsovia*, Napoleon noemde het *Varsovie* en Stalin *Varshava*; wij noemen het Warschau. De Polen hadden hun hoofdstad, *Warszawa*, weer. De stad ligt aan de Weichsel, op het middelpunt van de grote boog die de rivier daar beschrijft. Volgens de legende had een meermin aan een visser, Warsz geheten, voorspeld dat hier een grote stad gebouwd zou worden. De stad verrees, werd verwoest en verrees opnieuw uit zijn as, evenals het volk.

Door afzichtelijke buitenwijken met blokken flats van vijftien verdiepingen, de kazernewoningen van het communisme, bracht het paard ons op een drafje naar het bekoorlijke hart van de stad, met brede avenuen en lommerrijke buurten. Voor een garage maakten wij de sleep los. Op een bord stond: 'Ik ben doctorandus in de filosofie. Ik kan uw auto repareren en we kunnen over Hegel praten.' De monteur hield een oranje kat in zijn armen. Nu weet ik over dynamo's (of relais) altijd nog méér dan over Hegel en gelukkig was het nog te vroeg in de morgen om over een van beide onderwerpen in debat te treden. Terwijl de monteur worstelde met onzekerheid, gingen wij op pad om sporen van Oto te vinden.

We zouden Anna herkennen aan de bloemen. Ze zou tulpen bij zich hebben, had ze gezegd. Maar blijkbaar gold dit voor heel Warschau. Uit trams als rijdende bloemenkassen puilden mensen met hun armen vol bloemen. Het was zondag en een stroom van kleuren trok langs de hekken van het Powązki. Geen steen die niet met verse bloemen versierd was. Het was onvermijdelijk dat de Polen van kerkhoven zouden houden, na zóveel oorlogen. Nergens elders hebben de levenden zóvele doden.

Wij maakten ons los uit de menigte en wandelden over de Avenue van de Generaals. Iconoclastische marmeren platen, ontdaan van enig spoor van christendom, brachten communistische helden in herinnering. Hier waren kruisen noch bloemen te bekennen. Het was de enige verlaten hoek in het hele park.

Wij vonden Anna aan het eind van de avenue bij het gedenkteken voor de slachtoffers van de kampen: een kegelvorm met nobele, abstracte lijnen, waarvan het hart gevormd wordt door een stuk ruw cement met de afdrukken van duizenden voeten. Hier slaapt onze historie.

'Polen is een vervelend land.' Zij verduidelijkte haar standpunt: 'De mensen hier willen alleen maar hard werken en in vrede oud worden.' Anna was architect en een verre verwante van Zita's oudoom die tegen het einde van de vorige eeuw naar de afgescheiden provincie was vertrokken. Zijn plan om ijzererts te delven op de Radomska-vlakte was op niets uitgelopen. Evenals Václav, Zita's vader, zou hij er beter aan gedaan hebben zich aan edele metalen te houden.

'Oto zou verliefd op haar zijn geworden,' fluisterde Zita. 'Zij is zijn type: een vrouw die de moeite waard is.'

'Ze is een Poolse,' bracht ik mijn tante in herinnering.

'Oh ja.'

'Ik weet niet waarom jullie hier zijn. Je had tien jaar eerder moeten komen. Voor vreemdelingen is er nu niets opwindends meer aan.' Anna voerde ons langs monumenten voor Katyń en de Sovjet-Poolse oorlog; langs de hoog oprijzende zuilen van het Poolse Eskader, naar een berkenbosje. 'Nu is er niets anders meer dan hard werk!' Zij knielde neer en legde haar witte tulpen op een ongemarkeerd graf.

'Minstens eens per maand heb ik dezelfde nachtmerrie.' Jacek, de uitgever van *Nowy Šwiat* – de Nieuwe Wereld – zat hard te roepen, maar ik kon hem nauwelijks horen. 'Dan word ik wakker en ik zit nog steeds in de gevangenis; geen Anna, geen Solidariteit en geen Nieuwe Wereld. Dat was allemaal maar een droom. Ik vertel mijn celgenoten dat ik droomde dat Polen vrij was en dat ik een succesvolle uitgever was geworden. Maar zij rollen zich op hun zij en zeggen: "Je hebt weer gedroomd, Jacek. Ga toch weer slapen." '

Wij waren naar de jazzclub gegaan om Anna's nieuwe echtgenoot te ontmoeten. Een primitief ensemble speelde op panfluiten, Afrikaanse trommels en een hoorn van de Australische inboorlingen. Een publiek van stilzwijgende liefhebbers, als *beatniks* die hun eigen tijdperk zijn kwijtgeraakt, dronk koffie en at tosti's met kaas, opgediend door een moederlijke vrouw in een glazen hokje. Het geheel deed eerder aan een dokterswachtkamer dan aan een club denken.

'*Dat* was een opwindende tijd. Zeker!' brulde Anna over de tafel. Ze had haar tosti nog niet aangeraakt. 'Maar dat is nu allemaal voorbij.' Zij hadden samen een kleine ondergrondse pers geleid en hun vrijheid geriskeerd om de gedichten van de *new wave* te drukken en *Animal Farm* in vertaling.

'Wij hebben een traditie van verzet,' zei Jacek. Zo was het ook geweest tijdens de Poolse Delingen en de Opstand. Terwijl Warschau belegerd werd, kwamen er dagelijks wel een tiental oorlogsbulletins uit; schaakspelers publiceerden een maandelijkse nieuwsbrief en een club van bergbeklimmers liet hun ondergrondse jaarboek circuleren. Polen gedijde bij tegenspoed.

'Ja, ik kijk met verlangen naar die dagen terug. Al mijn vrienden waren verenigd in een gemeenschappelijke zaak. Nu wordt er enkel nog geredetwist. We zijn allemaal onze eigen kant opgegaan. Het stelt me inderdaad teleur, maar alleen als ik in een sentimentele bui ben.'

Toen de staat van beleg werd opgeheven, was Anna weer gaan studeren. Zij had genoeg van haar vorige bezigheden. Het was Jacek die van de geheime pers een dynamische uitgeverij had gemaakt en nu van plan was zich kandidaat te stellen voor het parlement – de Sejm – als lid van Solidariteit. Anna was het er niet mee eens.

'Jacek is een dichter,' zei ze, alsof dit hem buiten de werkelijkheid plaatste.

'Dat heb je ook niet altijd gezegd.' Hij wendde zich tot ons. 'Goethe was raadsheer in Weimar en Havel is toneelschrijver. Wie kan mij tegenhouden?'

'Solidariteit,' antwoordde Anna. 'We hebben het nazitijdperk en veertig jaar communisme overleefd, maar Solidariteit maakt binnen het jaar een eind aan ons.'

'Ik kan niet horen wat je zegt.'

'Ik bedoel: we hebben de revolutie uitgevochten, kunnen we nu een nieuwe koelkast krijgen?'

'Een nieuwe... wàt zeg je?'

'Kunnen we niet ergens heen waar het rustiger is?' gilde zij.

Het was echter nauwelijks beter in de 'Polski Porsche', zoals de Poolse Fiat altijd genoemd wordt. Hiermee vergeleken was de Trabant nog ruim. Jacek reed naar Radzymin, een vergeten gehucht aan de rand van Warschau. Langs de weg was elk huis, elk fabriekshek en iedere blinde muur voorzien van een Poolse vlag. De vlaggestokken waren dubbel, bestemd om twee vlaggen te dragen – die van Polen en die van de Sovjet – en de helft van ieder paar stokken was leeg. In de kelders van alle huizen en fabrieken, achter de portretten van socialistische helden, lag het teken van de hamer en de sikkel nog, wachtend op toekomstige ontwikkelingen.

Jacek trachtte zich boven het lawaai verstaanbaar te maken. 'Hier is *Nowy Świat* voor het eerst uitgekomen. Hier heb ik Anna ontmoet. Het is een plaats waar wonderen geschieden, maar niet alleen voor mij; hier werd het Rode Leger voor de eerste en laatste maal verslagen. Radzymin heeft de prijs voor de geschiedenis betaald. Ik zal het jullie laten zien.'

Woorden waren altijd Jaceks wapen geweest. Op school, toen het *Blad van de Communistische Jeugd* hem afwees, was hij met zijn eigen krant begonnen: *Barykada*, genoemd naar het pamflet van de Opstand. Hij zag zich als een onontdekte dichter, maar niemand wilde zijn werk publiceren. De gedachte dat zijn poëzie maar derderangs zou kunnen zijn was nooit bij hem opgekomen, ook al had hij slechts zes exemplaren van zijn *Barykada* aan de man weten te brengen.

Zijn pogingen tot zelfexpressie trokken de aandacht van zijn *politruk*, de leraar in politieke ideologie, met wie hij slechts haat gemeen had. De leraar noemde hem 'zwarter dan de zwartste reactionair' en ondernam stappen om zijn opstandige leerling te ruïneren. Hij wist dat deze niet zou slagen voor het nationale eindexamen en zijn kansen op een universitaire studie zou verspelen. Maar Jacek had andere plannen. Voor het examen schreef hij een opstel vol ongebreidelde bombast, waarin hij Lenin prees en met God vergeleek. Voor al degenen die Jacek kenden was het een werkstuk van onbeschaamde ironie, maar de examinatoren zagen het als een bevestiging van de waarde van een progressieve socialistische schoolopleiding. Jacek won de hoogste onderscheiding van het land.

Deuren gingen voor hem open. Men bood Jacek een carrière bij de televisie aan, als nieuwsschrijver, waarbij de feiten zó verdraaid moesten worden dat ze bij de verzinsels pasten. De macht van het woord fascineerde hem. Maar toch hadden zijn woorden, gehuld in de wol van het dogma, geen invloed op het publiek. Alle Polen wisten dat het nieuws niet waar was. Toen de staat van beleg werd afgekondigd, verschenen mannen in uniform op de televisie. Terwijl hun tanks de hoofdstad binnenrolden, zetten de mensen hun televisies op de vensterbanken, naar de straat gekeerd, zodat de binnentrekkenden hun eigen leugens konden horen.

Anna en haar eerste man waren vol argwaan toen Jacek hun pers benaderde. Niemand was te vertrouwen. Zijn reputatie als nieuwsschrijver was bekend, zijn poëzie niet. Maar zijn enthousiasme overtuigde hen van zijn oprechtheid. Zij stemden erin toe zijn werk te drukken, in ruil voor assistentie.

Gezien het gevaar voor ontdekking werd iedere activiteit in het hele publikatieproces zorgvuldig gespreid en apart gehouden. De woorden die je schreef konden je je leven kosten. Het papier moest uit diverse bronnen verzameld worden, er moest op verschillende plaatsen gedrukt en in het geheim gebonden worden. Jacek gooide zich met hart en ziel op het werk, ervan overtuigd dat zijn werk al spoedig in druk zou verschijnen. Hij haalde uit heel Polen papier op en bracht het naar de persen; zijn radio stond afgesteld op de golflengtes waarop de politie uitzond om wegversperringen te kunnen vermijden. Bijna aan het eind van een ingewikkelde tocht met talloze omwegen reed Jacek door een rood licht. De *Milicja* liet hem stoppen en het papier werd gevonden. Jacek verklaarde dat hij dit papier wegbracht om te laten vernietigen, opdat het niet in subversieve handen kon vallen. De politie was hier niet mee ingenomen, maar zijn connecties met de televisie redden hem. Hij werd met een waarschuwing doorgelaten.

Zijn gedichten verschenen echter niet. Anna had telkens weer een excuus: gebrek aan papier of aan inkt en één keer zelfs aan zetmateriaal (hetgeen nog waar was ook). Naarmate zijn frustratie toenam, besefte Jacek dat hij alleen op zichzelf was aangewezen. Hij moest een eigen drukpers trachten te vinden.

Wonderlijk genoeg ontdekte hij er een, op een schroothoop. Hij wist dat het misschien een valstrik was, een spierinkje om een kabeljauw te vangen. Hij wilde dat ding echter zo zielsgraag hebben, dat hij het risico aanvaardde en de pers meenam. Het was een Roneo Alcatel RV3100, waarop hij vervolgens een collectie van zijn gedichten drukte die niemand wilde kopen. Toen hij gearresteerd werd – want het was inderdaad een valstrik – wilde niemand zijn verhaal geloven. Niemand zou toch zeker riskeren om in de gevangenis te komen, alleen om zulke sentimentele rotzooi te publiceren. Omdat ze slechts een onbeduidende prooi in hun net gevangen hadden, weigerden ze hem wegens politieke misdaden te berechten en in plaats daarvan werd hij als gewone dief veroordeeld. Enkele maanden later, toen de staat van beleg werd opgeheven en politieke gevangenen amnestie kregen, werd Jacek niet in vrijheid gesteld. Hij bleef nog een jaar achter de tralies.

Anna's man had haar verlaten voor een betrekking in Oostenrijk en omdat ze toen zwanger was had ze geen tijd meer voor zowel haar studie als de uitgeverij. Jacek nam deze laatste taak over, gedreven door een nieuwe honger die hij zelf niet kon verklaren, en wist de zaak uit te breiden. Heel plotseling werden de beperkingen opgeheven en nu waren het de stemmen van de andersdenkenden die het machtwoord konden uitspreken. De machtelozen kregen opeens de macht in handen. Jacek ging de politiek in, maar zijn verleden speelde hem parten. Wat eens een deugd was geweest, was thans een blok aan het been geworden.

Radzymin was een verschrikking. De straten waren ongeplaveid, de riolen liepen over, het stadhuis was een bouwval. Gezinnen deelden onbewoonbaar verklaarde krotten, zonder verwarming of stromend water. Er was geen gas. Een dronken man lag te slapen op de stoeptreden van de kerk.

'En nu moet je weten dat het uitgerekend Radzymin is dat hij in de Sejm wil vertegenwoordigen,' zei Anna. Zij vond hem stapelgek.

Tijdens de voorbereidingen voor de eerste vrije verkiezingen die sinds vóór de oorlog zouden plaatsvinden, was Jacek lid van het verkiezingscomité geworden. Na een halve eeuw onder dictatuur kon men zich het democratische verloop van zaken niet al te best meer herinneren, de bijzonderheden waren niet meer bekend en dus werden er affiches gedrukt om uit te leggen hoe men moest stemmen. 'U moet uw ingevulde stembiljet NIET aan de ambtenaar in het stemlokaal laten zien.' Jacek ging van huis tot huis om te trachten alle verkeerde voorstellingen uit de weg te ruimen. Op de dag van de verkiezingen zat hij in het stemlokaal, met het insigne van Solidariteit op zijn revers.

'Vertel me eens, jongeman, hoe ik tegen de communisten moet stemmen?' informeerde een gepensioneerde vrouw.

'U zet gewoon een kruisje bij de naam van de kandidaat aan wie u de voorkeur geeft,' antwoordde Jacek.

'Maar ik heb mijn bril thuis laten liggen.' Zij overhandigde hem haar stembiljet. 'Wilt u het alsjeblieft voor me doen?' Toen hij dit weigerde, berispte zij hem om zijn slechte manieren. 'Ze hebben het vroeger altijd voor me gedaan.'

Weer iemand anders vroeg of hij mocht stemmen voor zijn vrouw die thuis was met een gebroken been. 'Ik weet hoe ze wil stemmen. Ze wil tegen de communisten stemmen.' Jacek legde uit hoe de zaak in elkaar zat. De man holde weg en kwam een uur later terug met zijn vrouw op een brancard.

Later, bij het tellen van de stemmen, kreeg een ambtenaar een ongeldig gemaakt biljet in handen en voer uit tegen zijn medetellers: 'Wie van jullie heeft dit gedaan?'

Radzymin had zijn faam te danken aan het wonder van Warschau, een gebeurtenis waaraan de Polen later niet meer mochten terugdenken. In de zomer van 1920 trok het Rode Leger dwars door Polen naar het westen. De bolsjewieken zagen dit land als de brug waarover hun revolutie naar West-Europa zou kunnen doordringen. De Polen deelden dit standpunt niet. Tussen Lenin en de Tsaar was voor hen geen verschil. Aan de rand van de hoofdstad sneed de Poolse cavalerie als een mes door de binnenvallende troepen en wist deze te omsingelen. Drie Sovjetlegers vielen uiteen en sloegen op de vlucht.

'Maar vijfentwintig jaar later, toen de communisten de macht in handen namen, moest de stad betalen voor wat er gebeurd was,' zei Jacek. De plaats waar de Sovjets de nederlaag hadden geleden, moest uitgewist worden. De winkels werden gesloten, de opbouw werd verboden, de inwoners werden naar elders overgebracht en soldaten kregen de opdracht om de gedenktekens voor de gevallenen met een laag verf te bedekken. De regering was vastbesloten om de stad de nek om te draaien. 'Ze hebben het geprobeerd, maar het is hun niet gelukt. Daarom wil ik Radzymin vertegenwoordigen.'

'Maar ze willen hem niet accepteren als de kandidaat voor Solidariteit.'

'Ze zeggen dat ik een communist ben. Ik, nota bene!' zei Jacek.

'Het komt door dat opstel dat je op school geschreven hebt.'

'Misschien komt het alleen omdat ze mijn gedichten niet waarderen.'

Wij stopten voor het enige openbare gebouw: het hoofdkantoor van de Partij dat gesloten was en omgebouwd tot een bejaardentehuis. De bewoners liepen heen en weer door de lange gangen en sliepen met vijf personen in één kamer. Jacek voerde ons stilletjes mee naar de kelder en ging, zo verrukt als een man die het treintje uit zijn jeugd plotseling terugziet, meteen naar de pers. Hij maakte de rollen schoon en inkte de plaat in. Al spoedig liep de drukpers en spuwde vellen papier over de grond. Anna was er blijkbaar tevreden mee het verleden achter zich te laten.

'Het is hier geluiddicht gemaakt, met het oog op de bewoners. Tot de dag van vandaag weet alleen de moeder-overste ervan.'

Het duurde een maand om een boek te produceren; iedere pagina werd met de hand gezet en gebonden. Na zijn ploegendienst moest de drukker zijn handen zorgvuldig schoonmaken; inkt onder zijn nagels kon het hele werk in gevaar brengen. Overal dreigde het gevaar van ontdekking, arrest en gevangenschap. Terwijl wij Jacek daar zo heimelijk aan het werk zagen, kreeg ik het gevoel dat de oorlog niet in 1945 was afgelopen, dat de Polen door tientallen bezettingsjaren hadden doorgevochten. Een elitaire groep had in luxe geleefd terwijl de gewone mensen bijeenhokten in kamers op duistere portalen en op koolraapsoep in leven moesten proberen te blijven. Er was geen overwinning geweest en pas nu, in de laatste paar maanden, was er eindelijk vrede.

Een vaas primula's stond op een richel buiten de deur en op de tafel stonden lelies. Het geurde naar verse bloemen en eten dat stond te koken. Anna, haar kind en Jacek woonden met haar moeder dichtbij het Plein van de Broederschap van het Leger; de Polen noemden het 'het Plein van de Vier Bedroefden', naar het sombere monument dat vier schreiende soldaten van het Rode Leger voorstelde. De Praga-flat, aan de overkant van de Weichsel in Warschau, stond dicht bij de plek waar het sovjetleger in 1944 het afslachten van een kwart miljoen burgers had gadegeslagen.

Anna's moeder werkte 's avonds in een voormalig ideologisch opleidingscentrum, dat kortgeleden veranderd was in een disco. De Partij, plotseling afgesneden van officiële subsidies, moest aan geld zien te komen om te overleven. Aangezien hun activa alleen bestonden uit gebouwen en auto's, waren de hoofdkantoren veranderd in restaurants en de zwarte Volga-limousines van het wagenpark werden nu gebruikt door rijscholen.

Anna's moeder had echter gezorgd dat er eten voor ons klaarstond: *bigos*, een jachtschotel van zuurkool met gerookte worst en wild, die – zoals de Polen zeggen – vanzelf je mond binnenwandelt. 'Kleine duifjes' of *gołąbki*, rolletjes van koolbladeren gevuld met rijst en champignons, waren voor Winston gemaakt. Wij dronken elkaar toe met kersesap in kristallen glazen. Na het eten haalde Zita haar gebit uit haar mond.

'Het is morgen 1 mei,' zei Jacek. 'We krijgen een paar vrienden op bezoek.'

'Dat zullen ze bij Solidariteit ook niet leuk vinden.'

'Ze hebben geen gevoel voor humor. Het is ons 1 mei-feest.'

'Vieren jullie 1 mei?' Zita schudde geërgerd haar hoofd. 'Dit is een volkomen knotsgek huishouden.' Zij begreep de Polen niet.

'Wij hebben nooit geluk gehad in Polen.' Zita lag in bed en streelde Winston. 's Nachts kroop hij graag bij haar onder de dekens om tegen haar aangedrukt te slapen. Het onvermijdelijke gevolg was dat hij op een bepaald moment geen lucht meer kreeg en in paniek raakte, krijsend om zich heen slaand onder het dek. Ik maakte mijn bed van kussens op de vloer. 'Je had bijna een Pools neefje of nichtje gehad, moet je weten.' Ze zweeg even om de betekenis van haar woorden te laten bezinken.

'Niemand wist het. Ik had al zó vaak gedacht dat ik in verwachting was en dan werd het toch weer niks, zodat we de moed hadden opgegeven. En toen ineens, als een donderslag bij heldere hemel, was ik zwanger.'

In de Moskva Expres buiten Warschau, na een souper van kwarteleieren en Georgische champagne, moest Zita plotseling overgeven. Vijf maanden tevoren, op een warme avond in augustus, had ze aangekondigd zwanger te zijn. Ze had het moment hiervoor uitgekozen met al het elan van een gevierde prima-donna. Peter had promotie gekregen; ze waren verhuisd van Boedapest naar Praag en vervolgens, in de zomer van 1961, naar Berlijn, waar de voorbereidingen voor de deling van deze stad hem volkomen in beslag namen.

Peter was verbonden aan de veiligheidsdienst van het Centraal Comité. In opdracht van dit Comité verschenen op een zondag te middernacht zware vrachtwagens in de oostelijke sector. Grote rollen prikkeldraad en betonnen palen werden uitgeladen. Binnen drie uur was het westelijke deel van Berlijn omcirkeld.

Diezelfde avond vertelde Zita dat ze zwanger was. De plotselinge verandering in Peter verbaasde hen allebei. Hij keerde naar huis terug zodra de voornaamste overgangspunten waren afgesloten. In de daaropvolgende weken, toen het prikkeldraad vervangen was door B-2-blokken, bleef zijn plaats achter het bureau vaak leeg. Hij die zoveel jaren voor het vaderschap was teruggedeinsd, vroeg verlof aan en ging met zijn vrouw naar huis. Hij was vastbesloten dat hun kind in Rusland geboren zou worden.

De misselijkheid die Zita in de trein overviel, was heel anders dan de ochtendziekte van de eerste paar weken. Het was veel heviger. Zij had het gevoel dat haar hele lichaam plotseling in opstand kwam. Peter dacht dat het door het eten kwam. Hij wikkelde haar in dekens, want haar huid voelde ijskoud aan, en ging kijken of hij een hete kruik voor haar kon krijgen. Die was er echter niet, want de Moskva was een sovjettrein. Daarom goot hij een fles wodka leeg in de wasbak en vulde de fles met heet water uit de samovar. Zij hielden de fles tegen haar maag, hulpeloos in Gods hand. Maar de pijn nam er niet door af. Haar rug kromde zich en hun droom vond een einde op de keurige, witte lakens.

'De baby...' fluisterde zij nauwelijks hoorbaar en de locomotief floot één enkele maal, als een kreet van wanhoop in die sombere nacht.

Kinderen... Het was niet mogelijk om het nog eens te proberen. Volgens de dokters was het gevaarlijk. Mijn oom en tante aanvaardden hun verlies stilzwijgend. Hij reageerde zijn teleurstelling en verdriet af door zich met hernieuwde kracht op zijn werk te storten. Hun falen om een gezin te stichten deed zijn ijver om een nieuw en groter gezin te stichten opvlammen. Hun droom over een betere wereld zou triomferen.

Peter en Zita stonden aan de rand van de krater en staarden de leegte in; opeens schenen zij geen woorden meer te kunnen vinden. Ze voelden zich niet meer op hun gemak met elkaar en waren bang dat die stilte betekende dat hun liefde gefaald had. In feite was precies het tegenovergestelde waar. Zij hadden een punt in hun huwelijk bereikt waarop hun gevoelens dieper waren dan woorden konden uitdrukken. Zij stapten samen het duister zonder licht in.

De volgende morgen gingen wij op zoek naar Oto. Ik parkeerde de Trabant buiten de Oude Stad op een heuvel. Dit was de enige manier om ervan verzekerd te zijn dat wij later weer weg konden komen. De door de filosoof uitgevoerde reparaties schenen niet al te best te zijn.

De accu wilde nog steeds niet goed opgeladen blijven. De enige zekere manier van starten was de auto van een heuvel te laten afrollen en dan in z'n versnelling te zetten.

Polen had de laatste oorlog verloren. Geen enkel ander volk heeft zóveel geleden om zó weinig te winnen. Het is thans vergeten dat Duitsland en Rusland Polen tussen hen beide verdeeld hebben. Pas toen een heimelijke samenspanning tussen Duitsland en Rusland vaststond, riskeerde de Wehrmacht een aanval op Polen; dus draagt Stalin niet minder verantwoordelijkheid voor het uitbreken van de oorlog dan Hitler. Na gevechten op twee fronten tegen de invallers gaf de laatste Poolse verzetsgroep zich over. De beloofde Franse en Britse hulp was niet komen opdagen.

'Wij beginnen waar we zeshonderd jaar geleden zijn opgehouden.' Hitler was vastbesloten om de Polen te degraderen tot een volk van lijfeigenen; degenen die niet uitgeroeid werden, zouden alleen overleven als slaven van het nieuwe Duitse Rijk. Auschwitz zorgde voor de liquidatie van de twijfelaars. Maar zelfs voordat hier de gaskamers in werking traden, had Stalin al anderhalf miljoen Polen naar de goelags in Siberië en het uiterste noorden van Rusland gezonden. Wij vergeten... Zoals vóór hen Frederik de Grote en Catharina de Grote, bepaalden Hitler en Stalin dat Polen moest ophouden te bestaan. Europa werd gespleten in twee delen langs de lijn gevormd door de Boeg. Aan één kant van de rivier baden miljoenen sovjetslaven om verlossing van de Wehrmacht, terwijl aan de andere kant miljoenen slachtoffers van de Duitse concentratiekampen wachtten op bevrijding door het Rode Leger.

Als de dictators geen ruzie met elkaar gekregen hadden, zou het hun gelukt zijn Europa, zoals dat toen onder hen verdeeld was, nog tientallen jaren onder bedwang te houden. Hitler, zoals zo velen vóór hem, vreesde echter dat de Slaven zich vroeg of laat op Duitsland zouden werpen en hij verbrak het non-agressiepact. Zijn aanval op Rusland, onder de codenaam Barbarossa, zou zijn ondergang worden.

Tegen de zomer van 1944 moesten Hitlers legers zich terugtrekken. Zij waren vlak vóór Moskou teruggeslagen en bereidden zich voor op de terugtocht uit Warschau. Het Poolse Nationale Leger maakte plannen voor het laten uitbreken van opstanden voorafgaand aan de komst van de Sovjets, zodat deze sneller naar Berlijn zouden kunnen doorstoten en tevens om hun bondgenoten eraan te herinneren dat zij gasten in Polen waren. In juli was het geluid van de kanonnen van het Rode Leger in Warschau te horen. De Russische tanks waren in Praga en staken bij Magnuszew de Weichsel over. Radio Moskou gaf aan het Poolse verzet door dat de Opstand nu moest beginnen: 'Er is geen moment meer te verliezen.'

Het begon in Zoliborz, de 'schone oever' van de Weichsel. Jonge mannen en vrouwen overvielen de Duitsers met gestolen wapens. Zij verdreven de vijand uit de hoofdstad. Na vijf jaar honger en duisternis wapperden Poolse vlaggen in de zonneschijn. Warschau was bevrijd. Maar aan de overkant van de rivier trok het Rode Leger niet verder op.

De Duitse tegenaanval begon. Stalin, die steun had beloofd, negeerde de Poolse smeekbedes om hulp. De Waffen-SS heroverde de stad, straat voor straat. In wanhoop begonnen de Britten en Amerikanen met wapendroppings, maar Warschau lag aan de uiterste grens van het bereik van hun vliegtuigen. Het was noodzakelijk om op sovjesbases bij te tanken, maar hiervoor werd toestemming geweigerd. Het Rode Leger waarschuwde dat ieder vliegtuig dat hun front passeerde als vijandelijk vliegtuig zou worden behandeld en neergeschoten. En zo werd het mogelijk dat het enige eskader van de Luftwaffe dat slechts uit een tiental vliegtuigen bestond de lucht beheerste en het historische Warschau in een puinhoop veranderde.

De Polen vochten met heldenmoed, gelovend dat hun inzet en zelfopoffering zouden opwegen tegen de overweldigende macht van de vijand. En onderwijl wachtte het Rode Leger af en keek toe hoe er nog méér burgers stierven dan later zouden omkomen in Hiroshima.

Het Poolse leger hield drieënzestig dagen stand, tot het uiteindelijk werd teruggeslagen naar Żoliborz. Tegen het einde begonnen de Sovjets beperkte wapendroppings uit te voeren, maar zij gebruikten geen parachutes en de munitie die het afwerpen doorstond was van Russische makelij en niet geschikt voor de gestolen Duitse wapens. Tijdens de laatste uren dat er nog weerstand werd geboden gaven de Sovjets eindelijk gehoor aan de wanhopige oproepen via de radio. De Polen moesten een stormbeweging in de richting van de rivier uitvoeren, waar zij onder dekking van rook en vuur met boten geëvacueerd zouden worden. Er was geen alternatief.

Maar toen de Poolse strijders de oever bereikten, was er rook noch vuur om hen te dekken en boten waren er al evenmin. Zij werden door de Duitsers neergemaaid.

Hitler gaf het bevel dat de heroverde stad platgebrand moest worden. Warschau, het schone Warschau, werd een braakland vol lijken en smeulende ruïnes. Opnieuw deden de nazi's het werk van de Sovjets. Rokossovsky, de Russische generaal, zei: 'Wij zijn verantwoordelijk voor het voeren van de oorlog in Polen. Wij zijn de macht die heel Polen zal bevrijden.' De Sovjets wilden in heel Oost-Europa de nationale bewegingen uitwissen. Aangezien de nationale legers zich uiteindelijk tegen de bevrijders zouden keren, moesten zij worden uitgeschakeld. De bevrijding van Polen zou plaatsvinden op voorwaarden van de Sovjets. Degenen die weerstand zouden kunnen bieden aan het communisme moesten gedood worden. Het volk werd door het Westen in de steek gelaten.

'Op de gedenkdag van de Opstand,' had Anna verteld, 'ging ik altijd naar het gedenkteken in het Powązki. Jullie weet natuurlijk nog wel dat wij elkaar daar ontmoet hebben. Het kerkhof stond dan vol kaarsen. Elk jaar legde ik mijn tulpen op een ander graf en dan koos ik altijd iemand van mijn eigen leeftijd uit. Eerst was dat gemakkelijk, want er waren zóvelen, maar toen ik ouder werd begon het steeds moeilijker te worden. Toen ik vijfentwintig was, kon ik onder de gestorvenen nauwelijks meer iemand van die leeftijd vinden en toen ik eenmaal dertig was, werd het helemaal onmogelijk.'

Een van de verhalen die de Polen over de Opstand vertellen luidt als volgt: Drie officieren, een Engelsman, een Fransman en een Pool, werden met een sovjetvliegtuig naar Warschau gebracht. In verband met de gevechten was het niet mogelijk om te landen en er werd aan de mannen gevraagd om de parachute te gebruiken. De Engelsman aarzelde.

'Waarom wacht je?' informeerde de Russische piloot.

'Ik moet hiervoor eerst toestemming hebben van Londen,' antwoordde hij. Londen gaf per radio door dat dit aan het Parlement moest worden voorgelegd en verzocht de Engelsman om te wachten.

De Fransman aarzelde eveneens en opnieuw werd uitleg gevraagd. 'Ik wil eerst een glas wijn drinken,' zei hij. Hij genoot hier zó van dat hij de tijd nam om de hele fles leeg te drinken.

Tenslotte stapte de Pool naar de deur en keek door de wolken neer op zijn belegerde hoofdstad. Hij aarzelde.

'Waarom wacht je?' vroegen de anderen.

'Ik wil niet springen,' antwoordde hij.

'Dan ben je een lafaard,' zei de Rus.

De Pool was verontwaardigd. 'Een lafaard? Ik?? Ik zal je laten zien dat ik geen lafaard ben.' De Pool deed zijn parachute af en sprong uit het vliegtuig.

Het verraad, zo kenmerkend voor de verloren eeuw van Oost-Europa, had een macabere aantrekkingskracht voor me gehad. Het leek haast onmogelijk om de omvang van al die gruwelen te beseffen. Omdat ik zelf in gelukkige omstandigheden geboren en opgegroeid was, wilde ik zo graag geloven dat die volkerenmoord in feite alleen een misverstand was geweest. In mijn fantasie zou Stalin op zijn dwalingen terugkomen en zou Hitler tevoorschijn komen uit zijn bunker en zich verontschuldigen... 'Zóveel? Daar had ik geen idee van. Het spijt me.' En daarna zouden ze de hand van hun slachtoffers schudden en zou de wereld een betere wereld zijn... Evenals mijn tante wilde ik in mijn fantasieën geloven en door dit te doen maakten wij het mogelijk dat al die ellende opnieuw kon gebeuren.

Wij maakten goden van mensen en verwachtten dat zij zich als heiligen zouden gedragen. Wij gaven ons eigen ik, dat God ons geschonken had, op om hun vlag te volgen. 'Wees trots, want ik draag de vlag. Wees gerust, want ik draag de vlag. Heb mij lief, want ik draag de vlag.' Wij hadden hen lief omdat zij ons bevrijdden van de last van het eigen ik, maar wij vreesden hen omdat zij ons, door het opgeven van ons eigen ik, in hun macht hadden. 'De Partij is de geest, de eer en het geweten van het volk.' Omdat wij de moed niet hadden om voor onszelf op te komen, lieten wij, arme dwazen, ons door onze angst tot slaven maken.

En Oto? Zijn laatste brief had hij geschreven in de trein waarmee hij Auschwitz verliet. Het was eind zomer, schreef hij en de wilgen van Mazovia bewogen op de bries als de rokken van ballerina's die – wie weet? – opwervelden in de vurige dwarrelwind van de vlammenwerpers. De muziek van een draaimolen klonk op terwijl de stad in brand stond. Het dreunen van het geschut vermengde zich met het rumoer van de kermis. De Opstand werd niet neergeslagen door de Wehrmacht, het gewone leger; in plaats daarvan werd deze taak opgedragen aan de SS. De SS-troepen wrongen het leven uit de hoofdstad. En Oto ging met hen, gewapend met zijn illusies en een revolver, en kwam nooit meer terug.

Ik had horen vertellen dat op het hoogtepunt van de opstand een oude edelman, gekleed in een kaalgesleten zijden kamerjas, op zijn statige balkon was gestapt. Hij hield een gieter in zijn hand. Door de hitte en het stof van de strijd waren zijn planten uitgedroogd: sierlijke lathyrus, fuchsia's met zwaar hangende bloemen en bloedrode klaprozen. Met oneindige zorg maakte hij de verschroeide aarde vochtig. Hij zag hoe de aarde het water voldaan opslurpte. Een explosie, nu al dichterbij, deed het gebouw op zijn grondvesten schudden. De oude man verloor zijn evenwicht en stootte tegen een pot met een azalea. De pot viel naar beneden, op een net passerende Duitse patrouille. Oto, Zita's broer, kon misschien bij deze soldaten gelopen hebben. Wellicht waren zij toen aan het zingen. Misschien was de bloempot op zijn hoofd gevallen en was hij daardoor gestorven.

'...Als iedereen ontrouw wordt, Dan blijven wij getrouw, Opdat op deze wereld nog altijd een vlag voor u uitwappert...' Zou hij tenslotte aan de uiteindelijke overwinning getwijfeld hebben toen hij dood neerviel?

'Ik ken mijn plicht; ik gehoorzaam...', maar toen hij stierf riep hij: 'Mama!' Zijn overblijfselen kwamen als een aswolk in de puinhopen terecht en voegden zich daar bij het stof van al degenen die vrees gekoesterd hadden.

Want hij was bang geweest. Hoe zou zulk gedrag anders te verklaren zijn? Hij vreesde het onbekende en bezwoer zijn angst met gemakkelijke zekerheden. Alles functioneert in Oostenrijk en Duitsland. De aanwijzingen die op borden staan kloppen. De treinen rijden prompt op tijd. Men let op de verkeerslichten bij het oversteken. Maar deze zekerheden zijn niet geschapen ter verhoging van de levensvreugde. Zij bestaan alleen terwille van de slaafse uitvoering. Door vast te houden aan deze uitzonderlijke precisie wordt anarchie van binnenuit tot staan gebracht. De Duitsers vrezen niet de buitenlanders, zoals bij de Russen het geval is; zij vrezen dat wat zij in zich hebben. Het is een emotioneel volk. Zij vrezen datgene waartoe zij in staat zijn.

Op het oude marktplein van Warschau, omgeven door de huizen die na de oorlog herbouwd zijn, keken Zita en ik naar de balkons. Daar beneden speelden twee gitaristen 'Stranger in Paradise'. De ene speelde de begeleiding en kende slechts twee akkoorden, de andere tokkelde de melodie op slechts één snaar. Zij produceerden zulke wanklanken dat het net leek of ze totaal niets met elkaar te maken hadden, ware het niet dat zij alletwee met elektrische draden aan een gemeenschappelijke versterker vastzaten. Zij keken elkaar niet aan en wisselden geen woord; zij glimlachten zelfs niet toen een officier zijn dochter bij de hand nam en een geïmproviseerd dansje met haar deed. De tokkelaars negeerden hun publiek, want ze waren allebei doof.

Het was 1 mei. De flat was getransformeerd voor het feest. Het meubilair was weggezet en voor de familieportretten waren zeer geflatteerde en aan alle kanten geretoucheerde afbeeldingen van Lenin en Marx in de plaats gekomen. Een enkele tafel bedekt met een rood kleed stond tegen de kale witte muur. Rode anjers waren vastgebonden met lange linten in de Poolse kleuren.

De gasten arriveerden gekleed als Pioniers in mosgroene hemden met rode dassen. De vrouwen hadden geen make-up en het haar van de mannen was gladgeplakt. Niemand kuste, maar iedereen schudde elkaar de hand. Zita droeg een strapless avondtoilet van zwart chiffon, van omtrent 1959, en trachtte zonder veel succes in een bij de gelegenheid passende stemming te komen. Maar voor haar was het tafereel te vertrouwd om het geheel als een parodie te zien. Winston was getooid met een rode halsband.

Zij begonnen met de 'Internationale'. De meesten zongen het in het Pools. Zita kirde mee zowel in het Duits als het Russisch. Ik trachtte mij de woorden te herinneren.

'Ontwaakt, verworpenen der aarde,
Ontwaakt, verdoemd' in 's hongers sfeer,

Reed'lijk willen stroomt over de aarde
En die stroom rijst al meer en meer.'

Een jonge vrouw, een anesthesiste, begon te giechelen. Er werd meteen 'Sst!' geroepen. Humor paste niet bij de ernst van het ogenblik. Daarna werd de kreet 'Rood!, Rood!, Rood!' aangeheven en door ons allen overgenomen: 'Rood!, Rood!, Rood!' Vervolgens weerklonk het lied van de jonge Pioniers:

'Wij Jonge Pioniers verheffen onze zang
Voor de fascisten en hun vrienden zijn wij niet bang;
Wij voeren onze strijd
Om de vrijheid.'

Voorbijgangers bleven verbaasd staan en gaapten naar boven. Een jongeman met messcherpe trekken gaf zich over aan zelfkritiek. 'Ik twijfelde aan de wijsheid van Lenins analyse,' bekende hij. 'Foei, schande!' riepen de anderen. 'Toen ik het kamp van de Pioniers bijwoonde, droeg ik gele sokken in plaats van rode,' zei een andere jongeman.

Jacek begon voor te lezen uit een boekwerk met patriottische gedichten van 'de bekroonde Sovjetdichter van de Revolutie', Vladimir Mayakowsky. Zijn stem trilde van bezieling en overtuiging.

'Laten wij het verleden voor altijd vaarwel zeggen
Wij hebben de loop van de geschiedenis gewijzigd.
Als mensen en communisten
Kunnen wij nooit bloeddorstig zijn.'

Anna nam de eerste regel luidkeels over: 'Laten wij het verleden voor altijd vaarwel zeggen.' 'Wij hebben de loop van de geschiedenis gewijzigd!' riepen allen tezamen. Wij begonnen buiten zinnen te raken. Het gedicht en de liederen, de mantra's van het dogma, hadden een hypnotisch effect. De woorden ontroerden ons, hoewel ze geen enkele betekenis hadden. Jacek en Anna, en alle anderen, voelden zich heen en weer gerukt tussen de angst voor het verleden en de verantwoordelijkheid voor het heden. Waar zijn we? Welk jaar is het? Is er iets veranderd? De nachtmerries van hun verleden waren de spookbeelden van hun heden.

Er kwam een einde aan de parodie; hun dans op het graf van het communisme was een bewijs van verzet, een soort ode aan de veerkracht van de menselijke geest. Iemand stemde de televisie af op de uitzending van de 1 mei-parade in Moskou. De jongeman met het scherpe gezicht zei: 'Natuurlijk ben ik bang. Kijk maar eens naar de geschiedenis: Rusland komt steeds bij ons binnenvallen en ieder gezin heeft wel iemand verloren in de kampen van Hitler.'

Jacek en Anna dronken 'Noordkoreaanse Oude' en 'Oude Ginsengcognac'; de reclame op de etiketten luidde: 'Dit merk neemt een heel eigen plaats in onder de beroemde wijnen en de vraag hiernaar neemt steeds toe'.

'Toen ik nog klein was heb ik eens drie mieren gevangen en in een fles gezet,' zei Anna. 'Zij begonnen eruit te klimmen, maar dan schudde ik ze weer terug naar de bodem. En dan begonnen ze opnieuw te klimmen. Telkens wanneer zij probeerden te ontsnappen, schudde ik met de fles en kwamen ze weer op de bodem terecht. En eindelijk, na uren, gaven zij het op; het gebeurde heel onverwacht. Ik heb nog een hele tijd naar ze zitten kijken, maar ze deden geen pogingen meer om weg te komen. Die fles heeft dagenlang buiten gestaan in de zon en de regen, maar de mieren bleven gewoon in een kringetje zitten en bewogen hun antenne.'

Jacek schudde het hoofd. 'Het communisme is geen Pools stelsel. Wij hebben het nooit aanvaard. Nooit. Dit is een plaats waar wonderen gebeuren.'

Anna haalde haar schouders op en wendde zich tot Zita. 'Jullie moet naar Częstochowa gaan. Daar wordt de eerste vrije mis sedert de oorlog opgedragen. Dat zal werkelijk een feest zijn.'

'Voor de Roden zijn de Zwarten in de plaats gekomen,' zei Jacek. De priesters dragen zwarte togen. Ondanks de Poolse Delingen en de bezetting door de nazi's en communisten had Polen als denkbeeld nooit opgehouden te bestaan. In de loop der eeuwen was de kerk het symbool van het verzet geworden. Vaderlandsliefde en vroomheid waren synoniemen. Maar nadat de vijand zich had teruggetrokken was de geest van verzet de staatspolitiek geworden en in een maatschappij ontdaan van het evenwicht van etnische diversiteit beheerste de kerk de wereldlijke zaken. Het katholicisme was praktisch de staatsgodsdienst en Polen viel onder kerkelijk beheer; dat was althans wat Jacek vreesde.

Ik vroeg hem naar zijn plannen. 'Dezelfde plannen als altijd. Vechten, en vechten om steeds weer te verliezen. Dat is ons noodlot,' antwoordde hij. 'Maar misschien zou ik al vechtend een paar regels kunnen dichten.'

'Ik dacht dat je gezegd had dat het sentimenteel was.'

'Dat is het, maar de Polen zijn nu eenmaal heel romantisch.'

# Op heilige grond

In de vallende schemering reden wij met veel gerammel naar Częstochowa. Hier was het begonnen; hier had elf jaar geleden voor het eerst een lamp geschenen en hier, voor onze koplampen, daagde opeens een dronken Pool op.

'Hè, verdomme!' snauwde Zita. 'Ik had jou ook nooit moeten laten rijden.' Maar ik had hem al geraakt.

Ik reed naar de kant en holde naar hem terug. Een oorlogsveteraan zat waar hij was neergevallen en streek zijn verwarde, door nicotine verkleurde haar uit zijn gezicht. Een rij medailles van het Poolse leger rinkelde op zijn borst. Ik vroeg hem of hij niet gewond was.

'Bemoei je met je eigen zaken. Ik rijksambtenaar.'

Wie was dat niet? Ik strekte mijn hand naar hem uit.

'Ga weg. Nee, wacht. Jij mij bijna doodgereden. Kan mij ook verdomme naar huis brengen.' Ik hielp hem overeind. Hij scheen geen letsel te hebben.

'Je liep vlak vóór de auto.'

'Jij liegt als hond met vlooien.' Jerzy, want zo heette hij, viel met een smak op de bank voorin de auto. Zijn stompe rode neus overheerste zijn gelaatstrekken. Hij stonk naar wijn en schimmel, maar zijn kleren zagen er onberispelijk uit.

'Hier in Polen kun je geen drank krijgen,' zei hij, 'je kunt er alleen dronken worden.' Terwijl hij sprak pompte hij met zijn armen op en neer, alsof hij vergeten woorden opkarnde uit de lucht.

'Welke kant op woon je?' vroeg ik.

'Hangt helemaal af van waar we nou zijn.'

'Precies wat ik wilde vragen,' merkte Zita op. Ze had weer op de achterbank bij Winston plaatsgenomen. Ze had naast me gezeten en mij aanwijzingen gegeven tot de kaart het raam uitwoei.

'Wij zijn hier op de weg naar Częstochowa,' zei ik.

'Alle wegen in Polen gaan naar Częstochowa.'

'Wij zijn op de E75,' verduidelijkte ik.

'God zij geloofd, iemand die kaart kan lezen. Rij maar door, korporaal.'

Wij reden door lege straten met halogeenlicht langs zielloze huizenblokken naar het uiteinde van de stad. Volgens Jerzy zou het ongeluk van zoëven voldoende aanleiding zijn om mij te arresteren. 'Weet je, mensen in heel Polen in vrachtwagens gesmeten en weggereden naar donkere, koude cellen.'

Dit denkbeeld maakte Zita lichtelijk overstuur.

'Geen eten, geen water, straftijd onbeperkt,' zei hij, terwijl hij wees hoe wij het duister in moesten rijden. 'Enige goede plaats voor neef.'

Een vervallen paleis van onbekende herkomst doemde uit het donker op. Tussen de dakpannen groeide gras en vogels nestelden onder de dakranden.

'Woon je hier?'

'Hier mijn zoon Andrzej werkt en wij slapen. Hij held. Hier ook gevangenen.'

Door kuilen zo groot als vosseholen hotste de Trabant naar de achterkant van het paleis. Wij hielden halt voor een grote stal die stond weg te rotten. Jerzy klopte bevelend op een deur. 'Hier Ubecja' – (de staatspolitie) – 'opendoen, ogenblikkelijk!' Ergens begon een hond te blaffen. Hij maande ons, vrij overbodig, tot stilte. 'Polen een veilig land, zolang je niet te veel lawaai maakt.'

Een man met een oneindig vergevingsgezinde blik in de ogen deed de deur open. Het leek of zijn gezicht was samengesteld uit handenvol klei, die ruwweg tot een vagelijk vertrouwde vorm was gekneed.

'Papa?' Zijn mond vormde het woord zonder enig geluid, zelfs geen gefluister.

'Waar ik ben geweest?' stelde Jerzy de vraag voor hem. 'Overreden door imperialisten. Bofferd nog te leven.'

'Er is niets imperialistisch aan me,' loog Zita.

'Mijn jongen.' Jerzy stelde zijn zoon van middelbare leeftijd voor en probeerde zich moeizaam een woord te herinneren. 'Verdediger? Ja, verdediger van familietraditie.' Jerzy rinkelde met zijn medailles. 'Wat denken jullie? Beter laat dan nooit, ja?' Hij maakte de medailles los en bevestigde ze op de borst van zijn zoon. 'Mijn vader vechten tegen tsaar, ik vechten tegen nazi's en Andrzej tegen communisten. Eén, twee, drie generaties,' verkondigde hij met trots. 'Maar Andrzej is echte held, hij pas uit gevangenis. Ik heel nodig plassen, excuseer?' Hij maakte een gebaar in onze richting, terwijl hij haastig naar het toilet liep. 'Nodig ze uit voor vlees-in-blik van Lenin. Zal hun een lesje leren.'

De gedetineerden stonden stil in de rij of lagen op de aarden vloer. Józef Cyrankiewicz, de communistische Eerste Minister, scheen midden in een toespraak verstard te zijn. Ho Chi Minh toonde een ondoorgrondelijke bronzen glimlach. Stalin en Dzerzhinski, de oprichter van de Tsjeka, deden zich voor als staatslieden. Ontdaan van zijn voetstuk maakte Lenin een wonderlijk beknotte indruk. Ze waren, zoals alle communistische beelden, verwijderd. Zij hadden het uitzicht belemmerd. De totems van de onderdrukking waren omgesmolten of verbannen naar stoffige schuren en kelders. In heel Polen begon het uitzicht beter te worden.

Andrzej, de behoeder van de beelden, sprak geen Engels, Duits of Tsjechisch; in feite sprak hij helemaal niet. Zita herhaalde haar dozijntje Poolse woorden zonder speciale volgorde en zonder enig effect. Hij reageerde niet. Zij leunde achterover tegen een buste van Brezhnev en probeerde een beheerste indruk te maken.

'Veertig jaar socialisme en nog steeds geen pleepapier,' zei Jerzy toen hij weer voor de dag kwam. Hij ging zitten aan de voet van een beeld dat een groep verblijde boeren voorstelde, hing zijn jas aan een gespierde arm en ontkurkte de Wyborowa. Hij schonk de wodka in en hief zijn glas op om een toost uit te brengen. 'Op de Rode Marine!' Wij keken verbaasd. 'In één teug leeg!' Hij ledigde zijn glas. 'In Gdańsk heb ik Russische matroos ontmoet. Hij haat de Polen heeft hij verteld. Hindert niks, wij haten de Russen ook. Hij zegt Russen sterker en harder en sneller en dan – belediging! – hij zegt Russen betere drinkers.' Jerzy schonk nog een rondje in. 'Dus mijn vrienden en ik hem meegenomen om te drinken: wodka met peper, wodka met honing; zelfs Zmijówka: wodka waarin slang gemarineerd. Natuurlijk hij kan niet verdragen; hij maar een Rus en ligt zó onder de tafel. Dan wij allemaal brengen hem naar tatoeëerder. En terwijl hij droomt van jonge maagd uit Minsk, laten wij verdomd grote Poolse adelaar op zijn borst tatoeeren. Veel geld, maar is iedere zloty waard!' Hij brulde van het lachen en morste met zijn wodka. 'Wij zenden communisten naar verdommenis.' Hij schonk opnieuw in. 'Jullie zien beelden? Andrzej denkt zij gaan naar Stalinland.' Er bestond een tot dusver nog onbeslist gebleven voorstel om een pretpark met als thema het communisme aan te leggen: met het Kremlin als Spookslot, de Tunnel van de Terreur en de Goelag-verrassingstocht. De overweging hoe succesvol dit zou kunnen zijn was verontrustend. Zijn zoon zei niets. 'Oh, niets aantrekken van hem,' zei Jerzy. 'Hij zijn stem kwijtgeraakt.'

Hij liet ons plaatsnemen op een kampbed tussen boekenkasten gevuld met beduimelde en vaak gelezen dikke boekwerken en *samizdat*-pamfletten, onder een bontgekleurd portret van de paus, naast een foto van Hitler die het saluut in ontvangst neemt tijdens de Duitse overwinningsparade in Warschau.

'Jullie Duits?' vroeg hij. Zita hield haar mond stijf dicht. 'Kijk, daar onder podium voor Hitler springstof genoeg om die duivel terug naar de hel te blazen.' Hij rammelde met zijn medailles. Jerzy had geholpen om de springlading te plaatsen. 'Wij kijken, wij wachten, maar gebeurt niets.' Op het laatste moment was de man die de springstof tot ontploffing zou brengen overgeplaatst. 'Die duivel stapt van podium, gaat in auto zitten en rijdt grote moeilijkheden tegemoet. Gods wegen wonderlijk.'

In Polen kwam alles neer op de historie. De Duitsers heersten over de wereld, of zo leek het althans, vanuit Warschau gezien, in 1942. Maar ondanks alles zag het Poolse leger kans om tijdens de Tweede Wereldoorlog de grootste ondergrondse macht van Europa te laten functioneren. Treinen werden gederailleerd, bruggen opgeblazen en installaties gesaboteerd.

Iedere verzetshandeling lokte echter geweldige represaillemaatregelen uit. Voor elke gedode Duitser werden eerst tien, daarna twintig en vervolgens honderd Polen terechtgesteld. Jerzy werd gearresteerd. Aangezien hij geen kans om te overleven had, gaven zijn superieuren hem de opdracht te doen of hij gek was. In zijn bedompte cel begon hij met de paradepas rond te lopen en orders in het Duits te brullen. Zijn bewakers, niet gewend aan Polen die nazi's imiteerden, wisten geen raad met hem. Hoe harder zij hem sloegen, des te luider bulkte hij zijn bevelen van gehoorzaamheid aan de Führer. De SS was opgewassen tegen doodsangst, woede en moed, tegen letterlijk alles, zolang het maar niet irrationeel was. Waanzin deed hen echter hun zekerheden verliezen. Er werd dus voor gezorgd dat hij naar een krankzinnigeninrichting zou worden overgebracht. Drie mannen van het Poolse leger, gekleed in SS-uniform en sprekend met een Berlijns accent, wisten Jerzy uit Duitse handen te bevrijden.

Andrzej bood dikke kersenjam aan om door de thee te roeren, een Russische traditie die in Polen niet meer werd toegepast.

'Niet meer jam,' zei Jerzy.

Een koude maaltijd van brood, kaas en vlees-in-blik werd opgediend.

'Ha, vlees-in-blik van Lenin!' zei Jerzy enthousiast en tastte toe.

Na de oorlog had de nieuwe communistische regering amnestie voor het Poolse leger gewaarborgd. Maar de militairen die zich meldden werden beschuldigd van collaboratie met de nazi's. Tienduizenden mannen en vrouwen werden ondervraagd, gemarteld of vermoord. Velen werden naar de goelags in Siberië gestuurd.

'Dat de allerergste gevangenis,' zei Jerzy met zijn mond vol. 'Een Pruisisch soort gevangenis.'

De ondergrondse had zich weer in hun schuilplaatsen teruggetrokken en daar, verborgen als in een graf, in het duister geleefd tot enkele maanden geleden. Pas diezelfde morgen had Jerzy tijdens een grote plechtigheid zijn medailles gekregen, vijftig jaar na zijn waaghalzerij.

'Als ik thuiskom, overal Lenin: in boeken, op aanplakbiljetten, in kranten... woorden van Lenin, leven van Lenin. Kon niet naar radio luisteren zonder traktatie van nog meer en nog meer Lenin. In die dagen niemand kan vers vlees kopen. Wijze communisten vervangen koe door blik.' Jerzy hield een blik omhoog. Er stond 'vlees' op. 'Omdat ze ons vertellen Lenin overal, moet hij ook in vlees zitten. Dus toen zij Andrzej op school vragen: "Wat weet je van Lenin?" hij antwoorden: "Mijn vader bang Lenin voor lunch op te eten." Kreeg ik zes maanden in Mielęcin voor.' Hij schaterde van het lachen. 'Lenin geen gevoel voor humor.'

Andrzej was een zwak kind, grootgebracht met verhalen van zijn grootvaders strijd tegen de Okhrana. Er was trouwens weinig anders om te eten. Zijn moeder was zonder meer doodgeschoten op de dag dat de Duitsers Nowe Miasto innamen, hun stad aan de rivier de Pilica, tweehonderd kilometer van Częstochowa gelegen. Jerzy was op dat moment bij het verzet en hield de traditie van zijn vader en al diens voorvaderen in ere. De heldendaden van de grootvader tegen de geheime politie van de tsaar vormden de voedingsbodem voor het gevoel voor historie van zijn kleinzoon. Het kind dat in 1944 over de vensterbank gluurde zag vijfduizend soldaten van het Poolse leger door de stad marcheren om in Warschau aan de Opstand deel te nemen. Na jaren van grijze bezetting drukte dit schouwspel een stempel op hem. Ook hij wilde vechten voor zijn land, maar hij groeide op in een staat die geen belichaming van het volk was; het verdedigen van de Volksrepubliek Polen stond gelijk aan een aanval op het Poolse volk.

De nationale schizofrenie veroorzaakte lichamelijke ongeschiktheid. Andrzej werd afgekeurd voor militaire dienst. Dankzij dit respijt kon hij zich aan zijn passie wijden. Hij werd geschiedenisdocent. Vanaf zijn podium in de collegezaal gaf hij zijn studenten de officiële lezing van de historie, want het verleden was staatseigendom geworden. Maar daarna placht hij zijn tekst opzij te leggen en te zeggen: 'Maar dit is wat ik diep in mijn hart geloof dat er werkelijk gebeurd moet zijn.' Zo werden de herinneringen van zijn grootvader, de verhalen van zijn voorvaderen, aan een nieuwe generatie doorgegeven.

Maar inmiddels begon zijn frustratie steeds heviger te worden. Hij oefende invloed uit op zijn studenten en toch veranderde er niets. Onwaarheden verschenen nog altijd in druk. Hij voelde zich van even weinig nut als hij destijds was geweest toen een Duitse officier zijn Luger tegen het zachte nekhaar van zijn moeder had gedrukt. Hij was niet de steen die de lawine in beweging bracht, maar slechts een kiezelsteentje op het pad van de verwoestende stroom. De historie voerde hem mee en rolde verder, niet beïnvloed door zijn bestaan.

Na de eerste rellen in Gdańsk en het schieten op de protesterende menigte zwoer hij de loop van de geschiedenis te wijzigen. De universiteit, zijn universiteit, had haar grote zaal aan de Milicja geleend. Poolse jongens in Poolse uniformen zouden daar de hele nacht dansen als besluit van de dag waarop hun kameraden ongewapende arbeiders hadden doodgeschoten. Hij kon dit geniepige verraad niet verdragen. Hij maakte een primitieve bom, iets dat hij al op zijn grootvaders knie geleerd had, en blies de zaal van de universiteit op. Niemand ondervond enige schade. Het hele gebouw was leeg. Maar Andrzej werd gearresteerd en ter dood veroordeeld. Zij vroegen hem een *Weryfikacje* te tekenen – een verklaring van loyaliteit aan het regime – om hiermee toe te geven dat het allemaal een verschrikkelijke vergissing was geweest. Als hij dat niet deed, werd hem verteld, zou zijn vrouw misschien ook in de gevangenis komen of zijn zoon voor zijn examens zakken. Toen hij weigerde om te ondertekenen, haalden zij hem uit zijn cel en zeiden dat hij doodgeschoten zou worden, maar in plaats daarvan voerden zij hem af om ondervraagd te worden. De Polen houden van een goede grap. Zijn vonnis werd gewijzigd in levenslange gevangenisstraf. Hij werd naar een kamp gezonden, een kopermijn, waar hij het metaal moest delven waaruit de standbeelden voor Lenin en Marx werden gemaakt. In plaats van onderricht in de waarheid te geven, hakte de historicus het erts uit dat de leugen gestalte zou geven. Zijn longen raakten gevuld met stof. In de benauwde mijngangen temidden van de scherpe damp verloor hij zijn stem. Zijn straftijd werd teruggebracht tot vijfentwintig jaar, daarna tot tien en daarna was het voorbij. Hij werd in vrijheid gesteld en hij kreeg werk, hoewel niet aan de universiteit – want een stomme kan immers geen lesgeven – maar als nachtwaker in de stal.

Zita staarde naar de buste van een stalinist, waaronder Winston lag te dommelen. 'Die ken ik,' zei ze.

'Daar kun je heel wat beter over zwijgen.' Moczar was vroeger minister van Binnenlandse Zaken geweest en hoofd van de geheime politie.

'Mietek Moczar; ik heb hem ontmoet op een feest in Moskou. Peter had net die kloterige Orde van Lenin gekregen.'

'Ik wist het wel,' zei Jerzy. 'Berg het zilver goed weg, Andrzej.'

'De paus was in Polen,' vervolgde zij.

'Hier in Częstochowa.'

'Ja, daar stonden ze toen over te klieren. Mietek zei dat hij zich niet ongerust maakte over het bezoek van de paus. "Het oude dogma is dood", zei hij. Maar Peter nam de zaak ernstiger op. En toen, midden in het debat, begaven zijn benen het opeens. Zómaar. Het ene ogenblik stond hij nog te ageren met zijn toostje met kaviaar in zijn hand en het volgende moment lag hij plat op zijn gezicht. Peter was er even verbaasd over als wij allemaal. Zijn benen hadden wel eens meer getinteld, maar we hadden er niet veel acht op geslagen. Het was het bloed op zijn overhemd waar ik zo van schrok – en hij had plotseling pijn in zijn hartstreek. En toen realiseerden wij ons dat de speld van de medaille niet vast had gezeten. Toen Peter viel, had Lenin hem in zijn borst gestoken. Zelfs Mietek moest lachen en hij had helemaal geen gevoel voor humor. En zo werd er niet meer aan Peters benen gedacht en wij fuifden de hele nacht. Wij dansten tot de zon op de koepels van de St. Basilicus scheen. Maar het was het begin van de hele toestand; het begin en ook het einde, verdomme.' Zij stond naast de gevallen afgod. 'Ik geloof tenminste dat het Mietek is. Mijn geheugen speelt me vreemde parten.'

'O, hij is het zeker,' zei Jerzy. 'Rode zonden hebben lange schaduwen.'

'Moskou...' zei Zita. 'Dat verdomde Moskou.'

De Poolse maatschappij was vroeger een verband van minderheden geweest, een toevluchtsoord voor de vervolgden. De bevolking sprak allerlei talen en was ook qua geloofsovertuiging zeer divers. Lódź, de geboorteplaats van Mietek Moczar, was vroeger een stad van drie volkeren, gelijk verdeeld in Polen, Duitsers en joden. Tijdens de Tweede Wereldoorlog werden de joden uitgeroeid en tegen het eind van de oorlog werden de Duitsers gedeporteerd. Polen werd helemaal Pools en helemaal katholiek, een volk met één taal en één godsdienst. Maar als hoofd van de Veiligheidsdienst blies Moczar de vonken van de onverdraagzaamheid nieuw leven in. Herhaaldelijk vonden anti-semitische campagnes plaats, zelfs al waren er zo goed als geen joden meer in het land over. Hij liet de vrees voor denkbeeldige samenzweringen weer opvlammen.

Zita herinnerde zich dat Moczar eens gezegd had: 'Als Hitler het joodse probleem in Polen niet had opgelost, hadden de Polen het zelf moeten doen.' De traditie van vaderlandsliefde gecombineerd met ruimdenkendheid verwerd tot nationalisme gekoppeld aan vreemdelingenhaat.

'Morgen heel vroeg, ik breng jullie naar Jasna Góra, als ik tenminste zelf wakker,' had Jerzy beloofd. Wij reden door slapende straten; het duister begon al violet te kleuren door de naderende dageraad. Nog in schaduw gehuld begonnen de vromen al aan hun klimtocht naar het klooster.

De eerste zonnestralen raakten 'de berg van licht': Jasna Góra, het grootste heiligdom van het Poolse volk. Wij voegden ons te voet bij de pelgrims die naar boven gingen. Hun doel, een ommuurd bastion van devotie, was versierd met lange vanen in Pools rood en pauselijk geel. In de overvolle gangen dromden de gelovigen opwaarts naar het hoogaltaar en de Zwarte Madonna: een byzantijnse icoon, zwart van ouderdom en beschadigd door het zwaard van een hussiet. 'Moeder

Gods, Koningin van Polen, bid voor ons.' Volgens de legende was haar beeld opgerezen boven het slagveld waar in de zeventiende eeuw de beslissende strijd werd gestreden om de vrijheid van het Koninklijke Polen. De kanonskogels ketsten zonder enige schade aan te richten terug van de muren van het klooster en de Zweedse troepen waren in doodsangst gevlucht.

Jerzy leidde ons door de volle kerken en kapellen, waarvan de muren versierd waren met rozenkransen, halskettingen en heilige harten. De vromen offerden dit alles, èn hun leven, voor hun volk en hun geloof. 'Maria, Koningin van Polen, ik ben met u, ik herinner me, ik ben waakzaam.' Overal werd gebeden, luidop of in nauwelijks hoorbaar gefluister, en zonder gebedenboeken want iedereen kende de woorden van buiten. Een oude man hield een gewijd drieluik, dat hij van thuis had meegebracht, opgeheven en een oude vrouw knielde neer in de koele ochtendzon en huilde. De ogen, aller ogen, waren ten hemel gericht.

De omringende velden, waar zich wel een miljoen bedevaartgangers kon verzamelen, liepen terrasvormig af, in drie delen: de engelenbak, het balkon en de stalles, als een theater in omgekeerde volgorde. Aan het einde lag de stad met zijn door platanen omzoomde avenues, waar de mensenmassa – als rivieren naar de zee – naar de citadel stroomde. Aan het einde van een avenue, achter het sovjet Oorlogsgedenkteken, rees uitdagend één enkele schoorsteen op, in zijn rechtlijnigheid de religie tartend.

Aan de voet van de hoge heuvel stond een gebouw als een zeester, met drie vleugels; het stond bekend als de Bermuda Driehoek omdat degenen die er binnentraden voorgoed verdwenen. Van hieruit had de veiligheidspolitie alles afgeluisterd wat in Jasna Góra geschiedde, om de Kerk in de gaten te houden. Maar het gebouw in de schaduw van de Heer was thans gesloten.

'Je vriend Moczar heeft verloren,' zei Jerzy. Hij dacht diep na om het juiste woord te vinden. 'Triomf? Ja, dat is goed woord; triomf van Solidariteit is triomf voor Kerk.'

Op de hoge heuvel, bij het podium, verzamelden zich veteranen van het Poolse leger en officieren van de Milicja: verzoende tegenstanders die samen de eerste vrije mis sedert vóór de oorlog kwamen bijwonen. Linten in de kleuren van Polen en de kerk wapperden in de bries. De aartsbisschop in zijn schitterend gewaad leidde de gebeden. De Polen bogen het hoofd, niet uit angst maar uit liefde, en zonken op hun knieën in het warme lentegras.

Hier was het begonnen. Hier was het keerpunt. Hier had de paus, bij zijn eerste bezoek in 1979, de barrière van de angst doorbroken. 'Maria, Koningin van Polen, ik ben u nabij, ik herinner mij u, ik ben waakzaam.' Negen uitzonderlijke dagen lang trokken miljoenen mensen uit om hem te volgen, naar hem te luisteren en met hem te bidden. De Volksrepubliek, dat politieke kadaver, hield op te bestaan, behalve voor de censuur van de televisie. 'Wat betekent het, dat "ik ben waakzaam"? Het betekent, dat ik mijn best doe om mij aan mijn geweten te houden. Ik onderdruk en verwring dit geweten niet. Ik noem zowel goed als kwaad bij hun naam.' De paus verklaarde dat hun toekomst zou afhangen van degenen die volwassen genoeg waren om non-conformistisch te zijn. En daarna vroeg hij aan de menigte om zich aan de Kerk te houden. De zachtmoedige menigte verenigde zich tegen de Partijstaat; binnen een jaar kwam Solidariteit ter wereld en na tien jaar zou de Berlijnse Muur vallen.

Johannes Paulus II tilde een klein meisje op en vroeg haar: 'Waar is Polen?' Zij staarde hem verbijsterd aan. Hij legde zijn hand zachtjes op haar hart en zei: 'Polen is hier.'

God plaatste Polen in het hart van Europa. Maar, evenals met de mens, had Hij zich vergist. Ons hart ligt uit het midden, aan de verkeerde kant van Duitsland. Het Poolse volk, het verst naar het oosten gelegen bolwerk van het Latijnse christendom, had naast Frankrijk of vastgemaakt aan Engeland moeten wonen. Het zou niet, zoals nu het geval is, moeten bestaan op de open vlaktes, ingeklemd tussen twee hongerige, autocratische regimes, waar de Poolse democratie botste met het despotisme van de naburen, het Poolse individualisme met het collectivisme van de anderen, het Poolse katholicisme met het Russisch-orthodoxe geloof en het Duitse protestantisme.

'Aan eind van oorlog,' zei Jerzy, 'nam Stalin over van God. Hij drukt Polen wel tweehonderd kilometer naar Westen en steelt veel land. Voor één keer gaat ouwe slager niet ver genoeg. Waarom hij ons niet meteen over de Rijn gedrukt, in veel betere omgeving?'

Omdat er in de stal geen slaapplaatsen over waren, gaf Jerzy ons door aan vrienden van hem. Wij gingen te ruste in een keurig boerenhuisje met drie lage kamers, onder een foto van de paus. Die nacht sliep Zita zó vast, dat toen zij wakker werd haar gezicht glad leek, of het vuil van jaren er door een bruisende stroom was afgespoeld. Haar dierbare zekerheden, op zand gebouwd, begonnen af te brokkelen door de kracht van het getij. Ook ik had gedacht dat ik de zee hoorde, maar het was alleen het geluid van een ver verwijderde verkeersweg.

Mijn reis van de Oostzee naar de Zwarte Zee was helemaal in de war geraakt. De tocht had een begin, een middenstuk en een einde, maar dankzij Zita's grillen niet in de juiste volgorde. De Zwarte Zee moest ik nog altijd zien. 'Nou, als we naar Roemenië gaan, kunnen we ook dóór naar Moskou,' zei ze.

'Wij? En wie heeft er iets over Moskou gezegd?'

'Dat heb ik gedaan. Gisteren of vanmorgen, of wanneer het goddorie ook geweest mag zijn. Ik heb alle benul van tijd verloren. Maar ik wil naar Moskou.'

'We zijn weggegaan om een ander gebit voor je aan te schaffen en dat heb je nu. Je bent nog geen zeshonderd kilometer van huis af. Ga naar huis.' Ik vond dat mijn tante nu wel ver genoeg had gereisd. Zij was moe en in ieder geval was ik zo zelfzuchtig dat ik verlangde eens een hele nacht lekker te kunnen slapen, ongestoord door het snurken van Zita of de winden die Winston liet.

'Ik wil niet naar dat ouwe rothuis terug. Voor mij is er niets meer in Berlijn. Laten we naar Boekarest gaan.'

'Waarom in vredesnaam wil je naar Roemenië?'

'Nou, ik ken daar immers iemand.' Zita had, net als een oude zeeman, een vriend in iedere haven.

'Natuurlijk.'

'Het is iemand die verhalen vertelt. Als je hem ontmoet hebt, zul je daar verdraaid dankbaar voor zijn.'

'De auto haalt het misschien niet.'

'*Ik* haal het misschien niet, maar verdomme, je moet toch wàt proberen.'

Toen wij opstonden roken wij de geur van cichorei en we hoorden de boer krakend op zijn leren laarzen rondstappen. Het huis stond in een uit hout opgetrokken dorpje. Een lappendeken van kleine akkertjes spreidde zich uit over de omringende hellingen. Een echtpaar stond arm in arm bij een stukje bouwland, geploegd en pas gepoot met aardappelen.

De Trabant was lang niet lekker. Ik maakte de contacten schoon en stelde ze bij. Ik goot het benzine-met-oliemengsel, dat 's nachts in zorgvuldig geplaatste pannen was gelekt, weer in de tank. De pakkingen waren in een erbarmelijke staat, maar Zita was vastbesloten om verder te gaan en, om de waarheid te zeggen, ik wilde haar ook niet in haar eentje achterlaten.

Winston zou met ons meegaan, allicht. Het varken was geweldig groot geworden. Zita kon hem niet meer optillen. Haar hoededoos was onder zijn gewicht verpletterd bij alle toestanden van onze aankomst in Warschau. Maar niets kon Zita bewegen om Winston achter te laten en dat maakte het inpakken van de auto moeilijk. Net als echtparen die in de loop van hun leven op elkaar beginnen te lijken, had Winston veel overeenkomst met de auto gekregen: even laag bij de grond, zwaar en omvangrijk. Zita had geopperd dat we hem later aan een harem van zeugen moesten helpen, zo'n stuk of zes of acht, om hem een gelukkige oude dag te bezorgen. Maar tot die tijd zou aanbreken, was er voor ons steeds minder plaats op de achterbank. Gelukkig had mijn tante het gepast geacht om Stalins neus bij Jerzy en Andrzej achter te laten. Zij waren van plan hem om te smelten en er souvenirs van te maken: bustes van de paus.

Wij reden oost- en zuidwaarts langs de rand van het Bieszczady-gebergte, door landelijke weidegebieden en abrikozenboomgaarden, langs steden in pasteltinten met lange arcades; ze hadden vroeger aan de rand van Oostenrijk-Hongarije gelegen en lagen nu aan het eind van Polen. De steppes met hun afgebladderde kerken en eindeloze bietenvelden waren nu alleen op het oosten gericht. Maar zo was het niet altijd geweest. Vroeger woonden er in die steden orthodoxe joden met lange gabardine jassen en pijpekrullen aan hun slapen; er waren energieke Duitse kooplieden en Poolse cavalerie-officieren, afstammelingen van de huzaren van Jan Sobieski, met hun elegante rijbroeken en hoge laarzen. Zij voerden hun bestaan tussen Oost en West, tussen christen-kruisvaarders en Sarmatische magnaten; zij spraken Frans en Turks en bouwden paleizen in Italiaanse stijl voor hun Russische vrouwen. Dat was thans voorbij; Oost en West waren van elkaar gescheiden.

Polen had vroeger een grens met Roemenië gedeeld, maar sedert de Tweede Wereldoorlog lag er zo ongeveer honderdtwintig kilometer grond tussen de beide landen. Stalin had enorme stukken land van Polen gestolen, om de olierijkdom. Hij annexeerde Bessarabië en het noorden van Boekovina van Roemenië. Hij sneed een stuk van Hongarije af. Estland, Letland en Litouwen verloren hun onafhankelijkheid om hem toegang tot de Oostzee te geven. Slovakije verloor zijn oostelijke uitloper Roethenië dat rijk aan uranium was. Het gordijn viel en miljoenen mensen, die tegen hun wil sovjetburgers werden, verloren de halve wereld.

Stalin was niet de eerste die grenzen verzette, maar wel de meest meedogenloze van allen. Net voor de schemering viel, passeerden wij het dorp Novoye Selo, in het Hongaars Tiszaújhely geheten. Daar woonde een man András Orosz genaamd. In de loop van zijn eenennegentig jaar had hij vijf verschillende nationaliteiten gehad: Oostenrijks-Hongaars, Roemeens, Tsjechisch, Hongaars en tenslotte Sovjet. En toch had Orosz zijn dorp nooit verlaten. Om hem heen hadden de grenzen zich bewogen.

De wielen zoemden over het ruwe asfalt. Tegelijk met de kilometers die wij aflegden ontrafelde zich onze familiegeschiedenis. De loskomende draden leidden naar lang vergeten waarheden en knoopten Zita vast aan een realiteit waarmee zij nog nooit eerder geconfronteerd was. Zij zat stilletjes op de achterbank met Winston, die zij over zijn mollige flank streelde, en staarde naar buiten in de stervende dag. Mijn tante had niet hoeven te reizen. Zij had thuis kunnen blijven, achter haar tuinhek. Maar vergeten hielp haar nu niet meer. Zij had er behoefte aan om haar plaats te kennen, om opnieuw te ontdekken waar ze stond. In haar fantasieën zat realiteit en haar realiteit bevatte segmenten van fantasie. Uit beide zou de waarheid voortkomen.

Zita deed haar ogen dicht en viel in slaap, getroost door de aanwezigheid van Winston. Hij legde zijn grote kop op haar schoot en droomde. Achter ons ging de zon onder en kleurde de horizon in tinten van as en rozen.

# *Roemenië*

# *De mens denkt, God lacht*

In Roemenië is niets zoals het lijkt. Geen enkel woord heeft ware betekenis. Geen enkele handeling is op een eerste indruk te beoordelen. Wij passeerden de grens bij half duister. Vermoeide recruten in ouderwetse flanellen tunieken, met de kalashnikov over de schouder, stonden te geeuwen op hun post. Diep in hun winterjassen gedoken reizigers stonden fluisterend op een kluitje bij een raam dat onze papieren had ingeslikt. Het gezicht van de beambte was door een gordijn aan onze blikken onttrokken, maar daaronder schoven zijn lichaamloze handen paspoorten heen en weer of er speelkaarten geschud werden. Een soldaat holde als een kip zonder kop van nergens naar nergens anders, zijn riem klikkend tegen het metaal van zijn geweer. De stemmen klonken gedempt, alsof ze maar vagelijk tot je doordrongen terwijl je al half in slaap gesukkeld was. Iedereen verlangde ernaar in bed te liggen, maar wist dat hij daar deze nacht niet aan toe zou komen.

Aan de kant van een weg stond een beeld, de hand in een zegenend gebaar opgeheven. Het beeld begon te niezen. Het was een priester die stond te liften. Wij boden hem aan mee te rijden. Zijn zwarte haar was lang en verward en hij had een ruige baard. Achter hem rees een andere gestalte op, een soldaat die honger had. 'Help een stervende Roemeen,' zei hij en vroeg om tien dollar.

Wij reden door de nacht langs de ruggegraat van de Karpaten, over de hiel van het hoefijzer, de steppes van Moldavië tegemoet. Het begon hard te regenen en de ruitenwissers scheden er plotseling mee uit. Ik maakte aan allebei een schoenveter vast die ik door de zijramen naar binnen trok. De priester en ik trokken de wissers met de hand heen en weer over het glas terwijl Zita probeerde te slapen. Hij was van plan de fameuze beschilderde kerken te gaan fotograferen en vroeg ons of we met hem mee wilden gaan. Ik was maar al te blij dat we een gids hadden.

'Het is een lange rit,' zei de priester; zijn heldere bruine ogen hadden de kleur van oud leer. 'Misschien zou u het leuk vinden als ik u mijn levensgeschiedenis vertelde. Het is een blij verhaal. Het zal de tocht verlichten.'

'Ja, doe dat.'

'Als ik dat doe, moet u beloven mij een mop te vertellen. Dat is de enige droeve kant van mijn priesterschap; de mensen vergeten dat ik van vlees en bloed ben. Ik wil ook wel eens hartelijk kunnen lachen.'

Zijn naam was Vader Dinu, geboren in Roemenië, maar Hongaars van afstamming – een man van de Hervormde Kerk in een orthodoxe wereld, een vreemdeling in eigen land.

Zijn verhaal begon op school. Tijdens het laatste schooljaar vroeg de leraar aan zijn leerlingen welke plannen zij hadden. De anderen antwoordden dat zij machinist wilden worden op het Donaukanaal of bestuurder op de mooie, gloednieuwe metro van Boekarest, maar Dinu had bekend: 'Ik wil naar Zuid-Amerika om daar les te geven in Latijn.' Hij had veel beter kunnen liegen. De hele klas lachte. Het was een verboden droom.

'Hoe wil je daar komen?' wilde de leraar weten.

'Op legale wijze, indien mogelijk.'

De leraar, een dwerg die te klein was om over zijn eigen lessenaar te kunnen heenkijken, richtte zich in volle lengte op. 'Als je zou proberen daar op illegale wijze te komen, zouden we dat aan de politie moeten vertellen,' deelde hij mede. Door zijn bekentenis verspeelde hij zowel Amerika als een plaats op de universiteit.

Dinu kon kiezen: òf liegen òf helemaal niets zeggen. Hij verkoos het laatste en werd houthakker in de bergen. Drie jaar leefde hij alleen, zonder behoefte aan menselijk gezelschap. Maar op een koude kerstdag had hij niets meer te eten. Door de zware sneeuwval was de aanvoer van levensmiddelen gestaakt. Met tegenzin sukkelde hij moeizaam naar beneden, naar het dal en naar het dorp. Hij had al drie dagen niet meer gegeten en in geen drie maanden een menselijk wezen gezien. Het warme schijnsel van kaarslicht lokte hem naar de kerk. Toen hij de zware deur opendeed, scheen het hele dal vervuld van gezang. Hij nam deel aan de communie en toen hij, hongerend naar vriendschap en voedsel, aan het altaar neerknielde, waren de wijn en het brood in zijn mond als een vurige kus. Hij zag voor het eerst de dorpelingen en hij was vervuld van liefde. Hij zag zichzelf en was vervuld van schaamte. Hij was bezig zijn leven, dat God hem geschonken had, te verkwisten.

'Ik had gedacht dat er niemand was, dat ik helemaal alleen was,' zei hij. 'Maar ik had vergeten dat de engelen naast ons gaan.'

De houthakker werd priester. Zijn morele overtuiging was even groot als zijn lichamelijke kracht. Met zijn preken trok hij de gelovigen uit het hele dal naar de kerk.

'Van aangezicht tot aangezicht,' zei Dinu, 'wisten de mensen niet meer wat eerlijkheid was. Al jarenlang konden zij enkel praten over de gewone dagelijkse dingen – het weer of welke maat schoenen zij droegen – maar niet over wat zij voelden, geloofden, of waar zij aan twijfelden. Iedereen was een spion, niemand was te vertrouwen.' Terwijl hij sprak, bogen zijn schouders zich naar voren, als een bokser die klaarstaat voor het gevecht. 'In mijn kerk heb ik de mensen geleerd om recht uit het hart te spreken.'

Maar de priesters werden betaald door de staat en stonden onder controle van een plaatselijke partijsecretaris, van wie zij afhankelijk waren voor de jaarlijkse vernieuwing van hun staatsvergunning om te preken. Volgens de kerkelijke hiërarchie was heimelijkheid de enige manier om te overleven. Dinu bracht het precaire politieke evenwicht in gevaar. Hij werd verbannen naar een kleurloze industriële parochie. Maar zelfs daar was hij nog te gevaarlijk en zijn eerlijkheid te provocerend. Daarom stuurden zij hem naar een orthodox dorp met nog geen dozijn gelovigen. De enige die geregeld de kerk bezocht was een politiespion. Hij woonde iedere preek bij en zat altijd met gekruiste armen, die hij alleen bewoog om notities te maken of in zijn neus te peuteren.

Het leven was moeilijk voor de Hongaarse minderheid. Hun taal mocht niet gebruikt of onderwezen worden en hun dorpen werden, zoals zovele andere in Roemenië, bedreigd met 'systemisatie': hun huizen werden verwoest en de inwoners werden naar industriële 'tuinsteden' gezonden... woestijnen van beton zonder tuinen en zonder industrie. In december van het vorige jaar was Dinu in Timişoara geweest. Daar had het verzet van een andere geestelijke, eveneens een etnische Hongaar, de revolutie doen ontvlammen. 'De mensen hadden er genoeg van. Zij hadden geen eten en geen verwarming. Vijf dagen werd er op straat gevochten. De tanks vuurden op de menigte. "*Veniţi cu noi*" – kom bij ons – riepen de mensen tegen de soldaten, maar ze werden neergeschoten.' Dinu demonstreerde het naderen van een tank met een krachtig armgebaar en boog zijn lichaam naar links om de tegenaanval van de demonstrerende massa aan te geven; hij beleefde het hele gevecht opnieuw. 'Ik zag een jongen, die onder de voet gelopen werd, sterven. Zijn moeder wierp een steen naar een tank en de tank reed over haar heen. Het was vreselijk.' De 'onbloedige' revolutie van Oost-Europa had haar eerste slachtoffers geëist.

'U had me een blij verhaal beloofd, Vader.'

'Maar dat is het ook. Plotseling, als een gave Gods, wapperde de witte vlag van alle tanks. Het leger trok zich terug en de soldaten wuifden. De luidsprekers bulkten: "Libertate" – vrijheid. De regering was gevallen. Het was een wonder. Wij hadden gewonnen.' Dat dacht hij althans.

'En u?'

'Ik? Ik werd een mens.'

'Wat bedoelt u?'

'Nu, een vrij mens.'

Zita mompelde iets onverstaanbaars in haar slaap.

De regen viel als een gordijn. Uit de nacht rezen obelisken voor ons op en doorweekte takken sloten zich om ons heen. Gevangen in het licht van onze koplampen blonken de ogen van dieren bloedrood op, alsof er demonen bezig waren aan de kant van de weg. De grauwe horizon, als opgehangen boven een stenen vlakte, gleed aan de rand van een klip weg in het oneindige. Het was een onherbergzaam gebied.

En Suceava was al even onaanlokkelijk. Tegen de morgen was de regen overgegaan in een naargeestige motregen en een vale mist verhulde de kleuren van de hoofdstad van Stefan de Grote. Alles was grijs. Een invalide man met een rubber handschoen in plaats van een hand spuwde in zijn zakdoek. Mannen en vrouwen met bleke gezichten stonden ineengedoken in lange rijen. Op methaan rijdende bussen, de ramen ondoorzichtig van het condensvocht, vervoerden de arbeiders schokkend en stotend naar de fabrieken. De damp van het uitlaatgas bleef, te zwaarmoedig om zich te verspreiden, in de lucht hangen.

Zita knipperde met haar ogen in het morgenlicht. Zij had 's nachts haar gebit ergens neergelegd, maar ik vond het terug in haar schoen: de enige plaats in de auto waar Winston zijn snuit niet zo gemakkelijk zou insteken.

Dinu wees ons de weg langs een rij precies gelijke huizenblokken met zes verdiepingen. Achter tienduizend deuren zaten de mannen in duistere, vochtige keukens tussen de tafel en het aanrecht en dronken zoete, drabbige koffie, terwijl ze af en toe de as van hun sigaret wegtipten in de gootsteen. Tienduizend vrouwen stonden naast hen, vermoedelijk hoestend, en vulden de koffiekopjes bij uit een pan die op het fornuis stond.

Een vrouw met een hoofddoek duwde een kruiwagen vol hout door de plassen. Luidsprekers blèrden openbare aankondigingen uit: over de bakkersstaking en de wandaden van Ceauşescu. Die uitspraken, herhaald tot de woorden al hun betekenis verloren, waren even onontkoombaar als het gejammer van een kind dat naar buiten doordrong. Dinu leidde ons een afgebrokkelde cementen trap op, het gehuil tegemoet. Hij tikte op een deur. Geen antwoord. Hij klopte harder. Niets. Hij ranselde op de deur met zijn vuisten. Elena deed open. Ze had een gezicht als een oude vrouw: ingevallen wangen, een lange spitse neus en diepliggende ogen. Alleen aan haar zachte huid, die zó strak over haar gelaatsbeenderen spande dat er geen rimpeltje in zat, was haar ware leeftijd te zien. In haar armen hield ze een luid krijsende baby en achter haar stond haar moeder.

'Wie bent u?' informeerde de moeder, die een dik boerengezicht met spleetogen had. Dinu bood haar een introductiebrief van een gemeenschappelijke vriend aan. Zij was achterdochtig. Hij stelde ons voor. In het schemerige portaal richtten de spleetogen zich op mij en er kwam een berekenende blik in. Zij glimlachte.

Met haar brede handen wenkte ze ons om binnen te komen. 'Mijn gasten,' zei ze. Door het haveloze gebouw hadden wij een verkeerde indruk gekregen, want hun flat was ruim en er lagen kleden. Elena zette de video af en zorgde voor thee. Aan de muren hingen vrome iconen van heiligen die, merkwaardig genoeg, lachend op ons neerkeken. Moeder liet ons plaatsnemen, stelde vragen en inspecteerde ons geschenk: fruit en wijn. Zij scheen te denken dat wij haar Winston ook cadeau wilden doen en nog vóór wij haastig verklaarden dat dit niet het geval was, stond ze hem al keurend in zijn flanken te knijpen. Ze heeft ons nooit verteld hoe zij heette. 'Bent u hier gekomen om de schilderingen in de kerken te zien? Ze zijn heel mooi. Stefan cel Mare was een groot koning. Een eerlijk man.' Deze vorst van Moldavië, tevens krijgsman en vijand van de Turken, had in de zestiende eeuw veertien kerken en kloosters laten bouwen, omgeven door versterkte muren, en van binnen en van buiten versierd met schitterende fresco's.

Er werd thee binnengebracht. 'Cake, Elena,' commandeerde de moeder. Zij was huisarts van beroep. 'Heeft u een auto?' vroeg ze. 'Dan heeft u een gids nodig. Ik zal er een voor u zoeken. Elena, de negerinnen!' schreeuwde zij naar de keuken. Er werden zachte, zoete vierkanten van namaakchocolade binnengebracht. 'Het is een wonder,' zei de dokter, terwijl ze thee inschonk. 'Twee maanden geleden had ik geen vreemdelingen bij mij thuis kunnen uitnodigen. Als wij elkaar op straat hadden gesproken, had ik het gesprek bij de Securitate moeten rapporteren. En nu kunnen wij als vrienden met elkaar praten. Wilt u melk?'

Het kind, te geboeid om te huilen, lag naast Winston op de vloer. Zij stak een vinger in het oog van het varken. Winston begon te krijsen en verschool zich achter Zita die haar gezicht vasthield omdat ze pijn in haar kaken had. De suiker was onder de randen van haar gebit gekomen. Ik nam het kind op en hield het een stukje cake voor. 'Nee,' snauwde Elena, op al te scherpe toon. 'Zij heeft gegeten.' De baby pieste prompt over me heen.

Elena pakte Lucia op en ging me voor naar de badkamer, waar overal waslijnen hingen. Een raam keek uit op een halfduistere luchtkoker. Er was alleen koud water en de kraan drupte langzaam boven een volle tobbe. Het water kon, evenals de elektriciteit, onverhoeds afgesneden worden.

Elena gaf me een doekje om me af te vegen en begon Lucia een schone luier om te doen. Zij vermeed mijn vragen. Indien ze sprak, deed ze dit zonder enig gevoel, of ze het tijdschema van een bus opsomde. 'Dit is het huis van mijn moeder. Zij wil dat u hier logeert.'

'Wonen jullie hier met zijn drieën?'

'Plus mijn grootmoeder.' Ze haalde een stoffen luier van de lijn en wees naar een gesloten deur. Vrouwen van vier generaties woonden hier in een flat met enkel koud water, maar alleen haar moeder werkte en dokters verdienden minder dan handarbeiders. Hun eiland van luxe in een zee van ontbering maakte een bedrieglijke indruk, als een hologige hoer gehuld in fijne zijden kleren.

Dinu had me verteld dat Elena schrijfster was. Ik vroeg of ze schreef voor een van de vele onafhankelijke kranten die plotseling opgekomen waren sedert de revolutie.

'Jazeker, ik schrijf,' zei ze, 'maar voor een tijdschrift uit het Westen. Dat is nu mogelijk. Ik kan mij niet met politiek inlaten. Ik heb een dochter. Kunt u dit even vasthouden, alstublieft?' Zij veegde de billen van de baby schoon. Ik vroeg voor welk tijdschrift zij werkte.

'Ik schrijf wat jullie pornografie noemen, de brievenrubriek in de geest van: "Mijn vriendin kan alleen tot orgasme komen wanneer haar hond... etcetera, etcetera..." ' Zij lachte, zich even niet in bedwang houdend en strooide talkpoeder op de billetjes van haar kind. 'Verwondert u dat? Ik moet voor Lucia zorgen.'

'En de vader?'

'Lucia is *un copil din flori*: een bloemenkind. Een onwettig kind. Geboortenregeling was hier in Roemenië illegaal.' Ik voelde mij gegeneerd door deze plotselinge vertrouwelijkheid, alsof een vreemde je toevallig aanraakt, of wanneer je een zoon op zijn vaders begrafenis hoort zeggen: 'Ik heb hem nooit een kus gegeven.'

'Ceauşescu was een slecht mens,' verklaarde de dokter. 'Het leven is nu beter. Er is eten in de winkels en de hele dag elektriciteit. Wij kunnen zoveel lampen gebruiken als we kunnen krijgen en niet maar twee zoals vroeger.'

Dinu knikte. 'Ik heb ook hernieuwde hoop,' zei hij. 'Heb je het gezien? De soldaten die Ceauşescu terechtstelden, hebben eerst een kruis geslagen. Uiteindelijk leeft het geloof toch nog in hen.'

'Zo is het leven, en zo is de wereld. Het komt door Iliescu; hij is een man van goede trouw,' zei de dokter.

Elena zette Lucia naast Winston neer. 'Na de revolutie voelde ik me inwendig vrij als nooit tevoren, maar nu kijk ik met medelijden terug op mijn dode en begraven hoopvolle verwachtingen.'

'Mijn dochter weet van niets.'

'Ze hebben de hond gedood, maar de ketting bewaard,' zei Elena en haar dochtertje stak haar vinger opnieuw in Winstons oog.

De lampen flikkerden even en gingen toen uit. 'Terroristen,' zei Elena's moeder en ging vervolgens in het Roemeens over. De Franse taal vloeit in curves, het Duits heeft parallel lopende lijnen, de Italianen converseren in spiralen en de Hongaren rechthoekig, maar het Roemeens is een taal van steeds kleiner wordende cirkels.

De vrouwen spraken niet tegen elkaar, maar wisselden geweervuur uit, zoals destijds aan de Somme. Elena's stem begon weer mechanisch te klinken. 'Lucia en ik kunnen jullie naar de kerken brengen.'

In het vage morgenlicht zag Zita er vermoeid uit. Haar onderlip stak dreigend vooruit, zoals bij Churchill als hij zich ergerde. 'Ik moet eerst een beetje bijkomen,' zei ze knorrig. 'Ik ben tenslotte ook de jongste niet meer.'

'U moet uitrusten,' zei de dokter beminnelijk. 'Slaap eerst maar eens uit.'

Vanuit het vuil van de stad reden wij noordwaarts, het hart van Moldavië in. Zandpaden kronkelden door smaragdgroene velden die zich glooiend uitstrekten naar de Oekraïne. Een schaapherder lummelde rond bij zijn kudde. Twee kippen bungelden met samengebonden poten aan de handvaten van een fiets. Mollige vrouwen, met vesten die strak over hun welige boezem spanden, bewerkten de grond met hun hand. Hun echtgenoten dreven spichtige paarden aan en hun kinderen waren aardappelen aan het poten. Oude vrouwen met hoofddoeken, hun huid getaand als leer, haalden water uit putten, overhuifd met kleine prieeltjes van hout en glas. Zij stonden samen te babbelen en maakten houterige gebaren met hun knokige werkhanden. Magere kippen en vette ganzen woelden het stof op.

De dorpen lagen genesteld langs Romeinse wegen, afgezet met bloeiende bomen waarvan de stammen wit geschilderd waren. Elk huis was van de weg gescheiden door fraai met houtsnijwerk versierde *porţi*, of toegangspoorten, waaruit de welstand van de familie bleek. De huizen werden in een aantal jaren in stadia gebouwd: eerst van blokken hout, met spleten waar de wind 's winters doorheen gierde. Daarna, zodra hier geld voor was, werd een houten latwerk aangebracht. En als laatste fase werden dan stro en pleister toegevoegd en het oppervlak werd versierd met ingewikkelde bloempatronen.

Een galerij van met dennenbos begroeide hellingen week terug en Voroneţ lag als een opengeslagen, schitterend geïllustreerde bijbel vóór ons in een donkergroene weide. De kerk had evenveel curves als de natuur om ons heen. Geen enkele lijn was recht. Het pannendak welfde schuin opwaarts, in harmonie met de glooiing van de heuvels. Onder de zware, overhangende dakranden waren de muren als de bladen van een boek, geschilderd in goud en azuur. De westelijke muur vertelde het verhaal van het Laatste Oordeel. God, in triptiek afgebeeld en gedragen door engelen, vormde het hoogste punt. Onder hem stond Jezus in een stralenkrans, omgeven door de apostelen. Een vuurstroom, de Gehenna, trok een diagonale baan over de muur en scheidde het Paradijs van de eeuwigdurende foltering. Aan de ene kant leidde Paulus de vromen naar het Oordeel, aan de andere kant werden de zondaars – allemaal Turken met tulbanden op – door Mozes in de hel geworpen. De zielen van de christen-doden rezen op, terwijl een drom Heiligen het paradijs betrad.

Nonnen met zwarte, cilindervormige kappen, zelfgebreide vesten en onschuldige ogen voerden ons pratend de dertig treden op van de Hel naar de Hemel. Elke trede symboliseerde een doodzonde. Rijen engelen stonden de gelovigen bij, die de Ladder der Deugd opklommen. Zij staken hun speren in de gevleugelde demonen die degenen die van de Ladder vielen trachtten te lokken in de muil van het satansbeest.

Dinu zette zijn statief op en haalde zijn camera zorgvuldig uit het etui. Hij nam zijn foto's met de grootste nauwgezetheid. De kleuren schenen te vlammen in het licht van de middagzon, maar het blauw van de kerk van Voroneţ – een diep kobalt samengesteld uit malachietgroen en een wonderlijk lood/blauwgrijs – en het groen van Suceviţa zijn eenvoudigweg niet weer te geven of te reproduceren. Het geheim van de pigmenten is verloren gegaan.

De kerken waren gebouwd terwijl het land belegerd werd, afgesneden van Constantinopel. De legers dromden samen achter de versterkte poorten, wachtend om de strijd met de Turken aan te gaan. De schilderingen, tegelijkertijd universeel en specifiek, deden de vaderlandsliefde van de soldaten opvlammen. De Heilige Maagd was afgebeeld als byzantijnse prinses en Jezus droeg een Moldavisch hemd. De aartsengelen verkondigden de Wederopstanding met de *bucium*: de houten hoorn van de herders uit de Karpaten. Koning David speelde op de *cobza*: een Roemeense luit. Op de afbeelding van de verdediging van Constantinopel in de zevende eeuw waren de Perzen gekleed als Turken en de heldhaftige verdedigers als Moldaviërs.

Elena haalde diep adem en ontspande zich nu haar moeder er niet bij was. 'De lucht is hier zo heerlijk fris,' zei ze. 'Ik ben heel graag ver weg van de beschaafde wereld.'

Op de weg naar Putna sloeg de motor af. Met de begrafenis van Mirek scheen de auto zijn animo verloren te hebben. Het was of de ziel van Mirek ons voortbewogen had, maar nu gaf de Trabant de geest en wij kwamen langzaam tot stilstand.

'O, fantastisch!' zei Zita.

Dinu en ik keken onder de motorkap. Zita schudde het hoofd. 'Mijn kleine diertje en ik gaan even wandelen.' Terwijl zij voortliepen over het karpet van goudsbloemen, hoorde ik haar vragen: 'Waar zijn we hier verdomme eigenlijk, Winston?'

Ik was beslist geen goede monteur. Mijn gebruikelijke methode was om alle delen waar ik bij kon een tik met het handvat van de schroevedraaier te geven, hier en daar een moer aan te draaien en er het beste van te hopen. Maar ik dacht dat het een probleem van elektrische aard zou kunnen zijn en ik wikkelde de zekeringen in zilverpapier uit sigarettendoosjes. Zita zou wel misnoegd zijn nu haar belastingvrije sigaretten los in een boodschappentas lagen, temeer omdat de auto nog altijd niet wilde starten. Ik probeerde te starten en de Trabant liet een astmatisch gehijg horen.

'Veroordeel je me omdat ik pornografie schrijf?' Elena was stilletjes uit de auto gekomen en had haar schoenen uitgedaan. Zij stond op blote voeten in het stof, met Lucia tegen haar heup aan. 'Dat is ook juist, het is wel gemakkelijk om ergens een etiket op te plakken. Maar dit is alleen maar een deel van de waarheid en dat is erger dan een leugen.'

Het was moeilijk om me haar thuis voor te stellen, bezig met het bedenken van provocerende seksuele problemen, terwijl ze luiers waste en worteltjes kookte. Ik vroeg me af of haar grootmoeder haar misschien hielp bij het bedenken van stof voor de brievenrubriek. Ik stelde me voor dat seks in Suceava van alle erotiek ontdaan moest zijn. Het verschafte enige troost, zeker, maar vermoedelijk heel weinig andere vreugde.

'Ik moet mijn leven op realistische basis leven. Het enige dat ik wil is een paar dingen kopen voor Lucia; niet veel, een klein huisje – met een keuken en een badkamer – en een plaats waar ze een hangmat kan hebben en slapen als een vis in een net.' Haar Engels was duidelijk, uit boeken geleerd, maar tot dusver maar zelden gesproken. Ze vertaalde veel woorden regelrecht uit het Roemeens, in de veronderstelling dat een zelfde Latijnse stam ook een gelijke, moderne betekenis inhield. Elena keek me tersluiks aan, uit de hoek van haar bruine ogen, haar hele hoofd als argwanend achterover gebogen.

'Weet je, het is niet zoals mijn moeder zegt. Wij moeten heel veel moeite doen om te krijgen wat wij nodig hebben, soms aan de achterdeur, fooitjes geven en vriendelijk zijn tegen de winkelier. En de winkels zijn haast leeg nu wij "democratie" hebben. We moeten tevreden zijn met heel weinig eten en geen medicijnen, zelfs de allernodigste voor hart en maag. Wij lopen op bewegend zand.'

'Maar je tafel staat vol eten,' zei Dinu. 'Je zou dankbaar moeten zijn voor Gods gaven.'

'Ze komen uit mijn moeders tuin. Zij is iemand van lage kwaliteit.' Zó oordeelde de schrijfster van pornografie over de dokter.

Een paard en wagen passeerde ons. Aan het hoofdstel van de merrie hingen kwastjes en door haar manen en staart was rode wol gevlochten. Drie mannen zaten achterin. Zij hadden alle drie een muts van schapevacht en donkere verkreukelde pakken aan; ieder van hen hield een kind op schoot, gekleed in zelfgebreide broeken en wollen mutsjes met een pompoen erop. Zij stopten niet.

De priester spreidde een picknick, die was klaargemaakt door Elena's moeder, op het dak van de auto uit terwijl ik de benzine uit de tank haalde. Ik had gemerkt dat de verdeelkap vochtig was en vermoedde dat er water in de tank zat. Elena at weinig en gaf Lucia alleen voedsel uit een blik. Geen wonder dat het kind bleek zag. Een groep zigeuners, jong en uitdagend, verscheen op de weg. Zij bewogen zich volkomen gelijk, samengebundeld tot één fabeldier: een hydra met op en neer gaande koppen en uitgestoken tentakels. Zij omringden de auto en de jongens maakten spottende opmerkingen over de motor. De meisjes veinsden gebrek aan belangstelling en vroegen om kauwgom. Plotseling gaf de leider, een stevig gebouwde bruut met een gezicht vol baardstoppels, zijn meisje een klap. Op deze of gene wijze was hij gekleineerd in zijn gevoel van eer en hij spuwde boze beschuldigingen uit. Zij lachte erom. De hele groep vormde een kring, nam elkaar bij de hand en danste een soort paringdans. De bondgenoten van het meisje trokken zich terug en zij bleef alleen staan, zonder dat iemand naar haar smeekbedes luisterde. De jongens sloten de kring en keerden haar de rug toe. De hydra verloor één kop.

Het fabeldier verdween even snel als het gekomen was toen de politie verscheen. Onder het vroegere bewind waren de zigeuners gemarteld of vermoord. Officieel was de vervolging na de revolutie opgehouden, maar de zigeuners waren nog altijd achterdochtig en de groep maakte zich uit de voeten. Dinu had instinctief zijn camera opgeborgen.

Achterin de politieauto zat Zita, met Winston naast haar. 'Hebben jullie het gehoord,' zei ze opgewonden. 'De koekoek? Ik heb de eerste koekoek van de lente gehoord.' De deur kon van binnenuit niet opengemaakt worden. 'Laat me er in hemelsnaam uit!' commandeerde ze. De politieagenten deelden haar geestdrift voor het dierenrijk niet. Zij bliezen zich op van gewichtigheid.

'Die zijn zo gek als uien,' zei Zita, terwijl ze uit de wagen klauterde. 'Ze begonnen met hun rottige geweren te zwaaien en zich aan te stellen als idioten. Die arme Winston kreeg bijna een hartverlamming.' Ze was op de weg aangetroffen zonder papieren, maar met een varken. De politieagenten hadden gedacht dat ze het beest gestolen had.

'Volkomen ongerijmd, heb ik tegen hen gezegd. Waar zou ik een varken kunnen stelen? Deze twee,' zei ze, wijzend naar de agenten, 'zijn de enige zwijnen die nog in heel Roemenië over zijn.' Vóór de revolutie werden alle varkens uitgevoerd om aan harde valuta te komen; alleen de varkenspoten bleven in het land. Na de terechtstelling van

Ceauşescu waren er een paar varkenspoten boven zijn graf gehangen.

Ik liet de politie Zita's paspoort zien.

'Ga nu maar,' zei ze en schudde hen de hand. 'Ik neem jullie excuses aan. Iets anders dan vergissingen maken kunnen jullie immers niet.' Gelukkig sprak Zita geen Roemeens. Elena verklaarde de zaak en de mannen schenen tevredengesteld.

'Loopt dat verdomde koekblik nou nog niet?' informeerde mijn tante. 'Er zal eens even geduwd moeten worden, hè? Die jongens daar helpen wel.'

Ze wist de agenten te bewegen om mee te helpen. Elena wilde er niet bij betrokken worden. Zij vertelde ons dat de politie kortgeleden aan een intelligentietest onderworpen was. Iedere politieman kreeg een bord voorzien van openingen in diverse vormen en de daarbij behorende pluggen. Er werd hun verzocht de juiste plug in de juiste opening te steken. De resultaten waren bemoedigend. Het bleek dat twee procent van de politiemannen zeer intelligent was en dat achtennegentig procent heel, heel sterk was. De twee agenten die al duwend de auto op gang brachten behoorden ongetwijfeld tot de meerderheid. De Trabant had zich nog nooit zó snel bewogen.

'Zeg nou maar niets,' zei Zita, toen we weer verder tuften over de weg. 'Het roepen van de koekoek was tenminste heel mooi.'

'Het moet heel frustrerend zijn om een politieagent te zijn,' peinsde Dinu. 'Wij plachten vroeger altijd bang van hen te zijn, maar nu hebben zij de opdracht om binnen de wet te blijven.'

'Ik vraag me af of wet en vrijheid wel ooit tezamen kunnen bestaan,' zei Elena.

'Niet dat ouwe, afgezaagde cliché!' kreunde mijn tante.

Voor Dinu en Elena was de wet niet van het volk en voor het volk. Het was iets dat door een elitaire groep aan de verdrukten kon worden opgelegd. Vroeger was wet een ander woord voor onrechtvaardigheid.

'En met de kerk is het al net zo,' zei Elena. 'Ze hebben ons op school geleerd dat het christendom een werktuig is om de mensen uit te buiten. Precies als de wet.' Zij lachte. 'Je kunt je wel voorstellen wat voor soort geschiedenislessen wij gehad hebben.'

'Mijn kind,' zei Dinu en stak zijn vinger uit of hij wilde proberen de kern van haar ziel te vangen, 'God is liefde.'

'Ik ben je kind niet.' Zij hield haar dochtertje in haar armen. 'Zij is het enige dat ik liefheb en ik ben mijn eigen god.'

De geest van de gemeenschap was gebroken. De wetten waren geen weerspiegeling van de wil van het volk. God was geen rechtvaardige rechter, sterk en geduldig, maar een werktuig tot onderdrukking. De jongeren kenden Hem niet.

'Voor jullie is het anders, jullie kunt een plezierig leven leiden: nuttig en rein.' Elena toonde haar scheve glimlach, listig maar niet onbetrouwbaar. 'Jullie lachen over mijn onwetendheid, maar ik ben een kind van het communisme. Ik ben erdoor verdorven.' Wij reden zwijgend naar Putna, de laatste van de kerken.

De zon ging onder en het gezang van de monniken vermengde zich met het geluid van de wind die door de pijnbomen streek. De vestingmuren van Putna, beroofd van de fresco's, staken spierwit af tegen het bos. Het interieur daarentegen scheen in rouwwaden gehuld te zijn. De lucht was zwaar van de wierook en het licht scheen maar flauwtjes door de walm. De kaarsen flakkerden en knetterden, de pilaren zagen zwart van het roet. In de loop der eeuwen hadden vocht en roet de verf aangetast. Rook rees op naar de duistere koepel, waar Christus met grote, inktzwarte ogen vanuit een heelal vol sterren dreigend op ons neerkeek. De monniken waren niet te zien en hun spookachtige stemmen klonken gedempt. De mis werd opgedragen achter de iconostase, het koorhek dat zich over de hele breedte van de kerk als een gordijn tussen het altaar en het schip uitstrekte. Hier werden hemel en aarde van elkaar gescheiden. Hier waren het Westen en het Oosten verdeeld, niet door de Turken, maar door een denkbeeld.

De breuklijn van het christendom tussen Rome en Constantinopel was geen historische curiositeit, maar een splitsing tussen twee werelden. In het westen hadden de protestanten – zij die protesteren – de scheidsmuren omvergehaald. Allengs werden hun denkbeelden in het grootste deel van de katholieke wereld aanvaard. De Renaissance, de Reformatie en de Verlichting – de in onderling verband staande bewegingen die de moderne wereld hadden geschapen – ijverden voor persoonlijke gewetensvrijheid. Ieder mens was alleen aan God rechtstreekse verantwoording verschuldigd. Maar al deze vernieuwingen hadden zich buiten de Orthodoxe Kerk voltrokken. In het oosten bleef de kerk de 'tussenpersoon', via de priesters: de bemiddelaars tussen de mens en de Almachtige. De mensen waren verantwoording verschuldigd aan de priester, die achter de iconostase verdween om samen met God het lot van de gelovigen vast te stellen. Het was een dictatuur van het geloof. Enkel en alleen de priester kreeg het woord Gods te horen. De wet berustte op doctrine en niet op debat. De maatschappij accepteerde dat een sterfelijk mens, feilbaar als alle anderen, de goddelijke macht kon uitoefenen.

Belletjes rinkelden, de deuren van het Heiligdom gingen open en de priester kwam tevoorschijn. Hij zong de liturgie in het oude Kerkslavisch, woorden die al duizend jaar onveranderd waren gebleven. Een straal van de avondzon viel op het gouddraad van zijn plechtgewaad voor het Paasfeest. Hij hief de miskelk op, het brood en de wijn, voor het sacrament.

'Wel mooi,' fluisterde Elena, 'maar wat heeft het voor zin?'
Ik trof Dino buiten aan. Hij zat naast een seringeboom, omlijst door trossen dieppaarse bloemen. Zijn vereelte handen hingen slap naast hem neer.
'Ik was zo zoetjesaan begonnen te denken dat het van het allereerste en grootste belang was om de economie te laten werken,' zei hij. 'Maar zo is het niet. De opbouw van de menselijke geest gaat vóór al het andere.'

Er stonden rozen midden op de tafel. De zware bloemen, onder glas gekweekt in de tuin van Elena's moeder, waren nog dicht. De huid van een lam lag strak gespannen te drogen op het balkon. Het gerecht van die avond was fijngesneden lamsvlees, vermengd met wilde tijm. Dinu zei het avondgebed. Elena's moeder hief haar glas *ţuica* op: sterke pruimenbrandewijn. 'Eet, mijn vrienden, en kijk hoe goed wij het hebben. *Poftă bună: bon appétit.'* Zij en Elena sloegen beschilderde paaseieren tegen elkaar tot ze kraakten. 'Christus is opgestaan,' zongen de ongelovigen, 'Hij is waarlijk opgestaan.'
'In Roemenië eten wij anderhalf maal zoveel als jullie,' zei de dokter. Zij maakte een hoofdgebaar in de richting van Zita's gebit dat in een papieren zakdoek verpakt op tafel lag en vervolgde: 'En onze tandartsen zijn ook veel beter.'
Zita verklaarde de zaak. Jarenlang had zij last gehad van onverklaarbare vergiftigingsverschijnselen. De oorzaak was niet te vinden. Maar het toeval wilde dat ze eens een geïnfecteerde kies had moeten laten trekken. Haar tandarts was geschrokken van de enorme infectie die toen aan het licht kwam. Toen haar hele gebit getrokken was, verbeterde haar gezondheid.
'Goudsbloemen,' zei de dokter. 'Ze moeten een nacht in water geweekt worden en de volgende morgen wordt het vocht dan gewarmd en opgedronken. Iedere dag. Zó had je je tanden en kiezen kunnen behouden.'
'Ach, wat geeft het nu nog. Ze zijn al lang dood en verdwenen.'
'Je kunt er kanker ook mee genezen.' Zij beweerde met haar huismiddeltjes het leven van een vriend gered te hebben. 'Priesters moeten voorzichtig zijn met hun keel,' adviseerde zij Dinu. 'Lindebladeren zijn het best voor bronchitis en kamille voor de spijsvertering.' Zij was op het land opgegroeid. Haar vader, een arbeider in een pruimeboomgaard, had haar de geheimen van de natuur geleerd. Zij had weinig respect voor de medische wetenschap en was alleen dokter geworden omdat het universiteitsbestuur zich aan een vijfjarenplan moest houden.
'En bosbessen,' ging zij verder. 'Al mijn ooms en tantes zijn blind ge-

worden. Dat zit in onze familie.' Zij wees naar de gesloten deur. 'Maar mijn eigen moeder geef ik al veertig jaar bosbessen en ze heeft ogen als een valk.'

Haar volkstuin was de grootste liefhebberij van de dokter. Ze hield er kippen en een kalkoen en verbouwde kruiden en reusachtige bloemkolen. Eenmaal weg uit de stank van Suceava en het onverwarmde ziekenhuis met drie patiënten in ieder bed, kon ze haar handen in de aarde steken en zich weer mens voelen.

Het eten dat wij voorgezet kregen was het beste dat wij in heel Roemenië aten. Zita mummelde een compliment terwijl ze op een enorme augurk zoog. 'Geen trouwpartij zonder brood en geen begrafenis zonder lachen. Ik doe het allemaal zelf,' pochte de dokter. 'Mijn dochter helpt mij nooit. Ze heeft het veel te druk met dat kind.' Elena, die maar weinig gegeten had, ging naar de slaapkamer en keerde met Lucia terug. Het kind was uit een nachtmerrie wakker geworden en zag lijkbleek.

De dokter wilde graag iets over het Westen horen: wat kostte daar een brood en een huis op goede stand? Toen ik haar antwoord gaf, siste zij, een merkwaardig geluid, net een boze zwaan.

'Jullie zullen wat leis nodig hebben voor je verblijf in dit land,' zei ze plotseling. 'Geld wisselen op straat is gevaarlijk. Ze zullen je bedriegen. Ik zal het met alle plezier voor jullie regelen.'

Wij moesten inderdaad Roemeens geld hebben en hadden die morgen illegaal wat gewisseld bij Elena. Zij was aan het sparen voor een huis en had ons gevraagd om over dat geld wisselen te zwijgen. Leis en leugens. Ik maakte mijn verontschuldigingen aan de dokter en legde uit dat wij elders al geld omgewisseld hadden. Haar gezicht veranderde in een masker zonder uitdrukking.

'Het was een lange man,' zei Zita, in een poging om de leugen wat waarschijnlijker te maken, 'met een klein hoofd en een heel grote bril op.'

'Het is voor ons niet zo gemakkelijk, begrijp je.' De dokter keek Elena aan.

'De ware rijkdom is in de hemel,' zei Dinu. 'Maar het is wel prettig om een beetje zakgeld te hebben vóór we daar heengaan.'

'Ik werk alle dagen in het ziekenhuis en 's avonds en 's zondags op het land,' zei de dokter. Ze wees beschuldigend naar haar dochter. 'En zij zit daar maar.'

Elena liet zich niet op de kast jagen. 'Ik weet dat ik me niet kan veroorloven om kind te blijven terwijl ik zelf een kind heb.' Zij hield haar dochtertje vast. 'En nog een heel lief kind, bovendien. En dus schrijf ik mijn artikeltjes,' voegde zij er zacht aan toe en gaf Lucia een tik op haar handje omdat ze naar een stuk appel graaide. Het kind begon te dreinen. Het scheen honger te hebben.

'Je zou je moeten schamen over die schandvlekken die je schrijft. Wat verdien je er uiteindelijk mee? Zeker niet genoeg om het kind te onderhouden. Wij hadden helemaal geen behoefte aan nòg een mond om te voeden.'

'Al mijn vriendinnen hebben abortus laten plegen,' zei Elena bondig. 'Het heeft hun baarmoeders verwoest.'

De regering had gewenst dat het bevolkingsaantal zou toenemen. Abortus was verboden voor vrouwen met minder dan vijf kinderen. Op hun arbeidsplaatsen werden de vrouwen om de drie maanden onderzocht door 'demografische eenheden'. Zwangerschappen moesten geregistreerd worden. Geboortenbeperking werd een misdaad waarvoor je bestraft kon worden. Het was niet ongewoon dat een vrouw van tussen de twintig en dertig zich zeven à acht maal liet aborteren. Een kwart van de Roemeense vrouwen was daardoor verminkt.

'Die domme meiden,' zei de dokter geërgerd. 'Ze lieten zich aborteren door amateurs, door verpleeghulpen en dergelijke. Ze hadden professionele hulp moeten inroepen.'

Elena hield haar kind vast. 'Hoe hadden ze dat moeten betalen? Een dokter vroeg daar een maandsalaris voor. Een hele maand!'

'Jij had je over geld niet druk hoeven te maken.'

'Ik wilde iemand hebben om van te houden. Zij is alles wat ik heb.'

Terwijl wij zaten te praten, waren de rozen verwarmd door de lamp boven de tafel. De knoppen gingen open, zwaar en vochtig. Van onder de blaadjes en vanuit het hart van de bloemen kwamen kleine, lakzwarte torretjes tevoorschijn. Zij lieten hun vleugels drogen en zwermden toen uit over de tafel: in ons eten, ons drinken en onze haren. Zij maakten gretig gebruik van hun korte levensduur en paarden op de rozeblaadjes.

'Ik begrijp niet hoe jullie dit eten, verbouwd op dat land, door je keel kunnen krijgen.' Elena was opgestaan en sidderde terwijl ze sprak. 'Al die dode baby's... het is afgrijselijk!'

Tegen die zondag was de broodstaking weer geregeld. In de voorbereidingstijd tot de verkiezingen had de 'interimregering', het Nationale Bevrijdingsfront, de vrede gekocht. De partijfondsen werden besteed aan het winnen van stemmen en de disputen waren niet van lange duur. Aan de eisen werd voldaan. Er was voedsel voor enige weken in de winkels.

Het was een opluchting om weer brood te kunnen krijgen. Het was zo grijs als cement, met kleine stukjes rauw deeg onder de korst, maar het hiervoor gebruikte graan was volgens ouderwetse methodes bemest. Een in de rij staande klant riep ons enthousiast toe: 'Het is een wonder! Nu kunnen wij brood kopen *en* kaas *en* worst!' Vóór de revolutie moesten de Roemenen vaak alleen van brood bestaan. Ze kregen er natuurlijk last van hun maag door en de dokters schreven bekers kamillethee voor om fermentatie tegen te gaan.

De Roemenen waren geen moedig volk. Zij hadden zich altijd naar beste vermogen in het leven gehouden door liegen en bedriegen. Zij hadden beter verdiend, maar faalden – op enige uitzonderingen na – om méér te eisen. Waarom? Ceauşescu was een dictator geweest, maar hoeveel verzet hadden de Roemenen ieder voor zich geboden? Zij hadden goden nodig om te vereren en in op te gaan. Gezag werd gevreesd, maar men hield van discipline. In een tram had ik een passagier horen zeggen: 'Als Ceauşescu me méér te eten had gegeven, zou ik zijn kont gekust hebben.' Het volk werd vernederd, zodat het zich onder de voet liet verpletteren als zilvervisjes op de grond van een urinoir.

Wij namen afscheid. Vader Dinu vroeg of we hem wilden laten meerijden naar Sighişoara. Hij voelde zich niet op zijn gemak in Moldavië. 'En je hebt me nog altijd die mop niet verteld,' bracht hij me in herinnering. Zita en ik verzamelden onze bagage, maar de dokter, met haar dikke armen over de borst gekruist, blokkeerde de deur. Haar houding tegenover ons had zich gewijzigd nadat wij geweigerd hadden geld om te wisselen.

'Jullie hebt mijn eten gegeten, mijn wijn gedronken en in mijn bedden geslapen. Een hotel zou je daarvoor honderd dollar per nacht berekenen. Laten wij er vijftig van maken. Per persoon.' Nadat wij betaald hadden, waarschuwde zij: 'Kijk uit voor terroristen.'

# *Rijden met de beste man*

'Zij is veel rok en weinig verstand,' zei Kristan en wees over de smalle geul tussen de torenflats naar een vrouw die zich bij haar raam stond aan te kleden. Zij draaide zich naar links en rechts voor de spiegel, streek de stof glad over haar heupen en hield haar hoofd schuin om het resultaat te bekijken. 'Zij weet dat ik sta te kijken en ze doet het voor mij.' Ik vroeg me af hoe ze dat zou kunnen weten, want onze gordijnen waren dicht. 'Ik zal haar hebben. Geen probleem.'

Vader Dinu had ons naar Sighişoara geleid, een ingesloten, middeleeuwse stad in oker- en lavendeltinten, gelegen in Transsylvanië. De ouders van Kristan, oude vrienden van de priester, hadden ons verwelkomd als dierbare verwanten die ze lang niet gezien hadden. In zekere zin waren wij verwant, want de familie was Saksisch en woonde al dertig generaties lang in de Karpaten. Vóór de Decemberrevolutie had het aantal etnische Duitsers een kwart miljoen bedragen, maar in de paar maanden dat de grenzen open waren hadden zij zich in beweging gezet, huis en historie achter zich latend, om terug te keren naar het Vaderland dat zij nooit aanschouwd hadden. De gemeenschap, die haast even lang in Roemenië gevestigd was als de Normandiërs in Groot-Brittanië, was uiteengevallen. De familie van Kristan was van plan zich nog binnen een maand bij de exodus aan te sluiten.

Een ijle stof – kant, in onze verbeelding – spande om haar borsten. Haar huid had een rijke, rossigbruine kleur, als gebakken klei. Ze zou zowel een zigeunerin als een Slavische kunnen zijn.

'Geen zigeunerin,' zei Kristan. 'Die wonen daarginds, in de Kongo. Ze vrijen als wolvinnen en klauwen je huid tot je bloedt. Maar de Slavischen gaan achterover liggen en denken aan de oogst. Zij is een Slavische en ik wil haar plukken als een rijpe pruim en haar verzwelgen.'

Zita lag te dommelen in de kamer naast de onze, een dutje waar ze vlooien bij zou oplopen. Zij zou die doorgeven aan mij en ik zou ze weer doorgeven aan Winston; bij ons in de familie was gelijk delen belangrijk. Toen de vrouw klaar was met aankleden en wegging bij het raam, nam Kristan me mee naar de Kongo. Op de trap bleef hij staan om met twee buren in debat te treden over een lamp. De lamp was uitgebrand en beschuldigingen vlogen over en weer wie de lamp het meest gebruikt had. Kristan meende dat het de arbeider in ploegendienst moest zijn die 's nachts werkte. Hij was degene die het licht in de hal het vaakst opstak, dus moest hij betalen. 'Ik zal je de lamp tegen gereduceerde prijs verkopen,' bood Kristan aan. Hij was een goede zakenman.

De Kongo was een bouwvallige kazerne uit de tijd van de Habsburgers. De zigeuners hadden de ruïne in bezit genomen en naakte kinderen speelden in de modder terwijl hun ouders aan de kant hurkten. Open vuren brandden in het midden van de met rook gevulde krotten. Niemand lette op Kristan. 'De zigeuners hebben de beste bronnen om aan alle mogelijke artikelen te komen. Maar er zijn plaatsen waar zij niet heen kunnen,' vertelde hij. 'Ze zouden vermoord worden. Maar geen probleem, ik vul een gat in de markt. Ik zal het er goed vanaf brengen in het Westen, ja?'

Alleen via de zwarte markt kon men een ook maar enigermate normaal leven leiden. Bij de plannen voor de economie waren vele dagelijkse levensbehoeften over het hoofd gezien. Kristan dreef ruilhandel in gloeilampen tegen Amerikaanse sigaretten en verkocht scheermesjes voor dollars. Toen wij terugliepen naar zijn flatblok scheen hij verheugd.

'Moet je kijken.' Hij liet me een pakje Kent-sigaretten zien: de tweede valuta in Roemenië. Op de zwarte markt zou dit het equivalent van twee dagen loon zijn. 'Kun jij zien waar het vastgeplakt is?' Het cellofaan omhulsel van het pakje scheen intact. 'Ik heb het hier opengesneden,' legde hij uit. 'En ik heb Amerikaanse sigaretten vervangen door Roemeense. Dat vergroot mijn winstmarge.' Hij was trots op zijn handigheid.

'Maar wat gebeurt er als iemand dat ontdekt?'

Hij wuifde dit denkbeeld weg. 'Maandenlang rookt niemand ze. Ze worden zeker wel tien keer heen en weer verhandeld. En tegen de tijd dat er ontdekt wordt dat ze uit de Kongo afkomstig zijn, ben ik al lang weg.' Hij bleef even staan en wees naar het flatgebouw aan de overkant, waar de vrouw woonde. Het was wit en nieuw en stond bekend als het Vaticaan. Alle gebouwen hadden een bijnaam. Het blok van Kristan, het oudste in een lange rij woonkazernes, was een braakland genaamd de Bărăgan, naar de uitgestorven en door de wind geteisterde vlakte van Muntenië.

'Ik kan niet slapen omdat ik steeds aan haar denk,' bekende hij. 'Ik kom 's nachts mijn bed uit om naar haar te kijken. Ze is er altijd en draait daar in het rond.' Hij keek op zijn horloge en zuchtte. 'Zij is het enige dat ik zal missen wanneer wij deze gevangenis verlaten.'

Het middeleeuwse hart van Sighişoara had warme tinten: pruimkleurig, lila en het diepe rood van Bourgondische wijn. De dakpannen waren roestbruin en de straten geplaveid met bronskleurige keistenen. Vroeger had ik me Oost-Europa altijd in nuances van zwart en wit voorgesteld: als een getto van kleurloze ontbering. Dit foutieve denkbeeld moest bijgetint worden in kleuren die nieuw voor mij waren: het oker van het Hradčany in Praag, het blauw van Voroneţ en het lavendel van Sighişoara.

Winston klom door de hellende straten, overkoepeld door hoge puntgevels en overhangende dakranden. Bij iedere bocht van de steil oprijzende stadsmuren staken slanke torens op. De heuvel werd bekroond door de Bergkirche, een gebouw dat beelden opriep van middeleeuwse ridders die gevangengehouden jonkvrouwen kwamen bevrijden.

Transsylvanië was een citadel binnen de boog gevormd door de Karpaten. Romeinse legioenen waren de duistere wouden binnengetrokken om goud te delven. De Magyaren heersten duizend jaar over het plateau en lieten de Saksen zich hier in de steden vestigen om de grenzen van het rijk te verdedigen. De Duitsers transformeerden de gehuchten van lemen en tenen huisjes tot belangrijke handelscentra. Zij zetten nobele bouwwerken op en schiepen fraaie vestigingen waar vroeger niets had gestaan. Sighişoara was een van hun zeven versterkte steden, in de twaalfde eeuw gebouwd om de verwoestingen van Turken en Tartaren te weerstaan. De bergmuren, die de mensen zo lang beschermd hadden, werden echter een gevangenis waarbinnen men in getto's van onverdraagzaamheid leefde. Transsylvanië werd heen en weer gerukt tussen Hongarije en Roemenië als een kind waarover geen Salomonsoordeel kon worden uitgesproken. De achterdocht nam toe, buren keerden zich tegen buren, grieven werden als banieren meegedragen en de mensen bepaalden hun identiteit door middel van haat.

Het varken bleef talmend staan voor de deur van Vlad Dracul, het huis van de duivel, waaruit het rumoer van dronken stemmen opklonk. 'Het beste bier van Roemenië wordt in dit dal gebrouwen,' deelde Kristan mede en wees naar de beukenbossen in de verte. Hij voegde er kalmpjes aan toe: 'Maar het is niet zo goed als Duits bier.'

'Winston heeft nog geen Roemeens bier gedronken en ik heb zo'n dorst dat ik in mijn eentje een heel vat op kan,' overdreef Zita, terwijl ze zich stond te krabben.

Kristan ging naar binnen, maar kwam terug, achtervolgd door lallend gelach. 'Ze willen geen varken binnenlaten,' verkondigde hij.

'En ik voel ook niets voor het gezelschap van die stomme zakken. Wij zullen, wel verdraaid nog aan toe, hier midden op straat bier drinken.'

Winston likte de troebele vloeistof op uit een schotel en begon te boeren. Hij had in Tokaj zijn smaak voor bier ontwikkeld. Dronkelappen, die zó weggelopen konden zijn uit de boeken van Rabelais, staarden uit het raam van de kroeg. Dit huis, vertelde Kristan ons, was het geboortehuis van Vlad Dracul. De Roemenen meenden dat *drac*, het woord voor duivel, was afgeleid van de Draciërs, hun duivelse voorvaderen. Maar de uit de bergen afkomstige Dracula-legende was geweven rond de schanddaden van Vlad Draculs zoon, Vlad Ţepeş, die zijn vijanden uit de weg ruimde door ze op een spiets te steken. Eens had hij een heel gezantschap van Osmanen op die manier aan hun eind geholpen. De stam van de naam Ţepeş was terug te voeren op *ţeapa*: het Roemeense woord voor doorn.

Wij vonden onze weg over de keistenen naar een terrasvormig aangelegd kerkhof. De grafstenen van de bovenste rij droegen inscripties in gotisch schrift en markeerden de laatste rustplaatsen van de Duitsers. Het middenstuk was gereserveerd voor de Hongaren en op het onderste terras rustten de Roemenen.

'Nu is het precies omgekeerd,' zuchtte Kristan. 'Ceauşescu heeft eens gezegd dat er geen nationale minderheden meer in Roemenië zouden bestaan, alleen één socialistische natie. Hij begreep er niets van.' Dichtbij zat een gezin te picknicken; zij aten brood, feta (kaas) en radijsjes. De kinderen maakten slingers van paardebloemen. Hun vader haalde een speciale traktatie tevoorschijn, een sinaasappel, en plaagde zijn dochter door de vrucht langs haar wang te rollen vóór de schil er werd afgepeld. Maar in plaats van de sinaasappel in partjes te verdelen, beet hij er zó in, of het een appel was. Het sap liep langs hun gezichten. Na jaren van ontbering wisten de Roemenen niet meer hoe ze een sinaasappel moesten eten.

'Oh, mijn God,' zei Zita hees, 'waar is Winston?'

Wij gingen op onze schreden terug en vroegen naar hem bij de kroeg. De drinkebroers jouwden ons uit. De mensen in de rij voor de bakkerij hadden hem ook niet gezien en de politie was niet geïnteresseerd. Wij liepen om de hele citadel heen en keerden voor de goede orde naar het kerkhof terug, maar hij was nergens te vinden. Zita ging bij een graf op de grond liggen en jammerde: 'Ik zit onder de vlooien en Winston is verdwenen. Laat me hier maar achter om te sterven.'

Maar dat deden we natuurlijk niet. Wij namen haar mee terug naar de flat en troostten haar met synthetisch bananesap met een scheut rum, gemaakt van suikerbieten, erdoor. Er was niets anders in de flat te vinden dan sigaretten en gloeilampen en dus rookte Zita een Kent. Ik begreep niet waarom ze zich het ongemak van het varken op de hals had gehaald. Ik had zijn aanwezigheid gewoon aanvaard of het om een schoothond of een hoed waar ze op gesteld was ging. Maar nu hij weg was, begon ik mij voor het eerst ongerust over Winston te maken.

Kristan had zaken af te handelen in de naburige stad en liever dan Zita alleen te laten, haalden wij haar over om mee te gaan. Maar de Trabant had geen benzine meer en die was pas de volgende morgen te krijgen.

'Dat geeft niet,' zei Kristan, 'dan rijden wij met de beste man.'

Wij kochten geen kaartjes. De trein kwam binnen en Kristan installeerde ons in een eersteklas coupé. Hij zette zijn handelswaren in het bagagenet. Zita had in geen twintig jaar met een trein gereisd, maar het zachte schommelen van de wagon scheen haar te kalmeren.

'De prijs is vastgesteld op dertig procent van de normale waarde,' verklaarde Kristan en stelde ons kaartjes ter hand waarin ongeveer even veel gaten zaten als in een vergiet. Hij vouwde een bankbiljet onder het gebruikte kaartje. 'Geef dit aan de beste man als hij langskomt. Hij houdt dan het geld en knipt het kaartje. Geen probleem.'

In Roemenië komen de bruiloftsgasten met geld in plaats van geschenken. De 'beste man' is verantwoordelijk voor het verzamelen van het geld. De treinconducteurs hadden deze zelfde titel gekregen dankzij hun bereidheid om zich te laten omkopen.

'Niemand betaalt de volle prijs,' zei Kristan lachend, 'behalve de buitenlanders, maar die worden dan ook als melkkoeien beschouwd.'

'Maar waarom stop je dat geld dan zo weg?' informeerde Zita en wapperde met het bankbiljet. Kristan weerhield haar.

'Zodat niemand het ziet. Een dwaas heeft ook zijn trots.'

In Roemenië was corruptie geen ondeugd, maar een traditie. De Grieken van Constantinopel – de Phanarioten – die over het land regeerden toen het een Osmaanse vazalstaat was, waren uitzonderlijk corrupte lieden. Door hun onverzadigbare hebzucht hadden zij de hele maatschappij ontwricht. Ook onder het bewind van de daarop volgende koningen en dictators was de degradatie van de openbare moraal voortgegaan. Deze oude gewoonte hield zelfs na de Decemberrevolutie nog stand. Bij de eerste vrije verkiezingen in Roemenië werd er een miljoen stemmen méér uitgebracht dan er geregistreerde kiesgerechtigden waren. Het officiële nieuwsagentschap schreef dit verschil toe aan 'het enthousiasme voor democratie van de bevolking'.

'Maar je moet me niet verkeerd begrijpen,' maande Kristan aan. 'Wij hebben onze principes.' Voor hem kwam het blijkbaar aan op de wijze waarop men bedrog pleegde; hij was trots op zijn eigen initiatief en vernuft. 'Geen enkele ingenieur zou ooit aardappels verkopen op de zwarte markt.'

'Maar jij bent immers ingenieur?'

'Precies. En daarom verkoop ik dan ook gloeilampen en sigaretten. Geen probleem.' Zonder een woord te zeggen had de conducteur onze kaartjes geknipt en het smeergeld in ontvangst genomen. Voor een

Roemeen betekende de nieuwe democratie het recht om geld binnen te halen.

Tegen de middag verduisterde de hemel. De loodgrijze lucht was vol roet. De aarde zag zwart. Boomstammen waren verschroeid als gebrande kurk. Uit een vuile wolk kwam as neer. Kristan wees met een hoofdgebaar naar onze plaats van bestemming. 'Dit is Copşa Mică.'

Het vuil op het perron drong in onze kleren door. Kristan, onmiddellijk herkend, werd bestormd en deed zaken in een hoek van het stationsbuffet. Een oude zinkwerker met een zwart geworden blauwe baret bood lei-biljetten aan met handen die de kleur van grafiet hadden. Zijn ogen waren als bloedige messneden, de onderleden omlaaggetrokken door de hitte waarin hij gewerkt had; zijn mond lag als een litteken tussen zijn ingevallen wangen. Hij kon nauwelijks fluisteren, want zijn strottehoofd was aangetast. Hij wilde scheermesjes, hoewel zijn haarzakjes weggebrand waren. Een jonge vrouw die geen geld had, moest sigaretten hebben om haar dokter om te kopen en bood een kip aan. De transactie wond Kristan op. Zijn ogen werden glazig – iets dat ik tot dusver alleen in het Westen had gezien – en ze leken volkomen levenloos. Zita vertelde me dat ze thee met citroen wilde *en* Winston. Ik kon alleen surrogaatkoffie voor haar krijgen. Nog vóór de vloeistof was afgekoeld, lag er al roet op.

Aan de andere kant van de spoorrails braakte een duistere, satanische fabriek gitzwarte rook uit. De Carbocin-fabriek produceerde *negru de fum*, carbonzwart, het restprodukt van de verbranding van olie en gas, gebruikt bij het fabriceren van autobanden. Achter deze fabriek rees een nieuwe demon op: de IMN, waar lood en zink gesmolten werden. Eindeloze transportbanden ratelden en gierden achter gordijnen van rook en ergens op de achtergrond loeide telkens opnieuw een autoclaxon. Slaven, nauwelijks mensen meer, ademden en bewogen en ploeterden daar binnen de duistere muren. 'Ze zitten daar als in een val, natuurlijk,' zei Kristan toen we het station verlieten. 'Maar na de revolutie beseften wij dat we allemaal opgesloten zaten, als binnen de muren van een gevangenis. Maar jij en ik, wij zijn anders; wij kunnen ontsnappen.'

Rondom de fabriekscomplexen lag een trieste stad. Het nog diezelfde morgen opgekomen gras vormde de enige kleur. Binnen een paar uur zouden de lichtgroene grassprieten echter met roet bedekt zijn. Het wasgoed aan de lijnen zag zwart. De spits van de kerktoren was zwart. De auto met de loeiende claxon – een Dacia – die een aanhangwagen voorttrok, braakte giftige damp uit en reed zonder enig merkbaar doel in de straten rond.

Een boerin, wier huis nog geen vijftig meter van de hoogovens af lag, wenkte ons. In de inktzwarte grond van haar tuin stonden bloemen in nette rijen. Zij bood Zita een tulp aan, de bloembladen besmeurd met zwarte tranen van roet. 'Kom in de herfst terug,' zei de vrouw, 'dan zal ik u de tulpebol geven.' Zij sprak langzaam en precies. Het accent van Transsylvanië had de invloed van het Duits ondergaan. Naar men zei, gromden de honden in het noorden 'rrow-rrow', maar in het gelatiniseerde zuiden blaften zij 'wov-wov'.

In een bierkroeg, waar Kristan zijn laatste gloeilampen verkocht, keken de drinkers ons met onverbloemde vijandigheid aan, maar smoorden hun woede in hun gebarsten stenen bierkroezen. Een arbeider telde zijn loon na en overhandigde de biljetten aan Kristan. De zwarte markt was een noodzakelijk kwaad. De revolutie, met al haar beloftes, had niets gewijzigd. Dezelfde bureaucraten zaten nog achter dezelfde lessenaars, alleen waren hun partij-insignes nu vervangen door armbanden waar 'Vrij Roemenië' op stond.

Een dronkaard riep dat hij bedrogen was. Hij had de Roemeense sigaretten in het pakje Kent ontdekt. Na eerst heftig ontkend te hebben, gaf Kristan het geld terug, maar de mannen waren nijdig en uitten gegronde beschuldigingen. Een glas viel kapot. De eigenaar van de kroeg nam de telefoon op. Kristan nam zijn koffertje op en liep weg.

'Loop door,' commandeerde hij. 'Zij weten dat jullie buitenlanders zijn, jullie kunnen zonder angst weglopen.' De jarenlange leugens hadden de achterdocht jegens onbekenden versterkt.

'En jij?' vroeg ik, terwijl we ons omkeerden.

'Ga weg! Verdwijn, mof!' riep een dronkelap, 'en neem de Hongaren en de zigeuners mee!'

'Ik ben al weg,' zei Kristan. En dat gold ook voor Zita. 'Waar is je tante?'

Zij stond aan de overkant van de weg te praten met de chauffeur van de Dacia. Ik nam haar bij de arm.

'Wacht eens even! Ik snap niets van alles wat die man staat te vertellen.'

'Varkens,' zei Kristan zonder na te denken, en keek over zijn schouder naar de naderbij komende drinkebroer. 'Hij verkoopt varkens.' De boer, een lange, uitgemergelde man met wenkbrauwen die als wingerdranken neerhingen, gleed weg van achter het stuur. Hij deed het luik van de aanhangwagen open. Tussen de borstelige zwijnen en zware zeugen zat glimlachend een roze, als van marsepein gemaakt varken: Winston.

'Hé, Winston!' gilde Zita. 'Wat doet die stomme klootzak hier in die wagen?'

'We kunnen beter weggaan,' adviseerde Kristan. De mannen, bijeenstaand aan de andere kant van de weg, riepen scheldwoorden. Een dronken vent wierp ons de inhoud van zijn glas toe.

'We kunnen hem hier niet achterlaten,' zei Zita. Maar Winston scheen met alle plezier te willen blijven. Hij had een vriendinnetje gevonden. 'Hij lijdt aan claustrofobie.' De boer begreep het niet. Hij dacht dat Zita wilde pingelen over de prijs. Hij liet tien procent vallen. 'Je hebt hem gestolen.' Hij halveerde de prijs. 'Ik ben verdomme niet van plan je ook maar een cent te geven!'

Kristan, met zijn broek nat van het bier, hield aan: 'Wij moeten weggaan!'

'Ik heb me doodongerust over je gemaakt,' zei Zita tegen haar varken.

Het gebeurde allemaal tegelijk. Zita strekte haar handen uit en trok Winston weg van de zeug. De dronken kerel greep Kristan bij zijn kraag vast. De dronkelappen omringden de wagen. De varkens krijsten. De boer, niet bekend met Zita's onderhandelingstechniek, greep naar Winston. Zij gaf hem een klap op zijn neus. Vervolgens ging ze door haar rug. De politie arriveerde.

Zij drongen door de menigte: een lange agent met een smal snorretje en de andere zwetend en corpulent. Hun uniformen waren smerig en er zaten mosterdvlekken op hun manchetten. Zij zagen ons, de op de grond gevallen sigaretten en de bloedneus van de boer en concludeerden: 'Terroristen.'

'Toeristen,' verbeterde ik.

'Terroristen. Terroristen,' hielden zij vol en sloegen de dronken vent in zijn gezicht.

'Ik zal deze vuile dief eens even terroriseren, tenzij jullie hem arresteren,' liet Zita er onbehulpzaam op volgen.

Onze paspoorten interesseerden hen niet. Wij werden in de politieauto geduwd. Zita hield Winston omklemd. Kristan hield zijn dozen met koopwaar zorgvuldig vast. De groep dronken kerels werd verspreid. De Dacia met de aanhangwagen volgde ons naar het politiebureau.

De regen liet roetstrepen op de muren achter. Wij werden binnengebracht in een vertrek zo geel als urine; het rook er naar vocht. Bladders van de verf lagen verspreid op de gebarsten tegelvloer. Een lijst, waarin eens het portret van 'wijlen de dictator' had gezeten, hing nu leeg op een nieuw idool te wachten.

De inspecteur, een schaapachtige man, hield zijn ogen neergeslagen. Zita drukte Winston aan haar boezem en bekende: 'Ik heb hem een lel op zijn neus verkocht.' De boer eiste schadevergoeding. 'Hij kan van mij het heen-en-weer krijgen,' voegde zij er ter verduidelijking aan toe.

De inspecteur klikte met zijn tong en staarde aandachtig naar zijn nagels. 'Wij hebben democratie in Copşa Mică. U verstoort hier de gang van zaken.'

'Deze rotzak heeft mijn varken gegapt.'

'Zo zegt u tenminste.' De inspecteur sprak een soort Engels. 'Ja... Maar bewijzen? Bewijzen? Waar zijn zij?'

Wij moesten het bewijs leveren, maar Winstons papieren waren in Sighişoara achtergebleven. Toeristen reisden maar zelden met varkens rond, en boeren hielden over het algemeen varkens. De inspecteur trok zijn schouders op; zijn conclusie lag voor de hand. 'Dan hij is voor de boer. Wettelijk is wettelijk.'

'Je kunt me hier in jullie klotegevangenis zetten,' gaf Zita te kennen, 'maar Winston krijg je niet.'

De inspecteur zoog op zijn tanden. 'Nee, ik denk niet gevangenis. Was vroeger heel slecht... ja, slecht. Jullie nu weggaan.'

Kristan stond op. 'Zitten gaan, dank u,' zei de politieman. Kristan bleef staan.

'Is het niet mogelijk?' vroeg hij en legde een zak vol sigaretten op het bureau. De boer vloog overeind en begon te schreeuwen. De inspecteur bleef rustig zitten. Kristan verzocht ons hem te volgen. Wij gingen weg.

In de trein terug naar Sighişoara vergoedde ik Kristan het geld voor de sigaretten. 'Geen probleem,' zei hij.

Zita hield Winston vast. 'Probeer dat lolletje nog eens uit te halen, dan snijd ik je ballen eraf. Ik ben een oude dame. Ik kan doen wat ik wil.'

Kristan keek op zijn horloge. 'Ik zie haar vanavond.'

'Je vriendin?'

'Nee. Die is in Boekarest met het oog op haar buik.' Ze was zwanger. 'Maar abortus is nu legaal. Geen probleem. Vroeger was het vreselijk kostbaar.' Hij lachte. 'In dit leven is niets voor niets.'

'Je bedoelt dus dat je vanavond de Slavische ontmoet?'

Hij haalde zijn schouders op. 'Natuurlijk. In ieder geval is mijn vriendin een Roemeense en ik blijf hier niet. Ik ga naar huis.' Hij bedoelde hiermee niet zijn flat in de woonkazerne. Hij bedoelde Duitsland, het *Vaterland* dat hij nog nooit had aanschouwd... het *Drängen nach Westen.* 'Hier gaat het al sinds de middeleeuwen bergafwaarts.'

Het restaurant was gesloten en we hadden de hele dag niet gegeten. In onze hotelkamer vielen Zita en ik op een koud picknicksouper aan. Wij stopten onze monden vol met worst en kaas. Wij hadden wit brood – alleen verkrijgbaar op de zwarte markt – gekocht en dronken er een fles scherpe cognac bij. Wij waren uitgehongerd, maar nog sterker dan de honger was het gevoel in mensonwaardige omstandigheden te verkeren.

Winston keek ons achterdochtig aan. We waren vreemden geworden. Hij glipte onder het bed en keek toe hoe die twee andere dieren twistten om het laatste stuk kaas.

# *Woorden, woorden, woorden*

Het was gedurende een treinreis dat Zita Stefan, de verteller, had ontmoet. Genesteld in een hoek van de coupé, met de reizigers om zich verzameld als motten om het licht, bracht hij iedereen onder bekoring. Hij had de gave van het woord en van zijn verhalen ging toverkracht uit. Stefan vertelde over strijd en heldhaftigheid, teruggrijpend op een rijke epische traditie, en als hij sprak schenen alle ongewisheden van het leven zich op te lossen in stralende zekerheid. De kinderen van Oost-Europa geloofden de verhalen die zij te horen kregen en hun lange treinreis door de nacht leek kort van duur.

Treinen fascineerden Stefan. Hij was in de Oriënt Expres geboren. Zijn moeder was haastig uit Parijs vertrokken om haar enig kind in Roemenië ter wereld te brengen. Haar barensweeën begonnen aan de grens. De conducteur, een norse, zwetende Slaaf, had de taak van vroedvrouw op zich genomen. Een stel soldaten droeg met veel gemors kommen water aan dat zij uit de locomotief hadden getapt. Toen Stefan opgroeide nam zijn vader, een lokettist bij de spoorwegen, hem mee om naar de treinen te kijken. In zijn notitieboek met fijne lijntjes schreef de jongen de tijden op waarop de Sophia of Karpaty Expres vertrok en aankwam en het aantal wagons van de goederentreinen. 's Avonds, vóór hij ging slapen, vertelde hij zijn moeder verhalen die hij fantaseerde over de passagiers en de goederen van de treinen. Treinen waren zijn hartstocht. Hij zag zijn vrouw voor het eerst vanuit een trein. Hij ontmoette Peter en Zita in een trein. En hij doodde een man in een trein.

Na de oorlog, toen heel Europa door een koorts van idealisme werd aangegrepen, was Peter van Hongarije naar Roemenië gegaan om de FND – het Nationaal Democratisch Front – bij te staan in de greep naar de macht. De Roemeense traditie van het manipuleren van de verkiezingen was een erfstuk uit de vorige eeuw. De mensen die hun stem wilden uitbrengen, werden bestookt door de politie, de leiders van de oppositie werden gevangengezet en de overwinning werd zekergesteld. Slechts weinigen hadden de moed om in verzet te komen. Stefan was een jonge activist, toegewezen aan mijn oom om hem te helpen bij het aanwerven van sympathiserende medewerkers. Het was de gebruikelijke opzet: spoorwegmensen werden uitgerust met metalen knuppels en de steden ingezonden om de novemberverkiezingen te ontwrichten. De actie had succes.

Mijn oom en de verhalenverteller gingen samen per trein het hele land door. Stefan zat voortdurend verhalen te vertellen, zijn ogen fonkelend achter zijn bril met het verbogen montuur van ijzerdraad en onderwijl met zijn hand door zijn wilde, rode krullen woelend. Het boeide hem over woorden te beschikken die de mensen niet alleen amuseerden, maar ook hun mening konden beïnvloeden. In die duistere dagen gaven zijn verhalen de mensen hoop en hij begon te geloven dat hij hen kon helpen om de waarheid in te zien.

Op een van zijn recruteringstochten ging Stefan in zijn eentje met de Transsylvanië-nachttrein naar Cluj. In zijn coupé zat een student die een deel van zijn jonge leven in Frankrijk had doorgebracht. De twee jongemannen wisselden wijn en geestdriftige verhalen uit. Met Franse welsprekendheid hield de student een lofzang op Parijs, op de schoonheid van de vrouwen en de weidsheid van de Seine. Stefan, die zelfs nog nooit aan Frankrijk gedacht had, kwam onder de betovering. Hij dronk ieder woord gretig in en schiep Parijs in zijn gedachten. De student had een net geweven waaruit Stefan zijn hele verdere leven niet meer zou loskomen.

De drank maakte hun tongen los en het gesprek kwam op politiek. Stefan was ervan overtuigd dat zijn nieuwe kameraad zijn inzichten zou delen, maar in plaats daarvan bleek de onbekende een vurig royalist te zijn. Hij bekende naar Roemenië te zijn teruggekeerd om te vechten voor de Nationale Boerenpartij – waarvan de leiders reeds gearresteerd waren – en hij geloofde hartstochtelijk aan de restauratie van de monarchie.

Stefan hoorde dit alles met ontzetting aan. Hij werd stil en deed of hij sliep. Maar zijn gedachten werkten op topsnelheid. Bij het morgengloren kon hij de ander niet meer recht in de ogen zien. Hij was tot een besluit gekomen. In Cluj ging hij naar de politie en de student werd gearresteerd. Later – zoals het rapport van de Volksrechtbank vermeldde – had hij zich opgehangen in zijn cel.

Door zijn waakzaamheid oogstte Stefan veel lof. De bevoorrechte wereld van de *nomenklatura* ging voor hem open. Hij trad toe tot de elite die over de nieuwe republiek heerste. Maar hij kwam het incident nooit te boven en schuld vrat als een made aan zijn geweten. Hij kreeg vreselijk last van wagenziekte, zodat hij niet meer per trein kon reizen en zijn dagen als agitator waren voorbij. Hij gaf er nu de voorkeur aan om thuis te blijven om in zijn eigen bed te slapen en hem vertrouwde maaltijden te eten.

Maar een verteller zonder iemand om zijn verhalen aan te vertellen is een ongelukkig mens. Er werd hem een betrekking aangeboden op de Afdeling Pers en Propaganda. Zijn liefde voor woorden zou een schrijver van hem maken. Hij sloot zich echter af voor de wereld. De taal was voor hem niet langer het venster van de geest, maar werd een gordijn dat hij ervóór kon trekken. De ironie van het geval wilde dat hij in de Franse sectie tewerk werd gesteld. Zijn opdracht luidde dat hij niet moest informeren, maar beïnvloeden. Hij moest de francofiele gevoelens in Roemenië aantasten. Zijn subtiel geschreven artikelen deden méér mensen van mening veranderen dan duizend giftige toespraken tot stand hadden kunnen brengen. Boekarest was niet langer het Parijs van de Balkan en wilde dit ook niet meer zijn.

Stefan paarde kundigheid aan politieke loyaliteit: een ongebruikelijke combinatie. Hij rees snel in rang, woorden en inzichten als was knedend, maar hoe hoger zijn carrière hem voerde des te groter werd zijn wroeging. Hij hield zich steeds strenger aan de officiële gedragslijn om zichzelf te overtuigen dat zijn actie destijds juist was geweest.

Frankrijk werd een obsessie voor hem. Na beschuldigingen aan het adres van De Gaulle of kritiek op de zedenverwildering in het *seizième arrondissement* geuit te hebben, zat hij heimelijk vol aandacht gebogen over plattegronden van Parijs. Zowel hij als zijn vrouw leerde zichzelf Frans. Hij was een compulsieve lezer en voor zijn geestesoog rezen meisjes op die met bloemen versierde hoedjes droegen en stonden te lachen aan de oever van de Seine. Hij danste de hele nacht met hen in het *Elysée-Montmartre* en daarna dronk hij bittere koffie bij *Les Deux Magots.* Het gouden zonlicht speelde over de koperen daken en onder de parasols op de Place du Tertre zaten schilders te geeuwen. Hij leerde die onbekende stad beter kennen dan zijn eigen stad, misschien nog beter dan de Parijzenaars zelf.

De woordensmid kwam in de gunst. Hij noemde de gehate leider 'de meest beminde zoon van het volk'. Diens echtgenote, een lompe, primitieve vrouw, beschreef hij als 'de legendarische moeder uit de sprookjes van onze jeugd'. Hij loofde de dictatuur, die de elektriciteit rantsoeneerde tot twee uur per dag, als 'de jaren des lichts'. De taal werd een leugen. Stefan, met zijn gladde, gewiekste pen maakte het geschreven woord onleesbaar. En zou het blijven maken zolang hij de massa met zijn retoriek wist te bespelen. Hij werkte even fnuikend op de oppositie en hun kans om alternatieve politieke denkbeelden te ontplooien als de geheime politie met hun knuppels en gevangeniscellen. Zijn aan de ideologie ontleende jargon werd de enige taal om in te discussiëren. Hij onteerde het woord.

Vroeger was Boekarest een tintelende stad geweest, een Parijs in het klein, met veel ruimte en grote boulevards, met intieme cafés en rustige meren. In de zachte, Latijnse lucht hing toen de geur van de oriënt en er vlogen zwermen parkieten rond. Als de avond viel onder het bladerdak van linden en kastanjebomen plachten de paartjes over de Calea Victoriei te flaneren, van restaurant naar bazaar, om te gaan dineren met vrienden of te dansen in het Athenaeum. Maar nu was het hart uit de stad gerukt. In plaats van de door paarden getrokken *trăsuri* reden roestige trams ratelend door de uitgestorven straten. Nog in geen jaar tijd had de joviale leider een tiental kerken, twee kloosters, een synagoge en negenduizend woonhuizen laten afbreken voor de aanleg van zijn Avenue van de Overwinning van het Socialisme. Hij had het stadsplan gewijzigd met even veel doorzicht als een kind dat zandkastelen bouwt.

In een lommerrijke hoek van de tweede sector waren de straten naar componisten genoemd. Stefan en zijn vrouw Antonietta woonden op de Saint-Saens, in een kleine villa, omrankt door wingerd en blauwe regen. Een tinnen Eiffeltoren nam de ereplaats op de schoorsteenmantel in. Ingelijste ansichtkaarten uit Parijs hingen aan de muur. Antonietta, een vrouw met een bochel, was in het zwart gekleed. Zij was helemaal alleen, op een kom met een goudvis na die zij tegen haar boezem geklemd hield.

'Je regrette, mon mari est parti,' deelde zij ons mee. (Het spijt me, mijn man is vertrokken.)

Toen Roemenië, uitgestrekt op een folterrek van weerzinwekkende waanzin, tot revolutie begon over te gaan, had de propagandamachine Stefan verslonden. Waarheid was niet meer van leugen te onderscheiden en de kloof tussen werkelijkheid en illusie werd steeds dieper. 'De rechtvaardigste vrouw van de wereld' liet haar minister van Oorlog terechtstellen. 'Onze God in mensengedaante, de man van de historie en de eeuwigheid' liet vreedzaam demonstrerende burgers doodschieten. Stefan werkte tot laat in de nacht om de leugens in de juiste vorm te gieten en de misdaden te verdoezelen. Het einde kwam voor hem op een zaterdag, nadat het personeel was vertrokken om in de rij te gaan staan voor levensmiddelen. Stefan was alleen op de afdeling, bezig met het schrijven van een stuk over het diamantenschandaal rond Bokassa. Hij reikte naar een bak met kranteknipsels, bovenop een hoge stapel. De stapel wankelde en stortte toen als een kaartenhuis ineen. De bakken vol onwaarheden kwamen op hem terecht. Hij lag daar genageld onder het gewicht van zijn eigen leugens.

Toen zij hem op maandagmorgen vonden, haalde hij nog maar zwakjes adem. Er kwam een ziekenwagen – hoewel vervoer per ambulance over het algemeen verboden was voor mensen van zestig jaar en ouder – en in het ziekenhuis werden zijn gebroken ribben gezet. Maar op de röntgenfoto werden tumors ontdekt. Stefan leed aan keelkanker en had nog maar enkele maanden te leven.

Terwijl het volk zich voorbereidde om de vleugels uit te slaan, veroordeelde Stefans lichaam hem tot slavernij. Vanuit zijn bed in het ziekenhuis zag hij zich koffie – echte koffie – drinken op de Boulevard St. Michel. Hij wilde verse croissants proeven en de boter langs zijn kin voelen druipen. Hij kon die droom niet onvervuld door zijn vingers laten glippen; hij *moest* Parijs zien.

In een kleine, selecte kring waren de geruchten over plannen voor de Decembercoup doorgedrongen. Ceauşescu zou verwijderd worden. Het advies aan bevriende personen luidde om zich op de achtergrond te houden; het doel was verandering van leider, maar niet van stelsel. Kerstmis was een goed moment om het land uit te zijn. Er werd gezorgd dat Stefan een paspoort kreeg. Hij kocht een eersteklaskaartje. Op het Gara de Nord, waar straatkinderen in binnenkomende treinen klauterden om naar artikelen van waarde te zoeken, stapte hij in de Oriënt Expres. Toen de trein zich in beweging zette, met een gefluit uit de verte en een heftige schok, viel hij in slaap en droomde van Parijse daken en schoorstenen. Hij werd niet meer wakker.

De revolutie die een paar dagen later uitbrak, was een zorgvuldig in elkaar gezet *pièce de Théâtre*. De hele toestand werd door de Securitate geënsceneerd. Het gebulder van hun geschut vervulde de lucht en zij wendden voor verslagen te zijn. Hun granaten sloegen in het Museum voor Schone Kunsten op de Piata. Hun geweervuur vernietigde Vlaamse en Italiaanse kunstschatten. Zij staken de Nationale Bibliotheek in brand en een half miljoen boeken ging verloren. Maar het gebouw van hun Centraal Comité, dat op hetzelfde plein stond, bleef onbeschadigd.

Antonietta wilde niet dat wij bij haar thuis zouden slapen. '*Ne marchez pas sur mes plates-bandes*' (Loop niet op mijn bloemperken), zei ze. Wij verbleven in een vervallen hotel in *art déco*-stijl, met een hal vol kakkerlakken en prostituées. Een oudmodische open lift sukkelde zachtjes met hen naar boven. Wij vingen brokstukken – in alle mogelijke talen – van de 'vraag-en-aanbod'-gesprekken met de hoeren op, terwijl de lift van de ene verdieping naar de andere ging. De gangen roken naar goedkope sigaretten en synthetische parfum. Zodra het donker werd, schenen de muren te kreunen.

'Wij moeten Antonietta helpen,' zei Zita. Maar de volgende morgen bleef zij in bed, met een kussen over haar hoofd, en smeekte: 'Haal een ijszak voor op mijn hoofd.' Ze had een nacht vol nachtmerries gehad. 'Ik heb gedroomd dat ik door dit hele klereland rondgereden werd, en de auto gilde als een kwaaie heks, en overal stonden... hoe noem je dat nou... richtingaanwijzers naar Azië.' Zij had hoofdpijn. Ook Winston maakte een troosteloze indruk. Zijn staart, gewoonlijk gekruld tot een jolige kurketrekker, hing slap neer als een stuk spaghetti. 'Jij moet maar voor Antonietta zorgen. Ik kan er niet meer tegenop. De ene na de andere gaat dood.' Zij stak een sigaret op en de rook golfde om haar kussen. 'Ik ga vandaag naar de kapper.'

Antonietta wilde naar de kust en drong er, in haar kwetterende Frans, op aan met de trein te reizen. Ik ging met nog tachtig anderen in de rij staan voor kaartjes voor een loket in een onverlichte en ongeventileerde ruimte. De plaatsreserveringen, die verplicht waren, werden pas verkocht dertig minuten vóór de trein vertrok. Achter haar tralievenster las de lokettiste geeuwend de krant.

De trein zat zo propvol dat je onmogelijk door de corridor kon lopen. Op de tussenstations, waar de aankondigingen vooraf werden gegaan door de eerste maten van het volkslied 'Ontwaakt, Roemenië, uit je slaap des doods', werkten de passagiers zich door de ramen van de coupé naar buiten. Een vette bureaucraat in een gekreukt nylonpak en een das waar hij eten over gemorst had, stak een krant in zijn tas en begon in zijn tanden te peuteren. Een moeder voedde haar baby aan de borst en toen het kind in zijn broek had geplast, hing ze de met urine bevlekte broek uit het raam om te drogen. Op het bagagerek lag een zak vol rauw vlees, waaruit bloed droop over de pyjama van het kind. Grote, zware pakken, gewikkeld in waspapier of in oude dekens geknoopt, werden in de wagons gehesen. Ze werden opgeslagen op de toiletten en bewaakt door boerenvrouwen die achterdochtig door een kier in de deur tuurden. Overal zaten jongens met helmen als puddingvormen op hun nagels te bijten en met hun kalashnikovs te spelen.

Antonietta wilde Emil, haar goudvis, de Zwarte Zee laten zien. Hij zwom in een kom op haar schoot rond. 'N'ayez pas peur' (Wees maar niet bang), zei ze. 'Dit zijn mensen van goede trouw,' vervolgde zij. 'Zij beschermen ons tegen de terroristen.' Elke Roemeen had ons gewaarschuwd voor terroristen en de mensen van goede trouw geprezen.

'Maar wie zijn dat dan?' vroeg ik.

'Mais t'es fou, hein!' (Jij bent gek!) riep zij uit. 'Iedereen weet dat de terroristen dolle honden zijn. Zij proberen het televisiegebouw op te blazen!'

Maar niemand wist het. De pers waarschuwde voor het gevaar van terroristen, maar trad niet in bijzonderheden. De aanduidingen waren vaag, maar werkten op het gemoed en waren op meerdere wijzen te verklaren. Niemand twijfelde aan de waarheid van die waarschuwingen. Het was even suggestief als het kwaad dat in sprookjes alleen aangeduid, maar niet omschreven wordt.

Na de revolutie had het volk geëist dat er een eind zou komen aan de jaren van 'de houten tong'. De waarheid en niets dan de waarheid moest verteld worden. Maar Stefan en zijn discipelen hadden bombast van de taal gemaakt. De mensen kwamen tot de conclusie dat er nieuwe woorden gemaakt moesten worden. Maar de nieuwe uitdrukkingen, in dezelfde vorm als voorheen gegoten, verloren al snel hun waarde. Het woord, onze kostbaarste hulpbron, had zijn betekenis verloren.

'Terroristen zijn slechte mensen; ze zijn in het zwart gekleed en ze schieten 's nachts de mensen dood,' verklaarde Antonietta. 'Maar mensen van goede trouw,' vervolgde zij, 'dat betekent – ik leg je dit uit, zodat je het niet hoeft te vragen – dat je Roemenië liefhebt en dat je de herinnering aan de helden van de revolutie niet zult onteren.'

'Dus ik ben een mens van goede trouw?'

Zij giechelde zo hard dat haar bochel er van schudde. 'Mais non, je begrijpt er niets van. Je bent een buitenlander, dus misschien zou je ook een terrorist kunnen zijn.' Zij raakte mijn hand aan, plotseling weer ernstig. 'Maar niet in werkelijkheid, natuurlijk. Ik ken je immers.'

'De mensen van goede trouw' waren – zoals bleek – de aanhangers van het Nationale Bevrijdingsfront, de communisten die een paleisrevolutie op touw hadden gezet en die voor een werkelijke revolutie hadden uitgegeven. Met goede trouw hadden zij niets te maken. En al evenmin hadden 'terroristen' veel te maken met terreur. Het waren alleen mensen die het oneens waren met de regering. Indien de pers, die in dezelfde handen was gebleven, een artikel afdrukte met de titel 'De Oppositie verenigt zich met de Terroristen', dan kon deze bewering niet weerlegd worden, omdat de betekenis van dat woord nooit gedefinieerd was. Dergelijke begrippen en nog vele andere, zoals bourgeoisie, vijand van het volk, koelak, terrorist, werden verwrongen om te passen bij de politieke behoeften van dat moment. En het bedrog werd zonder meer aanvaard.

De trein stopte met een luid gepiep van remmen die nooit van olie werden voorzien. Bij Mangalia kwamen de spoorrails uit bij de Zwarte Zee. Het koude, blauwgroene water klotste tegen het zachte zandstrand. Mijn plaats van bestemming was niet meer het einde van mijn tocht.

Terwijl wij langs de kust wandelden, Antonietta met de goudviskom onder haar arm, zei ze: 'Je zult je wel afvragen hoe een vrouw met een bochel zo'n intellectuele man heeft weten te strikken.'

'Ik weet dat jullie elkaar in een trein ontmoet hebben.'

'Niet *in* een trein. Alors, c'est une histoire vraie et bien amoureuse.' (Het is een verhaal over de liefde en waar gebeurd.) 'Ik was de dochter van de stationschef. Mijn vader haatte me. "Jij sterft als oude maagd," zei hij, "niemand zal jou met je bochel willen trouwen." Maar ik zei: "Idioot, ik zou dit weekend nog een man kunnen hebben." Die ouwe dwaas lachte als een jakhals.

'Et alors... elke dag komt de Bucureşti-Expres in ons station aan. En elke dag zit ik daar op mijn bank en trek mijn rok een beetje hoger op. Maandag laat ik mijn enkels zien. En dinsdag mijn kuiten; op woensdagmiddag zat mijn rok boven mijn knieën. Goede knieën, zie je wel? Die donderdag liet ik een stukje dijbeen zien en op vrijdag...' Ze liet een kakelend lachje horen. 'Et voilà: 's zaterdags stapte Stefan de trein uit en nam mij bij de hand. Hij had alles gezien; nu ja, zo goed als alles. In een week tijd was hij de mijne. Wie had mij, met mijn bochel, willen trouwen, behalve een man van goede trouw?' besloot zij.

Antonietta hief de kom op en liet de vis de zee zien. 'Voilà, mon brave... kijk maar eens goed. Jij bent thuis.' Maar het glas van de goudviskom werkte als een spiegel. De buitenwereld ging schuil en de vis zag alleen wat hij altijd had gezien: zichzelf.

Er liep een duistere stroom door het leven in Roemenië, een vloed van frustratie en angst. Het land ontvouwde zich als de *Carmina Burana* van Karl Orff: in een redeloos ritme, als het geluid van vele individuele stemmen die gedwongen worden één enkele stem te produceren... wanklanken, chaotisch, demonisch en uiteindelijk vol menselijke tragiek.

Een Roemeense vlag, blauw, geel en rood, met de gehate hamer en sikkel eruit gesneden, hing slap in de stille lucht boven een wachtpost. Een korte tijd had het geleken of de doden niet tevergeefs gestorven waren, of de duizenden die tijdens de decemberrellen het leven hadden verloren ertoe bijgedragen hadden om Roemenië op te stuwen naar hervorming. In het begin spraken de mensen openlijk; de politieke partijen debatteerden; er werden onafhankelijke kranten uitgegeven en de democratie gedijde. Maar al spoedig werden de stemmen verstikt. De doden waren voor niets gestorven en alle gebrachte offers waren even onbeduidend als het krabben van kippen in het zand. Er was niets veranderd. Het duister viel opnieuw en de vlag, het teken van bevrijding, was alleen nog een van de vele symbolen zonder betekenis.

# *Moskou*

# *Communisme en constipatie*

Anna Karenina had zich voor een trein geworpen. Dat schoot mij te binnen terwijl ik naar Zita keek die bij het raam stond. Zou Anna ook last van constipatie gehad hebben? Het toilet van onze wagon zat al vanaf de grens op slot.

'Sinds wij Berlijn verlaten hebben, heb ik al last van verstopping,' deelde Zita de conducteur in haar feilloze Russisch mede. Wij hadden wekenlang varkenskarbonade en *Knödel* te eten gekregen en dit had een heel ongunstige uitwerking op onze darmen gehad. 'Wat gebeurt er als we plotseling nodig moeten?' Er werd ons thee aangeboden uit de samovar, opgediend in metaalachtige kopjes met een afbeelding van de aardbol en het Kremlin, omcirkeld door spoetniks. Maar verder bleef alles zoals het was: er bestonden nu eenmaal regels en die had men te gehoorzamen.

Het was een wereld vol kalashnikovs. De trein werd omringd door soldaten en de grenswachten kwamen met zaklantaarns de wagons in. Het licht was uitgevallen.

'U moet in uw coupé blijven zitten,' luidde het bevel. Wij zaten met anderen in onze coupé. Een arrogant Roemeens echtpaar dat ons steeds met minachting had behandeld, veranderde tijdens de inspectie van de douane in een paar boetvaardige schoolkinderen. De vrouwelijke douanebeambte stond zeer kritisch ten opzichte van hun declaratie.

'Die ring. Is dat goud?'

De vrouw liet haar trouwring zien. 'Het is niets bijzonders.'

'Waar heeft u hem gekocht?'

'In Roemenië,' antwoordde haar echtgenoot. 'Het is maar een Roemeense ring.'

De beambte noteerde de bijzonderheden, stempelde het document tweemaal en wendde zich toen tot ons. Zij wilde het geld zien dat we bij ons hadden.

'Heeft u goud bij u?'

Zita deed haar mond open en wees naar haar nieuwe Hongaarse gebit. De vrouw negeerde dit gebaar. 'Heeft u een opgave van al uw artikelen van waarde? Fototoestellen en horloges, valuta, aandelen en obligaties?' Ja, dat hadden wij. 'Heeft u een radiotoestel of ontvanger?

Heeft u anti-sovjetboeken, -tijdschriften of springstof?' Wij schudden het hoofd. Onze papieren werden tweemaal afgestempeld, maar ze wierp ons een achterdochtige blik toe vóór zij verderging naar de volgende coupé.

Twee soldaten volgden, met hun kleine petten achterop het hoofd, en wezen dat wij naar de corridor moesten. Zita had er bezwaar tegen te moeten staan, maar de soldaten hielden vol. De coupé moest aan een onderzoek worden onderworpen. Zij richtten hun zaklantaarns op de bezittingen van onze medepassagiers: nieuwe koffers, verpakt in plastic en met touwen omwikkeld, en keken onder de banken. Alles was blijkbaar in orde. Zij bekeken onze bagage. Die was nog vochtig. De jongste van de twee deed zijn pet af, ging op zijn knieën liggen en tilde de zitting van een bank op om de ruimte daaronder te bekijken. Het licht van zijn lantaren viel op Winston die dankzij een flinke dosis Mogadon lekker lag te slapen op een reisdeken. De Roemenen stonden afwijzend tegenover hun uit de kluiten gewassen medereiziger die allesbehalve welkom was. De soldaten eisten uitleg, maar Zita was bang dat Winston wakker gemaakt zou worden. Zij duwde de zitting van de bank steeds opnieuw naar beneden, maar deze werd prompt weer opgeslagen door alle functionarissen die de blinde passagier wensten te zien.

'U stoort hem in zijn slaap,' was het enige dat ze zei. Wij konden echter een verklaring van een dierenarts overleggen, een document dat wij uit voorzorg in het Russisch hadden laten vertalen, en dit kalmeerde de gemoederen enigszins.

'Maar ik heb u immers gevraagd of u levensmiddelen bij u had!' zei de douanebeambte beschuldigend en als Winston wakker was geweest, zou hij zich beledigd hebben gevoeld.

De Roemenen drongen aan op een plaats in een andere coupé en wij waren dankbaar voor de extra ruimte. De trein was benauwd en smerig. De ramen zaten dichtgegrendeld. Wij voelden ons opgesloten en het eindeloze, vlakke landschap dat zich in het licht van de nieuwe dag voor ons ontvouwde, veranderde niets aan dat gevoel van beperking. De steppe strekte zich tot aan de horizon uit, maar ondanks die reusachtige open ruimte leek het grootste land ter wereld maar klein.

De berken aan de kant van de weg dansten niet. Zij stonden, kaarsrecht en hoog, in ordelijke rijen aan de rand van de grote vlaktes. 'Als het bos gekapt wordt,' zeggen de Russen, 'dan vliegen de spaanders in het rond.' De miljoenen die tijdens de Terreur omgekomen waren, stonden bekend als de spaanders van Stalin. Peter had geen familieleden meer in Rusland. Zijn vader was een van de slachtoffers. Toen de politie hem, kort voor de morgenschemering, kwam halen, had hij geen verzet geboden. 'Hij heeft me dus voorgelogen. Hij is steeds tegen de Partij geweest,' had Peters moeder gezegd. De politiemannen, somber en verveeld, hadden haar gevraagd het een en ander voor haar man in te pakken. Zij had geweigerd. Hij was tenslotte een vijand van de Partij. Zij belette hem om zijn slapende zoon een afscheidskus te geven. 'Mijn kind heeft geen vader.' Een jaar later was ook zij in een werkkamp gestorven.

De Donau Expres doorkruiste enorme dennenwouden en reed daarna door moerasgebieden vol biezen en waterlelies. Witte lichamen, uit de winterslaap opduikend als mollen, stonden op de boeg van houten boten en doken het ijzige water in. De dorpen waren uit hout opgetrokken; op de verweerde huisjes van houtblokken of planken stonden zelfgemaakte televisieantennes, samengeflanst uit ijzerdraad en tin. Houten hekjes omsloten bloeiende vruchtbomen. Op de pastelgele perrons van de stations – allemaal tsaristische koepels en byzantijnse bogen – hielden gedrongen vrouwen jongetjes met dikke dijen bij de hand. Anna Karenina zou het landvolk herkend hebben, maar de banieren met 'Hulde aan het glorierijke volk' zouden haar niet vertrouwd zijn geweest.

De vorige morgen hadden wij Boekarest verlaten. Op de weg die de stad uit voerde bij de zwavelfabriek, was ik in een grote, met water gevulde kuil gereden en de motor was afgeslagen. Zita had plotseling gezien dat er stoom uit de grond oprees. Winston krijste toen de auto begon weg te zinken. Wij krabbelden haastig naar buiten en het asfalt spleet open. Ik haalde onze koffers uit de auto terwijl er warm water om mijn voeten golfde. Een menigte verzamelde zich om ons heen. De grond die toch al overal vol diepe gaten zat spleet steeds verder open en langzaam, als een groot passagiersschip dat ergens in het noorden van de Atlantische Oceaan ten onder gaat, zonk de Trabant in de kokende draaikolk weg. Hij verdween uit het gezicht. Een enorm verwarmingskanaal was gebarsten en wij waren onze auto kwijt.

Het kostte mij de rest van de morgen om mijn tante ervan te overtuigen om per trein naar Moskou te gaan. Het had geen zin een andere auto te kopen; daar moest je tien jaar voor op de wachtlijst staan. Onderweg naar de grens zat zij stijf rechtop en ze scheen opgelucht toen de Roemenen weigerden ons te laten vertrekken. Onze papieren toonden aan dat wij het land met een Trabant binnengekomen waren. Wij konden Roemenië dus niet zonder Trabant verlaten. Hoewel wij de zaak verklaarden, toegelicht met Polaroidfoto's, bleven zij bij hun standpunt. Als de auto werkelijk in de grond was gezonken, iets wat zij overigens niet geloofden, dienden wij terug te keren naar Boekarest voor het benodigde formulier. Zij waren ervan overtuigd dat de auto op de zwarte markt verkocht was en wij mochten onze reis alleen vervolgen in ruil voor Winston. Maar dat – zei Zita – was een te hoge prijs om te betalen.

Wij trokken ons gepikeerd terug. Zita wilde De Dag van de Victorie in Moskou meemaken en wij hadden geen tijd om naar Boekarest terug te gaan. Met een scheermesje sneed ik de bladzijde waarop de Trabant genoemd werd uit mijn paspoort. Wij namen de volgende trein. Inmiddels waren er andere grenswachten. Wij werden doorgewenkt naar de Sovjetunie.

Toen wij door de buitenwijken van Moskou reden, kwam Zita uit het stinkende toilet tevoorschijn, omhuld door de geur van Roger-et-Gallet-zeep en geparfumeerde poeder. Zij had haar dunne haar met een strik samengebonden. Zij verkondigde dat zij van plan was naar Lenin te gaan.

'Hij is dood, Zita.'

'Je zou het anders nauwelijks willen geloven.' Als we uit het raam keken, zagen wij in de schaduw van de alomtegenwoordige torenflats nog steeds banieren met zijn portret. De mensen zaten bij grote verwarmingspijpen te picknicken, met Lenins beeltenis op hun borst gespeld en zijn profiel prijkte nog steeds in de kaders boven de krantekoppen. Maar nu zou hij al spoedig dood en voor altijd verdwenen zijn.

'Je oom en ik hebben getracht een bezoek aan zijn mausoleum te brengen, maar zonder veel succes. Deze keer zal niets mij weerhouden.'

De Donau Expres rolde het Kievski-station binnen. De reis vanuit Roemenië had dertig uur geduurd, maar we kwamen op tijd aan. Het was 9 mei: de Dag van de Victorie, waarop het einde van de Grote Vaderlandse Oorlog gevierd werd en het was tevens de gedenkdag van het huwelijk van Peter en Zita.

'Op tijd!' Sasja kwam ons tegemoet, knetterend als een opgeladen condensator. Als hij sprak schudde zijn hele lichaam door de ontlading en de vonken vlogen van zijn vingertoppen. 'Altijd op tijd. Er is geen brood in de winkels, maar de treinen rijden op tijd.'

Ik vroeg waarom.

'In de Sovjetunie moet je nooit naar het waarom vragen. Waarom *is* geen vraag.' Hij wees op Winston. 'Dat is heel verstandig; jullie zult een goede winst op de zwarte markt maken.' Winston nam onze gastheer met een achterdochtige blik op. Zita probeerde uit te leggen dat wij Winston een harem wilden bezorgen. 'Maar ik heb goede contacten,' hield Sasja vol. 'We zouden in dollars betaald worden.' Toen Zita weigerde, lachte Sasja tot het leek of zijn hoofd uit elkaar zou barsten. Kennelijk wilde hij ons niet geloven.

Als je in Moskou per auto vervoerd wilt worden, dan stap je de straat op en je steekt je hand op; niet voor een taxi, want die stoppen maar zelden, maar voor een particuliere wagen. Een gehavende Moscovitch hield onmiddellijk halt. Sasja deed het portier open en noemde een adres. De chauffeur liet alleen de toeren van de motor oplopen.

'Vijf roebel,' bood Sasja.

'Tien.'

'Zeven.'

Nu het tarief overeengekomen was, stelde de chauffeur voor om te rijden via de markt op de Rizhkistraat, waar alles, van een trouwjapon tot perziken uit de Oekraïne, voor een bepaalde prijs te koop is. Dat was een ideale plaats om een varken te verkopen. Maar toen wij weigerden, nam hij dit zonder meer aan en stemde erin toe om Winston op de achterbank te vervoeren of dit de gewoonste zaak van de wereld was.

De auto trok op nog vóór Sasja het portier dicht had en nog vóór de *Miliman*, die verveeld met zijn witte knuppel tegen zijn been tikte, kans had gezien om ons te bereiken.

'Soms bieden vrachtwagens en zelfs ziekenwagens je een lift aan,' zei Sasja. 'Het is illegaal, natuurlijk, maar taxi's stoppen niet. Dat is ook wel te begrijpen, want zij verdienen meer met de verkoop van wodka.'

Wie in Moskou een logische gang van zaken verwacht, is een dwaas. Alle particuliere auto's waren te huur en de taxi's verkochten wodka. Werk wordt gegarandeerd aan de sovjetburgers, maar niemand kan van één enkel salaris bestaan. Iedereen is verplicht om een bijbaan te hebben. Onze chauffeur, een ingenieur, te oordelen naar de technische handboeken die over de vloer verspreid lagen, had die morgen op zijn werk de prikklok ingedrukt, zijn jas over zijn stoel gehangen en was weer vertrokken om de hele morgen voor taxi te spelen teneinde zijn inkomen aan te vullen. 'Wij doen of wij werken en zij doen of ze ons betalen,' luidde het gezegde.

'Stalin heeft de bomen laten kappen.' De Moscovitch ratelde met ons over de stoffige Tuin-Ringweg. 'Moskou was vroeger de stad van veertig maal veertig: er waren hier vóór de revolutie zestienhonderd kerken. Nu zijn er nog maar honderd. De kerken zijn ook omvergehaald door de man die ons lot bepaalde.' Gotische kastelen van zandsteen rezen op waar eens gouden uivormige koepels hadden geblonken. Stalins zeven Gormenghast-wolkenkrabbers leken op beelden uit een nachtmerrie. '*Byvayet*' (Zoiets gebeurt nu eenmaal), zei Sasja schouderophalend. Hij had een zeer ironisch gevoel voor humor.

Zita wees op een elegant gebouw en vroeg wat dat was.

'Dat was vroeger het verblijf voor de functionarissen van het Kremlin,' zei Sasja.

'En wie wonen er nu?'

'Hun gezinnen; het gebouw is overgedragen aan het volk. En hier is het Zwembad van Christus de Verlosser.' De geïmproviseerde excursie ging door. 'Stalin heeft de grootste kathedraal van Moskou, de kerk van Christus de Verlosser, laten afbreken en hij was van plan hier een schitterend paleis van het Socialisme neer te zetten. De funderingen werden gelegd en – nee, maar! – ze stortten zó ineen. Dus werden ze opnieuw gelegd en ze stortten wéér ineen. Hoe die kerk daar honderd jaar gestaan had, kon niemand verklaren, maar het paleis kon er niet voor in de plaats komen. Op dat stuk grond kon niets zwaarders dan een zwembad overeind blijven.' Sasja boog zich over de leuning van de bank en fluisterde: 'Maar ze zeggen dat je daar onmogelijk verdrinken kunt.'

Voor een winkel naast het zwembad stond een kronkelige rij mensen onder een bord met het rooskleurige opschrift 'Alles voor U'.

Volgens de propaganda was Moskou een heldhaftige stad, oneindig dierbaar voor alle sovjetburgers, maar in die grote uitgestrektheid van brede boulevards, onpersoonlijke huizenblokken en de sinistere symmetrie van de universiteit ging alle individualiteit verloren. Het was vertrouwd en toch uitheems: een Aziatische stad in Europa en een Europese hoofdstad in Azië. Het Kremlin, het hart van de stad en het rijk, werd omgeven door concentrische cirkels: door de kringweg, de Sadovoye Koltso, die oorspronkelijk een zestiende-eeuwse verdedigingslinie was geweest; door de Gouden Ring van de steden Zagorsk, Vladimir en Suzdal; door haar republieken; door de curve gevormd door Letland, Litouwen en Roethenië en uiteindelijk door de satellietstaten Polen, Tsjecho-Slovakije, Hongarije en Roemenië. In vijfhonderd jaar was het kleinste prinsdom Moscovië uitgegroeid tot een immens rijk dat eenzesde van de aardbol onder beheer zou weten te krijgen. Wij waren achter de verdedigingslijn doorgedrongen en reden nu de verrotte kern binnen.

'Maar tegenwoordig is het anders.' Wij sloegen een grimmige straat in, vol metaalgieterijen en rook. De 'Chaussée van de Geestdriftigen' heette vroeger de Vladimirsky Hoofdweg; van hieruit vertrokken degenen die door de tsaar verbannen werden op hun voettocht naar Siberië. Het was begonnen te regenen. 'Maar nu hebben wij *perestrojka*. Kijk maar eens wat een verschil dat uitmaakt.' Sasja wees door het groezelige autoraam naar buiten. De rij fabriekshekken was bedekt met haveloze vlaggen. 'Vóór de *perestrojka* waren alle vlaggen en banieren rood. Maar nu hebben wij veelkleurigheid: gele vlaggen, groene vlaggen, blauwe vlaggen...' De chauffeur stopte om de ruitewissers te monteren. Hij bewaarde ze in het handschoenenvak. Als hij ze op de voorruit zou laten zitten, zouden ze gestolen worden. Achter hem was op een lichtblauwe affiche te lezen: 'Een prettige feestdag, kameraden.'

'Jullie zijn hier natuurlijk voor de Dag van de Victorie. De parade. Dankzij de Partij hebben wij overwonnen.' Sasja maakte een onwelvoeglijk geluid: een lipscheet. 'Het is gemakkelijk om de Sovjetunie belachelijk te maken, want de werkelijkheid is hier nu eenmaal absurd. Maar nu kunnen wij tenminste geld zien binnen te halen.' Onze plaats van bestemming was onder weer een andere banier met de tekst 'Hartelijk welkom aan de oorlogsveteranen'. De auto stopte.

'Plus nog een extra roebel voor het varken,' zei de chauffeur.

Verandering was volgens Sasja de enige constante in dit leven. Hij wist dat de fortuin de moedige begunstigde. Je moest de gelegenheid aangrijpen en van de kans profiteren. Dat deed iedereen. Dit was de nieuwe filosofie, haast een nieuw dogma. Zijn vader dacht er anders over. Hij hunkerde naar het absolute. Hij was een Rus. Zijn zoon had veel te veel westerse rotliteratuur gelezen.

Na de val van Byzantium werd Moscovië de enige orthodoxe staat van de wereld. Omsloten door vijanden, de Mongoolse khans, de Turkse beys, de Zweedse feodale heren en de Poolse Sarmaten, grondvestte het koninkrijk zich op een messiaans denkbeeld: het geloof moest ten koste van alles verdedigd worden. Terwijl het westerse christendom zich ontwikkelde op basis van de Griekse filosofie, wezen de Moscovieten iedere mate van hervorming af. Scepticisme stond gelijk aan anathema en Gods woord werd niet getemperd door menselijke twijfel. Om zich te beschermen vielen zij aan. In 1500 marcheerde het leger van Moscovië naar het westen en in zekere zin was het altijd blijven dóórmarcheren. Het absolutisme van het communisme had evenveel invloed op de Russische ziel als de zekerheden van het orthodoxe geloof. Het nieuwe dogma versmolt met het oude. Het Kremlin predikte een nieuwe kruistocht. Het handelde niet alleen uit plichtsbesef als de eerste socialistische staat, maar ook omdat het zich de erfgenaam van het ware geloof achtte. De werkers – zoals eens de priesters vóór hen – leidden de massa's van de wereld naar de emancipatie en tot dusver had niemand in de Partij – Sasja's vader inbegrepen – de noodzaak tot aanpassing aanvaard. De leviathan – het monsterachtige gedrocht – kronkelde in zijn laatste doodsstuipen.

Styopa hief zijn glas op. 'Drinken is de vreugde van de Rus. Zonder drank kunnen wij niet leven.' In zijn lyrische toon klonken nauwelijks weerhouden tranen door en zodra hij sprak scheen er een golf van melancholie door de kamer te slaan. 'Ik breng een dronk uit op de nagedachtenis van Vladimir van Kiev die weigerde tot de islam toe te treden.' Het glas verdween in zijn vlezige vuist en de inhoud van het glas klokte door zijn keel. 'Goede wodka.' Hij smakte met zijn lippen. Zijn tanden waren van rood goud, dezelfde kleur als zijn trouwring. 'Iemand heeft hier duur voor betaald.'

'En in dollars. Maar ik drink liever whisky.'

'Mijn zoon is geen Rus,' zei Styopa klaaglijk tegen Zita en daarna richtte hij zich weer tot Sasja. 'Niemand houdt van de smaak van wodka. Je drinkt alleen om dronken te worden.' Hij demonstreerde dit met een tweede glas: uitademen, in één teug je glas leegdrinken en daarna aan de binnenkant van je elleboog ruiken om de scherpe lucht kwijt te raken. 'Vaarwel dan, lieve kameraad Peter; je hebt tot het laatst gevochten en je naam blijft eeuwig voortleven in onze harten...' Het ging maar door. De Russen hebben een lange adem als ze een toost uitbrengen.

Mijn oom en tante hadden Styopa jaren geleden leren kennen op het feest bij zijn pensionering. Zijn werkgevers in het Laboratorium voor Biologische Structuur (of de VNIIGrob: het Overkoepelende Wetenschappelijke Research Instituut voor Graven, zoals het door insiders schertsend genoemd werd) hadden hem eer willen bewijzen voor zijn bijdrage aan de wetenschap. Stalin was al lang dood en proletarische afstamming was geen eerste vereiste meer om te kunnen overleven. Onder het genot van Armeense cognac had Styopa bekend, dat hij vermoedde adellijke voorouders te hebben. Hij vertelde Zita dat hij afstamde van een *châtelaine* aan het hof van Catharina de Grote. Ten tijde van de oorlogen tegen de Turken was zij verloofd met een Oostenrijkse kolonel. Maar de prinselijke militair werd door de tsarina uit Rusland verbannen en had de schone jonkvrouw in de steek gelaten. Hun korte verhouding was echter niet zonder gevolg gebleven. Styopa's voorvader werd geboren met de wonderlijke, maar ontwapenende afwijking van ongelijkstaande oren. Zita had Styopa gerustgesteld in verband met zijn vermoedens tot de adel te behoren en verder had zij er niet meer over gesproken. Maar diep in haar hart koesterde zij het geheim dat door hun aderen hetzelfde bloed stroomde.

De flat liep over van alle mogelijke dingen die Styopa in de loop van zijn leven verzameld had. Hij was altijd op nieuwe aanwinsten uit en kon geen stortplaats passeren zonder te kijken of er iets van zijn gading bij was. Hij gooide nooit iets weg, want hij had een grote afkeer van verspilling. De twee voornaamste kranten van de Sovjetunie waren de *Pravda*: de Waarheid en de *Izvestia*: het Nieuws. Er werd altijd gezegd dat er in het Nieuws geen waarheid en in de Waarheid geen nieuws stond. Styopa had alle exemplaren die beide kranten in de laatste zeventien jaar hadden uitgegeven bewaard. Zij lagen van de vloer tot het plafond opgestapeld, samen met tijdschriften, opgezette vogels, het binnenwerk van oude klokken en een oliepomp. Schrijftafels waren ingezakt onder de last van dozen vol ansichtkaarten. Dankzij een Pathé-filmcamera en roestende blikken vol filmmateriaal, dat misschien nog door Sergei Eisenstein kon zijn opgenomen, was de ruime zitkamer veranderd in een smalle doorgang. De andere kamers konden alleen door een doolhof van tunnels bereikt worden. Toch heerste er een zekere orde in deze chaotische warwinkel en Styopa kon zich de plaats van ieder artikel herinneren. Hij had een uitzonderlijk goed geheugen. Hij wist iedere foto in elk tijdschrift zó te vinden, hij kende alle artikelen in al zijn kranten van buiten. Deze data waren de kapstokken waaraan zijn leven was opgehangen.

Vanachter een stapel boeken had hij een stoffige televisie opgedoken. Er was een buis kapot en deze kon niet vervangen worden, maar het toestel werkte nog hoewel het beeld verlengd werd weergegeven. Soldaten met lange lichamen marcheerden op korte beentjes over het scherm. Torenhoge raketten werden op miniatuurkarretjes voortgetrokken. De mannen van het Politbureau, met enorm hoge voorhoofden en geen kin, staken in saluut eindeloos lange armen omhoog uit verschrompelde dwergenlichaampjes. Het Rode Leger – half dwerg en half reus – marcheerde langs het podium met de gezagsdragers. 'Hoera!' brulden de ineengedrukte troepen tegen een langgerekt portret van Lenin.

Het Gorki Park was de ontmoetingsplaats van de oorlogsveteranen, die hier onder wodkatranen herinneringen uitwisselden. Sommigen hadden met de hand geschreven bordjes bij zich met de vraag: 'Was jij bij het 24ste Tank Corps in Tatsinskaya?' of: 'Ik ben een matroos van de *Kirov*; zijn hier nog scheepsmaten?' Zij aten ijs en onder de banier met 'Hulde aan het Glorierijke Volk' werden hen door Pioniers rode tulpen in de hand gedrukt. Daarna keerden zij naar huis terug, met hun medailles en hun herinneringen. Zo eindigde de laatste grote parade voor de Dag van de Victorie, in leegte en verslagenheid.

Na de uitzending van de parade volgde reclame voor een westers produkt. Nog nooit eerder was op de sovjettelevisie reclame uitgezonden. Het ging vergezeld van de mededeling: 'Al deze goederen kunnen verkregen worden tegen vrij omwisselbare valuta.' Dollars... Als je in Moskou niet over dollars beschikt, lijd je honger. Als je niet in de rij staat, kom je om. Nog maar enkele maanden geleden was de eerste lichtreclame van de Sovjetunie verschenen. '*Coke... it's the real thing*' flitste in neonletters op boven het Poesjkin Plein. De verkoop van Coca Cola steeg de pan uit. De *apparatchiki* gingen gretig in op deze nieuwe vorm van reclame maken, ook al bekommerden zij zich minder om het realiseren van het aanbod. Zij kwamen tot de conclusie dat marketing geen geheimen inhield en zetten een aantal eigen campagnes op. 'Tula Combines... *it's the real thing*' en 'Melodiya Grammofoonplaten... *it's the real thing*.' Hun reclamecampagnes produceerden teleurstellende resultaten.

Styopa begroef de televisie weer achter de encyclopedieën. Achter het onderstel van een Yakovlev had hij een distilleertoestel. De wodka was op en zoals de meeste Russen stookte Styopa zelf *samogon* uit aardappelen, bieten, kool, kortom uit alles waar suiker in zat. Deze vloeistof stond bekend als 'de tranen van het Komsomol-meisje' en smaakte als gefermenteerd zaagsel.

'Hij is aan syfilis gestorven. Heb ik je dat ooit verteld?'

'Daar kijk ik verdomme niet van op,' piepte Zita schor. 'Niemand zou dit rotspul moeten drinken. Ik ga over op alcoholvrij.'

'Nee, ik bedoel Vladimir Ilych.' Lenin. 'Het is nu geen staatsgeheim meer.'

'En het is ook niet verwonderlijk, gezien het feit dat hij het hele land afgenaaid heeft,' voegde Sasja eraan toe.

'Mijn zoon,' – en Styopa wees met een stompe vinger – 'zou zó niet praten als Stalin nog leefde. Dat was een goeie man. Een godvrezende man.'

'Heeft hij daarom de kerken laten afbreken?'

'Dat heeft Stalin niet gedaan; dat was Beria, die roofvogel. Toen Stalin nog leefde, was het leven hard maar goed. Er was voedsel in de winkels. Toen heerste er orde.'

'Heb je hem ook gedaan?' informeerde Zita.

'Ja, die eer heb ik gehad, maar we waren nog niet met hem klaar of Chroesjtsjov liet hem uit het mausoleum halen en begraven. Mijn grootste werk was aan Lenin.'

Eerst had hij beroertes gehad. Lenin kon één voet niet meer gebruiken. Zijn rechterkant raakte verlamd. Hij kreeg moeilijkheden met spreken en zijn gedachten uitdrukken. Hij moest het bed houden en kreeg spraaktherapie. Op een koude nacht in januari begonnen de stuiptrekkingen. Zijn pols liep op tot 130 slagen en zijn ademhaling werd zesendertig ademstoten per minuut. De dokters probeerden morfine en zijn temperatuur liep op van 42,3 graden tot voorbij het einde van de thermometer. Heel even namen de aanvallen af. Maar toen, net vóór zeven uur 's morgens, steeg het bloed hem naar het hoofd; zijn gezicht werd paars, hij haalde diep adem en stierf. Vijfentwintig minuten lang paste men reanimatie toe, maar zonder succes.

'De volgende dag werd hij gebalsemd,' zei Styopa, 'met een desinfecterende vloeistof – een mengsel van formaline en alcohol – via de aorta. Zijn hersenpan werd verwijderd en overgebracht naar het Lenin Museum. Het gewicht was, naar ik mij herinner, 1340 gram; een beetje minder dan normaal, maar dat was de uitwerking van de ziekte.'

Lenins weduwe, Nadesjda Konstantinovna, was ontsteld dat haar echtgenoot als een soort opgezet beest getoond zou worden. Zij schreef aan de *Pravda* en deelde mede dat het monument dat haar man gewild had geld voor ziekenhuizen en scholen was.

'Maar Vladimir Ilych moest nu eenmaal voor het nageslacht bewaard worden.'

Na de oorlog werd Styopa als hoofd-technicus aangesteld. 'Toen ik begon, was het lichaam in slechte staat.' Zijn specialiteit was het gebruik van elektriciteit. 'In het begin hadden wij maar weinig technische hulpmiddelen. Maar nu is ons laboratorium in de Krasinstraat het meest geavanceerde van de wereld.'

Hij had nauw samengewerkt met plastisch chirurgen en specialisten op het gebied van huidtransplantatie. 'Het beste, alleen het beste.'

Het lichaam was in een nieuwe, gedeeltelijk luchtledige glazen sarcofaag geplaatst om bederf tegen te gaan en Styopa's shocktherapie had een onverwacht effect.

'Eéns in de twee à drie maanden werd er sterkstroom door het lichaam geleid om de huid op kleur te houden. Maar de eerste keer dat wij dit probeerden overschatten wij de stroomsterkte die nodig was. Lenin ging plotseling overeind zitten, zijn armen bewogen heftig en zijn lippen begonnen te trillen. Ik dacht dat hij zou gaan spreken. Wij schrokken er erg van. Nadien reduceerden wij het voltage.'

'Maar het is nu zeventig jaar geleden dat hij stierf. Wat is er in werkelijkheid nog van hem over?'

'Ah,' zei hij; alleen 'ah' en schonk nog eens in.

Sasja opperde dat het nu toch tijd werd de geest van de revolutie te begraven.

'Ach, jullie radicalen,' zei Styopa, 'jullie zullen allemaal aan je eind komen als Dimitri de Valse Tsaar.' In de zeventiende eeuw had Dimitri geijverd voor hervormingen en was door het volk vermoord. Op het Rode Plein hadden ze zijn overblijfselen afgeschoten uit een kanon.

'Mijn vader heeft geen belangstelling voor politiek,' verklaarde zijn zoon. 'Hij houdt zich bezig met zijn schilderijen.'

'Het is maar een hobby.'

Styopa's hobby was een obsessie. In dat pakhuis vol rommel waren de collages ons niet opgevallen. De muren, voor zover ze te zien waren, hingen vol met zijn opmerkelijke kunstwerken. Styopa verzamelde allerlei aandenkens die hem dierbaar waren en arrangeerde deze laag voor laag tot driedimensionale composities, overdekt en afgesloten met kunsthars. Elke laag, en er waren er minstens acht, was met de grootste zorg samengesteld. Stukjes fijne kant waren gebruikt om een veelvoud van alle mogelijke relieken nu eens te omhullen en dan weer te onthullen: ikonen, en veren van klokken; Botticelli-maagden en sovjetarbeiders; herfstbladeren en zilveren kogels. Sterren glinsterden boven scherven van ultramarijnkleurig porselein. Spiegels met getinte achterwanden schiepen de indruk van diepte en veranderden de glazen dozen in fonkelende prisma's. Als het zonlicht op Styopa's collages viel, speelden er regenbogen over de muren.

Hij had ze in chronologische volgorde gemaakt. Elke collage had een bepaald jaar als onderwerp. Belangrijke gebeurtenissen werden voorgesteld door een symbool en deze symbolen riepen herinneringen op. Ik hield in mijn hand het gouden 1945. Hierop verpletterde een vergulde Stalin, geflankeerd door dankbare boeren, het kwaad onder zijn voeten. Rode vlaggetjes wapperden boven een stel tinnen soldaten die rondmarcheerden terwijl Prokofievs Assepoester danste en een nieuwe wereld ontstond.

'Het was toen verdomme een vreugde om communist te zijn,' zei Zita, 'om de mensheid te dienen en om aanwezig te zijn bij de geboorte van een betere toekomst.'

Zwarte dood en zilveren tranen kleurden 1953: Stalin was gestorven en Beria doodgeschoten. Het jaar 1956 was rood en blauw, de vlag van Groot-Brittannië en sabels: de Britten in Suez, de Campaign for Nuclear Disarmament (Campagne voor Nucleaire Ontwapening) in Aldermaston en terroristen op Cyprus. De sovjetinvasie in Hongarije werd buiten beschouwing gelaten, maar het geheugen heeft nu eenmaal geen moraal, evenmin als de kunst.

De tijd was het thema van alle collages. 'Er ontstaan moeilijkheden zodra de historie aan een herbeschouwing wordt onderworpen,' gaf Styopa toe. 'Ik heb Chroesjtsjov in 1962 gedaan, toen hij een held was, maar nu is hij uit de gratie. Wat kan ik er nu aan doen? Ik kan hem niet verwijderen zonder het hele schilderij te vernielen.' Wanneer de lagen zich begonnen te verharden door de hitte van de chemische reactie, kon iedere onvolkomenheid het geheel doen barsten en de relieken vernietigen. Het resultaat kon hartverscheurend zijn. Het werk van een hele maand kon voor zijn ogen versplinteren.

Ik sprak de mening uit dat zijn werk in het Westen waardering zou ondervinden. Styopa trok zijn schouders op. 'Ik ben in Amerika geweest. Ik vond het er niet prettig.' Daarna maakte hij een gebaar of hij een kluit aarde oppakte en zei: 'De Russische grond,' zoals een Ier vol eerbied over 'het groene gras van Ierland' zou spreken. Verder wilde Styopa niets zeggen. Sasja zat Winston te bewonderen; hij verdeelde hem in zijn gedachten in diverse stukken panklaar vlees. Buiten barstte boven het Rode Plein en het Gorki Park luid knallend het vuurwerk los, met hoog opgaande sterren. Uit andere ramen drong het gerucht door van stemmen die juichten: 'Hoera! Hulde aan de Communistische Partij! Wij hebben overwonnen!' Ik kon niet uitmaken of dit sarcastisch bedoeld was.

De *samogon* was ook op. Er was in de winkels geen suiker te krijgen en Styopa's kelder, een rij flessen en vaatjes onder een concertvleugel zonder snaren, stond droog. Styopa stelde voor dat we een wedstrijd zouden houden. We zouden gedichten opzeggen en wie het eerst bleef steken moest de wodka kopen. Styopa begon met Lermontov, een kreet uit de diepte van de Kaukasus. Sasja speelde vals door een Stalinistische slogan op te zeggen: 'De winter is voorbij, de Zomer is gekomen en wij danken de Partij hiervoor.' Toen we hier bezwaar tegen maakten, gaf hij enige regels van Poesjkin ten beste. Wonderlijk genoeg viel Zita's keus op Tannhäuser, de minstreel, wiens naïef-idealistische toehoorders gedwongen werden de aardse werkelijkheid onder ogen te zien.

Wat ik eens, in onbezonnen jeugd, misdeed,
Vervult mij nu met bittere smart.
Had ik geweten wat ik heden weet,
Dan was het lichter in mijn hart.
Toen kende ik mijzelve niet
En daarvoor moet ik boeten.

Toen was het mijn beurt. Ik aarzelde even en verloor. Zita en Sasja boden aan met me mee te gaan.

'Vergeet de *avoska* niet.' De *avoska* is een boodschappennet. Iedere Rus heeft het altijd bij zich. Het woord is afgeleid van '*avos*' wat 'voor het geval dàt' betekent. Aangezien je nooit wist of er voorraad in de winkels was, kon je het ding beter altijd bij je hebben.

Styopa zei dat hij een dutje ging doen tot wij terugkwamen en ging samen met Winston onder de piano liggen, tussen de oude uitgaven van 'Soberheid en Cultuur'. Toen wij weggingen, daalde de diepe somberheid, niet langer verdreven door de roes van het drinken, weer over de flat neer.

Het was na middernacht. Een taxi stopte, in de hoop dat wij zijn waren zouden kopen. Wij wilden ook graag vervoerd worden en de chauffeur maakte een uitzondering. Wij konden zelf niet met de auto gaan, want de wielen van Styopa's Lada waren de vorige nacht gestolen. Zijn auto lag in de goot als een walvis aangespoeld op het strand.

Terwijl de taxi door de Gorkistraat in de richting van het Rode Plein reed, werd het licht van de straatlantaarns getemperd. De feestdag was voorbij en een groot muurplakkaat van Lenin werd verwijderd. Vlaggen werden van de lichtmasten geplukt als stekels van een stekelvarken en in vrachtwagens gesmeten. De oorlogssfeer keerde terug. Moskou werd weer een belegerde stad. Het leek wel of er ieder ogenblik een eskader vijandelijke bommenwerpers verwacht kon worden.

'Mijn vader spreekt niet graag over zijn reis naar Amerika,' zei Sasja. 'Een galerie in New York had zijn werk gezien en bood aan het te exposeren. Het leek of er een droom in vervulling ging. Mijn vader kocht een ticket voor het vliegtuig – het kostte hem al zijn spaargeld – en hij koos vijf van zijn schilderijen uit; dat was het maximum om te mogen meenemen. In de Staat van het Volk behoort alles namelijk aan het volk, begrijp je. Zelfs je schilderijen of je beeldhouwwerk zijn niet je eigendom, maar dat van het volk. Hij liet zijn schilderijen fotograferen; hij vulde een hele massa formulieren in en ging daarmee naar het ministerie van Cultuur om ze te laten afstempelen. Hij gaf de *apparatchik* een doos bonbons om de taak te vergemakkelijken. Dat is normaal.

En zo kwam de grote dag. Ik bracht hem naar Sheremetyevo, het vliegveld. Wij kusten elkaar. Hij was gelukkig. Maar toen ze zijn uitvoerdocumenten nakeken, vonden ze er één die niet gestempeld was. Eén van de vijftig. Het was kennelijk een vergissing, maar dat veranderde niets aan het geval. Zijn schilderijen mochten het land niet uit. Hij kon vertrekken, maar zijn schilderijen moesten hier blijven.' Sasja zuchtte. 'Hij is gegaan, natuurlijk, wat kon hij anders? Hij kon zijn vliegreis niet uitstellen. Hij kon niet weer een jaar wachten op een nieuw visum. En in New York had de galerie geen interesse meer; wat heb je aan een kunstenaar zonder schilderijen? Mijn vader heeft een week in het YMCA gelogeerd en daarna is hij naar huis gevlogen, terug in de armen van Moedertje Rusland.'

Wij betaalden de chauffeur, niet wat op de taximeter stond, maar een vooraf overeengekomen bedrag, en liepen de perfect gevormde keien van het Rode Plein op. De 'Hulde aan het Glorierijke Volk' was opgerold, het podium afgebroken en de rommel die in het kielzog van de parade was achtergebleven werd weggespoten. Een schrale officier met een hele ijzerwinkel medailles trok zijn vrouw, die een figuur als een biervat had, weg voor de voeten van de oprukkende straatvegers.

Voor ons uit torende het Kremlin op. Heroïsche vlaggen flapperden in de inktzwarte lucht. Er stond een bord dat roken hier verboden was. De klokken van de St. Basilius, met het strijklicht over de massa uivormige koepels die als spiralen van kunstig geblazen glas oprezen, begonnen weinig melodieus te klepperen. Het gebouw was nu geen kerk meer. Het was ontwijd. Op het Rode Plein was slechts plaats voor één tempel.

Lenins mausoleum stond op het plein gehurkt als een pad van rood marmer. 'Ik wil hem zien. Het is me nooit gelukt toen Peter nog leefde.' Zita droeg een insigne met 'Victorie' op haar revers.

'Hij heeft vandaag een vrije dag, net als iedereen, maar we kunnen er morgen heengaan. Stalin ligt er niet meer, weet je nog wel?'

Stalin had zich in het mausoleum laten bijzetten als een Egyptische farao. Zijn naam had boven die van Lenin gestaan – in nog grotere letters – tot Chroesjtsjov hem had laten verwijderen en Stalins lichaam verwezen had naar de muur van het Kremlin, bij de andere.

'De mensen hielden van hem en dat doen ze nog steeds. Elke dag worden er verse bloemen op zijn graf gelegd; iedere dag en alleen op *zijn* graf. En toch heeft hij méér mensen de dood ingestuurd dan Hitler en al zijn concentratiekampen.'

Bloesems en bloemen woeien over de Marx Prospect en kwamen, als vlinders gevangen in een net, terecht in een banier met de raadgeving: 'Bescherm uw kinderen tegen onaangename omstandigheden.'

'Jullie in het Westen zult misschien wel denken,' vervolgde Sasja, 'dat het tijd is om de Tweede Wereldoorlog en de werkkampen nu maar te vergeten. Maar voor ons is het van het grootste belang om licht op het verleden te werpen. De waarheid is veel belangrijker dan brood.' Vóór de oorlog was Rusland geen grote macht geweest. De revolutie en de terreur hadden het land uitgeput. Maar Stalin had door list en tirannie een supermacht van de Unie weten te maken. Hij had het grootste rijk van de wereld gegrondvest op de Russische autocratische traditie.

'Hij heeft eens gezegd: "Vrolijkheid is het voornaamste kenmerk van de Sovjetunie".' Wij stonden voor de winkel 'de Kinderwereld' genaamd, met etalages vol knuffelberen en *matryoshki*-poppen. 'Misschien heeft hij daarom die speelgoedwinkel laten bouwen.' Aan de andere kant van het Dzerzhinski Plein stond de Loebyanka, de gevangenis met het vuilgele glazuur uit de tsarentijd en de verblijfplaats van de KGB. 'Om de mensen eraan te herinneren dat ze kinderen zijn.'

Het uitoefenen van macht hangt af van de bereidheid van de bevolking om zich te onderwerpen. Aanvankelijk had Lenin een geheime politiemacht niet noodzakelijk geacht. De alom gevreesde Okhrana werd opgeheven. Maar al spoedig zag hij in dat er behoefte was aan 'een speciaal systeem van georganiseerd geweld' om de dictatuur van het proletariaat te kunnen vestigen. Een van de eerste slachtoffers was een beroemde circusclown, Bim-Bom, tot wiens repertoire moppen over de communisten behoorden. Tijdens een voorstelling gingen agenten op hem af en het publiek, verrukt over deze nieuwe wending in zijn optreden, begon luid te applaudisseren. Hun plezier was echter maar van korte duur, want de agenten begonnen te schieten en Bim-Bom vluchtte weg uit de ring.

Kinderen moesten beschermd worden. Activisten joegen tien miljoen koelaks de dood in. Het vrije boerenbedrijf werd verboden. In de daaruit voortvloeiende hongersnood kwamen nog zeven miljoen boeren om. Gedurende de oorlog hadden de KGB-troepen hele bevolkingsminderheden gedeporteerd of uitgemoord: de Balkaren, de Tsjetsjenen, de Ingoesjen, de Kalmukken, de Karachassen, de Krimtartaren en de Wolgaduitsers. Zij waren anders. Zij waren gevaarlijk. Onze kinderen moesten beschermd worden. De Partij weet het altijd het beste.

Zitochka noemde hij haar. Kleine Zita. Het was de vijfenveertigste gedenkdag van hun huwelijk, vandaag.

Kort nadat Peter voor de tweede maal gevallen was, werd multiple sclerose geconstateerd. Hij was met Zita naar het Rode Plein gegaan, maar zakte ineen op de glimmende marmeren treden van het Mausoleum. De dokters zeiden dat hij rust moest houden en hij mocht verlof nemen. Maar al te spoedig had hij een stok nodig, en daarna krukken. De verlamming kroop tegen zijn benen op, als bruine rot tegen een boomstam, en tastte zijn zenuwen aan. Hij kreeg last van dubbel zien en werd incontinent. Eens was hij een GTO (Gereed voor Werk en Verdediging) geweest: een atleet die het gouden onderscheidingsteken droeg, maar nu kon hij zonder hulp niet meer staan. 's Nachts fluisterde hij: 'Zitochka, ben je daar?' en al die tijd had haar hand op zijn dijbeen gerust.

Wat Peter voelde was geen vrees voor lichamelijke gebrekkigheid, maar schaamte. Niemand trekt zich terug uit de KGB, maar zijn hart was niet meer bij zijn werk. Hij mocht zijn werkzaamheden steeds meer reduceren tot er niets meer over was om hem in Moskou te houden en zij vertrokken met een vliegtuig naar Berlijn. Nooit meer zouden zij samen per trein reizen en nooit meer zouden zij vrijen in de tunnels; niet op de Praga of Leningrad Expres, noch op de Poesjkin of Maestral. Zij trokken zich in verwoede frustratie terug in het langgerekte huis in Potsdam. Het was een wonderlijke plaats van bestemming voor een Rus. 'Hij koos Duitsland omdat hij de behoefte had om te vechten,' had Zita mij verteld. 'Je oom was witwoedend op het leven.' Die woede had hem in leven gehouden tot een varken dat uit een boom viel hem zijn nek brak.

Zij schudde haar hoofd. 'Ik ben de laatste van het geslacht. Er was niemand behalve Peter en ikzelf. En nu is er niemand meer. De hele familie is dood en begraven en het zal mij een zorg zijn.'

Victorie, victorie voor het glorierijke volk. Op de avond van een eerdere huwelijksverjaardag had ik Zita in haar eentje bij het tuinhek aangetroffen, terwijl er tranen van pijn over haar wangen rolden. Haar zwerende tanden en kiezen waren toen nog niet getrokken en het gif had zich door haar hele lichaam verspreid. Haar armen en benen zaten vol zweren. Die morgen was Peter gevallen en had zijn beide benen gebroken. Hoeveel ouder kunnen wij nu nog worden, had ze gevraagd. 'Ach ja, het leven,' zuchtte zij. 'Sommigen betalen er een dubbele rekening voor.'

Op het Dzerzhinski Plein vroeg ik aan Sasja: 'En wie is verantwoordelijk voor dit alles?'

'Ik niet,' antwoordde hij.

'Iedere sovjetburger zegt dat hij niet verantwoordelijk is, maar de waarheid is dat jullie het met zijn allen zijn.' Een unie samengehouden door vrees.

'Het is niet dat de Russen bang zijn om te spreken; we zijn bang om te denken. Zeg ons dat we moeten kwijlen als de honden van Pavlov of dat we onder de tanks moeten gaan liggen en we doen het. We doen het zondermeer. Hoera! Oost-Europa zal herrijzen. Ze hebben maar veertig jaar communisme gehad. Dostojevski zei dat het twee generaties duurde om een volk te vernietigen: zeventig jaar. En dat is vandaag,' zei hij op gespannen toon. 'Het is nu zeventig jaar na de glorierijke Oktoberrevolutie. Wij zijn een land dat onthoofd is. Dit is het kerkhof van de intellectuelen.' Neem alle gruwelen van het oude Oostblok, vermenigvuldig ze met honderd en je hebt de tragedie van het sovjetvolk. 'Wij ontwaken uit onze slaap in een krankzinnige wereld, een en al rook en spiegeleffecten. Het kost ons heel veel moeite om te beginnen te begrijpen, maar het is zo belangrijk. We hebben maar zo weinig tijd.'

Misschien lijkt de hel op de Metro van Moskou: feilloos en steriel. De roltrap voerde ons diep in de gewelven van satans Versailles; een ondergronds paleis met automatische deuren en treinen die op tijd rijden. Fraai uitgevoerde leugens versierden de wanden. Onder die mozaïeken met afbeeldingen van getrouwe werkers die het resultaat van hun arbeid – geweren, tractors en broden – op een altaar met rode vlaggen kwamen leggen, hadden de massa's zich stilzwijgend bewogen tijdens de terreur van Stalin. In de hoge, marmeren tunnels weerklonk geen ander geluid dan dat van hun schuifelende voeten. Treuzelaars werden opzijgedrukt. Niets mocht de heroïsche mars vertragen. De wereld schreide grijze tranen toen het communisme overwon.

Wij hoefden niet méér dan een halve minuut te wachten. Een zilverkleurige trein voerde ons in hoog tempo door het kerkhof van een beschaving die even dood was als die van de Romeinen.

Onze kamer lag voorbij de schrijfmachines. Grote hoeveelheden schrijfmachines, waarvan vele zonder toetsenbord of rollen, waren opgestapeld tot een gewelf, een soort triomf voor kroniekschrijvers. Daarachter zat ik, met maar heel weinig succes, op het toilet en staarde naar een verbleekte foto die op de achterkant van de deur geprikt was. Een jongeman in uniform en een vrouw in een katoenen jurk dansten een wals in een door bommen verwoeste straat. Zij lachten temidden van de puinhopen. Onder de foto was '9 mei 1945' getypt. Ik begreep het niet. Na de goelags, na Auschwitz, na al het verraad en bedrog, na alle vernederingen en leugens, hoe kan een mens nog een nieuw leven beginnen? Vervolgd door nachtmerries, geplaagd door herinneringen, hoe kan iemand al die gruwelen te boven komen? Alleen – naar het mij voorkwam – door ons vermogen om te kunnen vergeten.

Ik vond Zita in bed, met een spiegel in haar hand en haar haar nog ongeborsteld. 'Wie zie je?' vroeg zij. Ik vertelde het haar. Zij schudde het hoofd. 'Er zijn twee personen: ik, zoals je me kent, en nog iemand anders die niemand kent; de iemand die ik helemaal vergeten had.' Zij legde de spiegel neer. Winston bewoog even aan haar voeten. 'Aan het eind van de oorlog gebeurde er iets ongelooflijks. Plotseling strekte zich daar die mooie toekomst voor ons uit en wij konden dat afschuwelijke verleden achter ons laten. Het leven leek net een lekker stuk koek. Maar omdat we ons om de verdommenis niet verantwoordelijk voelden voor wat er gebeurd was, veranderde het heden in een woestijn. Dat was niet de schuld van iemand anders, maar onze eigen schuld,' zei ze. 'Die arme mensen... oh, verdomme, die arme stumpers van mensen!' Ik deed het licht uit. Wij hoorden een krolse kat jammeren en uit de verte weerklonk het gerucht van de paradevoertuigen die naar de kazernes terugkeerden: het geratel van tanks over asfalt. Vanuit het donker zei Zita: 'Je hebt vergeten me te feliciteren met mijn trouwdag.'

Die nacht droomde ze over Berlijn. Zij ging haar huis uit, sloot het tuinhek achter zich en liep de stad in. Zij was naakt, maar dat hinderde niet want de straten waren uitgestorven. Zij zag de stad zoals die vroeger geweest was, niet langer verdeeld, maar weer één geheel. De Muur, Peters muur, was afgebroken. Sneltreinen van Parijs naar Moskou en van St. Petersburg naar Praag reden ongehinderd door de grote stations. Langzaam begon het tot Zita door te dringen dat zij niet alleen was. Er waren anderen in de straten, duizenden en duizenden mensen. Zij raakte in paniek, bedekte haar naaktheid, en ging haastig terug achter haar tuinhek. Maar zij realiseerde zich dat die anderen ook naakt waren en dat zij bulderden van het lachen: een diep uit hun binnenste opwellend gelach van opluchting. Zij groetten haar met haar ware naam en zij waren allemaal tezamen naakt in het hart van Europa.

Waar houdt Europa nu eigenlijk op? Volgens de Tsjechen begon Azië aan de overkant van de Morave. De Hongaren wezen naar Roemenië. De Polen keken niet verder dan de buitenwijken van Praag. De Russen daarentegen geloofden dat de Oeral, Siberië en zelfs Vladivostok, gelegen aan de Grote Oceaan, allemaal nog tot Europa behoorden. Maar waar de grens ook mocht liggen, hij volgde niet langer de lijn van het IJzeren Gordijn. Die gruwelijke, onechte scheidsmuur tussen Oost en West werd nu als een historische afwijking beschouwd. Europa was weer één geheel. Wij waren één grote familie, realiseerde ik me, niet alleen verantwoordelijk voor de gratie van het gouden Praag en het diepblauwe Voroneţ, maar ook voor het askleurige kwaad van Auschwitz en de met bloed besmeurde linnen lakens van Boedapest. Het was een gemeenschappelijke last om te dragen. Waarom zou een in de watten gelegde jongeman uit het Westen niet medeverantwoordelijk zijn?

# *Beter één varken in de hand...*

De volgende morgen regende het. Ik sprak met Zita af om haar tegen twaalf uur te treffen bij het Lenin-mausoleum en ging op pad naar de OVIR, de Afdeling voor Visa en Registratie. Mijn visum moest afgestempeld worden. Toen ik er aankwam, stond er al een lange rij en ik wachtte met de anderen in de regen. De intercom knetterde voortdurend. Maar één persoon tegelijk mocht het elektrisch beveiligde hek passeren en het gebouw betreden. Het systeem werkte niet doelmatig. De naam van elk land werd afgeroepen, waarna de burgers van dit land – indien aanwezig – naar binnen mochten. Het was de onlogische logica van Moskou.

Toen het tweede uur begon te verstrijken, werd ik nerveus, ik wilde niet te laat bij Lenin aankomen en ging naar binnen. Daar wachtte mij een man met ijsblauwe ogen en kortgeknipt blond haar. Achter hem flikkerde een televisiemonitor. Hij inspecteerde mijn paspoort, waaruit bleek dat ik niet de Noorse nationaliteit had, en commandeerde dat ik weer naar buiten moest. Ik verstrekte uitleg in het Engels.

'Naar buiten, alsjeblieft, naar buiten,' hield hij vol. Ik stapte terug naar de hal. 'Naar buiten, alsjeblieft.' Ik trok mij terug naar het portiek; daar stond ik tenminste droog. 'Naar buiten, naar buiten!' De ijsblauwe ogen dreven mij terug, de treden af, de binnenplaats over, het hek uit en de straat op.

En ik moest die morgen mijn visum laten afstempelen. De instructies eisten dit. Toen de intercom weer begon op te roepen, begreep een Japanse toerist het niet en dus vertaalde ik voor hem. Bij de volgende oproep ging het net zo. Ik nam de taak van toezichthouder bij het hek op me. 'Frankrijk!' herhaalde ik als een papegaai. En daarna: 'Portugal!' Zouden ze mij nu nooit oproepen? Ik leek net die Tsjechische groenteman die in zijn etalage, tussen de wortels en uien, een bord had opgehangen met: 'Werkers van de Wereld, verenigt u!' De overeenkomst was, dat ik net als die Tsjech niet bijster enthousiast was over de vereniging van de arbeiders, maar net als hij mijn bereidheid tot medewerking wilde betuigen aan de autoriteiten: in mijn geval de man met ijsblauwe ogen. Ik was bang en angst maakte me gehoorzaam. Ik werd de *kapo* in Auschwitz, de chauffeur op de transporten naar Kolyma. Ik was het die de lichamen begroef van de Poolse officieren die in Katyń terechtgesteld waren. Ik was de beambte die graag een gemakkelijk leven wilde hebben en een weekendhuisje aan het Balatonmeer. Ik voelde minachting voor mijzelf, maar ik sprong naar voren toen de naam van mijn land weerklonk. Mijn visum werd afgestempeld. Ik bedankte de ijsblauwe ogen. Hij keek me vol verachting aan.

De rij voor het mausoleum, wild kronkelend naar de luimen van de suppoosten, wierp geometrische schaduwen over de keien. Het regende niet meer en Sasja stond Zita een mop te vertellen.

'De prestaties van onze gemeenschap zijn tot stand gekomen door het volgen van de voorschriften van de Partij.' Sasja trok, zogenaamd hulpeloos, zijn schouders op. 'Maar kameraad, ik volg immers alleen de bevelen op.'

Varkens, zelfs aan de lijn, zijn op het Rode Plein niet toegestaan. Wij lieten Winston dus bij Sasja achter. Zijn aanvankelijke wantrouwen ten opzichte van onze gastheer was voorbij. Sasja's voortdurende attenties hadden hem gerustgesteld.

'Waar zou hij eigenlijk naar verlangen, denk je?' vroeg Zita en keek achterom naar Winston. Als gewoonlijk beantwoordde zij haar eigen vraag. 'Niet naar de achterbank van de Trabant; dat staat wel vast. Waarschijnlijk verlangt hij ernaar vet te worden door eikels en wortels te eten in groene weiden. Of hij verlangt naar die harem van zeugen. Die kleine bofkont!'

Ik vertelde Zita dat ik, na het verlaten van de OVIR, een klein park was doorgelopen. Zoals in elk ander park in het oude communistische blok stond er een enorm standbeeld. In dit geval stelde het Lenin voor. Maar het gezicht was met een moker in elkaar geslagen en het ijzerwerk rees op als een uit het lood geraakt web van een krankzinnige spin. Een groep soldaten, van het ministerie van Binnenlandse Zaken, tot wier taak de openbare orde behoorde, stond rond te lummelen onder het verbrijzelde hoofd. Ze waren gewapend met machinegeweren. Een van hen sprak Engels. Ik vroeg hem of zij hier waren in verband met maatschappelijke onrust.

'Welnee,' zei de kapitein. 'Wij voeren hier een trainingsprogamma uit. Dit zijn geen echte geweren en ook geen echte kogels.'

'*Cauchemar...*' fluisterde mijn tante. Een nachtmerrie.

Wij sloten ons aan achter de kronkelende rij. Jonge Pioniers betoonden stilzwijgend hun loyaliteit en lieten boeketten rode bloemen op de marmeren treden achter. Wij volgden hun wapperende witte dassen voorbij roerloos staande schildwachten, gekozen om hun gelijke uiterlijk, en daalden in de schemerige crypte af. Twaalf leden van de garde stonden in de tombe geschaard, hun lichamen star, maar hun ogen voortdurend in beweging. Lenin lag in zijn glazen kist uitgestrekt. Zijn linkerhand lag vlak en zijn rechtervuist lag gebald over zijn zwarte pak. Discreet opgestelde lichtbundels wierpen hun gloed op zijn waskleurige gezicht en handen. Onder het zwart-met-rode marmer, versierd met friezen van rode vlaggen, aarzelde Zita even en achter haar hoopte zich een hele rij mensen op. Een vrouwelijke Pionier met een blauwe rok en witte kniekousen trapte Zita op haar hiel en liet een rode sjerp vallen. Zita scheen op het punt om wat te zeggen, maar besloot toch maar te zwijgen. Plotseling werd er een arm naar Zita uitgestoken, die haar stevig beetgreep en verder duwde.

'Weet je, ik heb altijd naar hem opgekeken. Ik plaatste hem op een voetstuk.' Buiten, in de zon, scheen zij gemakkelijker te kunnen lopen. 'Hij had overal antwoord op, net als je oom. Dat vond ik prettig, want het betekende dat ik zelf niet hoefde na te denken... en denken is zo verdomd moeilijk.' Het was alsof mijn tante, na jaren afwezigheid, weer teruggeglipt was in haar lichaam. 'Niet alleen de liefde is blind; ik ben zelf, verdomme, blind geweest. Ik hield van hen allebei, maar ze maakten me bang.' Zij vertraagde haar voetstappen. 'Ik ben moe, moe en ouder dan ik over het algemeen wil toegeven. Je kunt ons nu naar huis terugbrengen.'

Maar Sasja stond niet meer waar wij hem hadden achtergelaten. Hij en Winston waren in de menigte verdwenen. Ze waren nergens te zien.

'Oh, mijn God!' Zita bleef stokstijf staan. 'Dit is niet te geloven!' Ze was plotseling ongerust. 'Zeg alsjeblieft niets; zeg verdomme helemaal niets!'

Ik zei niets, want ik moest mijn tante even alleen laten. Eindelijk begonnen mijn darmen te werken. Ik haastte me naar de GUM, het van arcades voorziene warenhuis uit de tsarentijd. De enige artikelen waren cellofaan regenjassen en bustes van Dzerzhinski, gemaakt van een metaallegering; verder waren de planken leeg. Ik ging de treden af naar de toiletten in de kelder. Gelukkig was er een w.c. vrij. Ik betaalde mijn tien kopeken, kreeg de toegestane hoeveelheid toiletpapier en nam plaats. Toen ik even later weer een beetje bijkwam, hoorde ik kreten. In de kabine naast de mijne was een kleine jongen aan het huilen. 'Papa!... Papa!' De deur zat op slot en hij kon de grendel niet openkrijgen. Zijn vader was verdwenen. Een dokter en ik probeerden de deur te forceren, maar hij bleef dicht. Anderen stonden om ons heen en keken toe. Zij waarschuwden ons dat wij de deur niet mochten openbreken. Daarvoor moest de juiste beambte gevonden worden, maar de juiste beambte was niet te vinden. Hij was gaan lunchen. De mensen begonnen te redetwisten. Ik liet hen verder begaan. Ik ging de trap op, met de kreten van het opgesloten kind opklinkend door de betegelde hal, en ik liep de frisse lucht in.